所有漂泊在外的游子，希望你我都能如布袋和尚一样，
既有随处寝卧的坦荡，也有笑口常开的心怀
（作者：王学忠，笔名雪中漫画，山东省漫画家协会副主席）

走过很多山，路过很多人，行走坐卧，春风十里，
依旧相信爱情

守护童年的微笑,回归单纯的快乐,是我们一生的追求(右一为作者)

愿你我都能在岁月的长河中,守护童年的记忆,
让单纯的光芒照亮我们人生的道路

回不去的年少时光，忘不掉的儿时记忆，就像一场旷日持久的美梦，醒来后我们都已长大（左一为作者）

我是你的延续，你是我永远的朋友（右一为作者）

与童年和解，与父母和解，与原生家庭和解，
是我们长大后很重要的一门功课

每个人的童年都会有缺失的地方,不用遗憾,正是这些缺失的印记,才使我们变得与众不同

理解才是人生的解药

左小祺 著

中国财富出版社有限公司

图书在版编目（CIP）数据

理解才是人生的解药 / 左小祺著. -- 北京：中国财富出版社有限公司，2024.8. -- ISBN 978-7-5047-8203-8

Ⅰ.I267

中国国家版本馆 CIP 数据核字第 2024PH6157 号

策划编辑	朱亚宁	责任编辑	王　君	版权编辑	李　洋
责任印制	梁　凡	责任校对	庞冰心	责任发行	杨恩磊

出版发行	中国财富出版社有限公司		
社　　址	北京市丰台区南四环西路 188 号 5 区 20 楼	邮政编码	100070
电　　话	010-52227588 转 2098（发行部）	010-52227588 转 321（总编室）	
	010-52227566（24 小时读者服务）	010-52227588 转 305（质检部）	
网　　址	http://www.cfpress.com.cn	排　版	宝蕾元
经　　销	新华书店	印　刷	宝蕾元仁浩（天津）印刷有限公司
书　　号	ISBN 978-7-5047-8203-8/I・0378		
开　　本	880mm×1230mm　1/32	版　次	2024 年 9 月第 1 版
印　　张	11　彩　插　0.25	印　次	2024 年 9 月第 1 次印刷
字　　数	243 千字	定　价	52.00 元

版权所有・侵权必究・印装差错・负责调换

写作的路上有你，想想就很美好

写作是一场旷日持久的旅程，很幸运，这么多年过去了，身边还有认真写作的同行在默默坚持着，左小祺就是其中一位。

每个作家都有属于自己的叙事方式，小祺喜欢用真实故事诉说真情，文笔犀利的同时却也饱含深情，抨击时病的同时却也温润如初，这就是一个用心写作者的智慧，他用唯美的文字告诉读者，一个作家的知识就是对于一个人心灵的知识。

小祺是一个心思缜密的作者，在他的故事中，我们总能感受到三月春风般的和煦。他的文章如一缕缕阳光，温暖着我们的心灵。生活之中，他也是这样一个善良阳光的少年，要不然，怎会把心中的善意，巧妙地揉碎在一篇篇故事中，用文字的力量告诉我们，什么是真诚以对。

在这个浮躁的世间，很多品质都很打动人，但唯独真诚，最能打动我。

从《孤独中遇见更好的自己》到《理解才是人生的解药》，与其说左小祺是在描述自己的所见所闻，不如说他是在书写自己的心路历程。当我看到小祺新书书名时，突然想起了自己曾经写在书里的一句话：有时我们距离那么近，却永远无法知道另一个人在经历什么，忍受什么，承受什么。我们永远无法理解另一个人的生活。士为知己者死，女为悦己者容。因此，在我们的一生中，遇见理解自己的人实属难能可贵。

小祺在他的新书中通过《谅解是对自我的救赎》《你若懂我，该有多好》《理解是比付出更高层次的爱》《理解比爱更难能可贵》四个章节向我们讲述了他的内心世界。他所遇到的人，见到的事情，看到的风景，感悟到的思想，这是一本值得你静下心来慢慢阅读的书，从他的文字中感受他的成长历程，你会发现，哦，原来生活之中我们都曾有过或多或少的相似之处，只是很多东西我们都遗漏了，而在这本书中，我们或许又可以拾取一些记忆中的东西。

回头细数这些年，我们一遍遍地走过内心最深处的迷茫，我们可能没有长大，却从未停止生长，这就是最好的状态。我始终相信，辛苦的每一步都算数，每条路，每一种生活，都有坎坷，都有艰辛，都有迷茫，都有纠结，都要和痛苦撕扯，都要迎难而上去努力。

愿你往下的每一步都如意，每一个期待都圆满。
愿你坚持，更希望你快乐。

谢谢你，左小祺。
写作的路上有你，想想就很美好。

韦娜　作家

寄语及推荐语

孔繁柯　愿左小祺，永远为新时代写作。
离休老将军

黄庆华　写给左小祺：人生需要进步的思想。
离休老将军

许容奎　我年轻的时候，总喜欢与年长的人在一起，
朝鲜族将军　老了以后，非常喜欢跟年轻人在一起。年轻人朝气蓬勃，希望在他们身上。跟年轻人在一起，仿佛我也年轻了许多。
我非常欣赏独立思考的人，思想活跃，有独立见解，不盲从，不人云亦云。
我非常崇拜谦虚谨慎的人，有了学问不炫耀，有了成绩知不足，众人赞美不自诩。
我非常赞美爱读书的人，无为者难以成事，开卷有益，勤奋学习，丰富自己。
我非常羡慕文笔锋利的人，写的文章诱人爱看，浅显道理，寓意深，启迪人。

小祺就是这样的人，年少而老道，我乐意跟小祺为友。

企盼小祺，前进路上不歇脚，坚持下去肯定会出大成果。

许辉
安徽省作协主席

小祺让我欣赏的地方不单是他清秀的面容和青春的活力，更重要的是他对文字的执着与思想的丰富。他善于观察生活的真相，并擅长以不同的视角思考人性的两面，他是一个用内心去感知世界的人，喜欢以真实的故事来书写这个社会。

孟庭苇
歌手

我总是开玩笑地说小祺是一个心理年龄只有十六岁的少年，然而这个少年，却有着超越实际年龄的智慧，他思想独特，角度新颖，笔下的故事真实而纯粹，总能写进读者的心里，牵人心弦，引人共鸣。

文字和音乐都是有生命力的，每个人都可以在文字与音乐中找到内心的一片安宁。也愿小祺在文字与音乐里继续独行，去感受内心的荒芜和生命的繁华，最后历经千帆仍是少年。

写在前面的话

一个人的烦恼大都来自人际关系，因此，每一颗受伤的心都曾渴望被理解。

很多事情，小时候不懂如何表达，长大了又难以启齿，或来自亲人的不理解，或来自社会的误解，或来自对成长的疑虑……这些难以诉说的话语便隐藏在我们的潜意识当中，形成心理匮乏感，在遇到困难的时候，会不自觉地影响我们的思维习惯和行为方式，让我们不够自信，不够有安全感，总是会不断责备自己"不够优秀、不够坚强、不够争气"，但其实，错并不在自己。

有个朋友对我说："我从小没有安全感，因为我是女孩，全家人都重男轻女，如果我是个男孩该多好。"她有着不幸的童年，长大后也很少开心，尽管她很努力，尽管她热爱生活，但她仍旧觉得自己没资格开心。

她在人前也会开怀大笑，但她说，在独自一人的时候，自己从来没笑过。

我不知道她的笑容是不是意味着真的开心，也不知道她能否与自己和解。

这么多年过去了，她用行动验证了那句话：幸福的童年治愈一生，不幸的童年用一生治愈。

高中最好的同学离婚了，我问他因为什么。

他说："那天是我老婆的生日，本想送完外卖后买束玫瑰花送给她，结果那天风雨交加。为了节省时间早点回家，我骑着电动车逆行。由于天黑路滑，不小心撞到一辆奔驰汽车后滑倒了，摔伤了腿，还把外卖全洒了，一连几个差评，所有的钱赔给了奔驰车主，最后连去医院买药的钱都没了。忍着疼痛回到家，为了不让老婆担心，进屋前我还换了身衣服。看到儿子在写作业，走近一看，儿子的本子上写着5+6=13，瞬间觉得儿子也要走我的老路了，蓦然心力交瘁。老婆看到我没有给她带礼物后，脸瞬间拉下来，质问我是不是不爱她了，我再也承受不住心中的委屈和难过，说了句'是'。"

我不知道该说什么，或许不被理解和体谅就是压死骆驼的最后一根稻草。

在北京认识的一个朋友，为人本分老实，工作认真负责，但就是不会拍领导的马屁，别人出三分力可以在领导跟前说成十分，她出十分的力，领导只看到三分。

每年年底，所有的奖励和表彰都被同事拿走，她也懒得争取。而且，每当领导一碗水端不平的时候，牺牲的总是她，因为她善良，因为她会照顾别人的情绪，因为她会顾全大局。直到有一天，她想为自己的努力讨回个公道的时候，所有的人都觉得她是在破坏单位的和谐氛围。

当一个好人变成"坏人"时，或许是从受到不公平的对待开始的。

这些年，身边很多人向我倾诉，如果父母理解自己就好了，如果爱人理解自己就好了，如果孩子理解自己就好了，如果同事理解自己就好了，如果老板理解自己就好了，如果朋友理解自己就好了，如果……

似乎很多事情没有给人们一个解释的机会，也有很多事情没有解释的必要，甚至，当你试图解释的时候才发现，不在同一个频率的人，解释也是徒劳的。因此，有很多话你说不出来，有很多话你没来得及说，还有很多话已经没有再说的必要。

久而久之，每个人的心中都有了一个角落，别人走不进来，你也走不出去，它的用处是安放自己受伤的心灵。

时间虽然会让你淡忘，但不会帮你痊愈。

你仍旧渴望被理解，仍旧希望能有一个懂自己的人，互相温暖，携手前行。

我曾经写过一本关于"孤独"的书，很多读者留言告诉我，在我的书中读到了自己的影子。

或许是因为我写的都是真实的故事，所以大家能产生共鸣。

我始终相信，真实的故事自有万钧之力，但更多的原因应该是我们都是一样的人，都曾对这个世界满怀期待，都曾被这个世界温暖过，也伤害过。因此，在读到这些故事时，往日的一切便浮现在了眼前。

正是因为你们的情感共鸣，这些文字才有了归宿。

因为懂得，所以慈悲。

我知道你也曾被人误解。

我知道你也曾不被人理解。

我知道你也有很多没说出口的话语。

我知道你的那颗心，也曾受过伤。

那么你或许也一直希望走出内心的阴霾，与这个世界和解，重新燃起对生活的热爱，进而学会交流沟通的方法，最终遇见懂你的人。

那么，这本书送给你。

我以自己的真实经历为主线，随着时间的推移，层层递进，讲述自己从求学到步入社会所遇到的酸甜苦辣，以第一人称的视角讲述我们这一代人不为人知、不被理解的故事。

你会发现，在这个世界上，还有很多如你一样的人，你并不孤单。即便全世界都对你背过身去，这本书依旧陪在你身边。

你要做的不是抱怨，不是宣泄，也不是改变，而是接受，接受一切的好与不好，接受命运的无常，接受人间的冷暖，接受一切的发生。然后轻轻拂去心灵上的尘埃，给自己破碎重生的契机和勇气，与内在的自我温柔地靠近，探索内心未曾开启的宝藏，让一切美好回到你的内心。

在心灵的重塑中，与过去的自己和解，让自己变得更加强大。

当你站在桥上看风景的时候，可能你也是别人眼中的风景。

所以，不必羡慕别人的生活，过好自己的人生才是最重要的。

如果有人问你："为什么还要看纸质书？"
你告诉他："喜欢读纸质书的人，都是活得深情的人。"

余生，
愿你所有的快乐无须假装。
愿你此生尽兴，赤诚善良。

左小祺

CONTENTS 目 录

一、谅解是对自我的救赎 ………………………………… 1
  1 缘遇今生，不只是爱情 ………………………… 3
  2 如果回到过去，你最想改变什么 ……………… 7
  3 守护童年，回归单纯 …………………………… 16
  4 就算知道是假的，我也依旧喜欢 ……………… 21
  5 今天怎样做父母 ………………………………… 27
  6 哥哥永远是最好的，同时也是最坏的 ………… 31
  7 应试环境下学生的思想 ………………………… 35
  8 快乐就是把青春延续 …………………………… 48
  9 当我失去了家中唯一的朋友 …………………… 55
  10 亲子之爱 ………………………………………… 70
  11 她是我嫌弃了一万遍又爱之入骨的人 ………… 74
  12 勇敢去坚持，把握自己的人生 ………………… 85
  13 再见，飞扬跋扈的青春 ………………………… 90
  14 捧着日记对你说我那青春的悸动 ……………… 100
  15 表达你心中的爱和善意 ………………………… 106
  16 什么才是有意义的事情 ………………………… 111

二、你若懂我，该有多好 ················ 115

17　最有意思的事情 ······················ 117
18　所有的好运，都是你表达你心中的爱和善意····· 119
19　岁月何时改变了我们的模样 ············· 126
20　结婚前我最喜欢的生活 ················ 130
21　第一次牵手就确定了终身 ··············· 133
22　明知不可以，还要试一试爱情吗 ··········· 135
23　爱就是相信他所有的鬼话 ··············· 138
24　没结婚时，为什么大家只关心我的婚姻········ 144
25　哪有什么缘分，都是自己争取的 ··········· 150
26　如果有结局，对你好就有意义 ············ 152
27　享受孤独，才懂成熟 ·················· 156
28　为什么我更喜欢杨康的爱情 ·············· 161
29　你值得人间一切的美好 ················ 167
30　最坏的爱情，最好的成长 ··············· 172
31　最后一班公交车 ····················· 181
32　闪婚能不能获得幸福 ·················· 187

三、理解是比付出更高层次的爱 ············ 191

33　一成不变的小镇为何让我魂牵梦绕 ·········· 193
34　为什么越来越多的人喜欢熬夜 ············ 196
35　喜欢，是一件因人而异的事情 ············ 199
36　当我爱上了一成不变的浪漫 ·············· 202
37　人为什么离不开家乡的味道 ·············· 204
38　有什么样的思维模式，就过什么样的日子 ······ 211

39	短暂的离别，是为了更好的开始	213
40	永远不要心存侥幸	217
41	越长大越喜欢回忆	221
42	如何从小培养孩子的阅读兴趣	225
43	在必须做的事情中找到乐趣	229
44	爱笑的孩子真的开心吗	233

四、理解比爱更难能可贵 ……………………………… 237

45	笑口常开，笑天下可笑之人	239
46	我所理解的生活就是和自己喜欢的一切在一起	245
47	青春年少时，都有一个江湖梦	252
48	当情绪被感染时，他会格外喜欢看日落	270
49	为了避免结束，拒绝了所有的开始	274
50	如果可以预知未来，你会预知什么	277
51	我生来孤独，从小一个人照看着历代星辰	282
52	我最不怕的就是与人为敌	289
53	不与人争短长是成年人的自我修养	293
54	一个人的幸福，是内心的自在坦然	296

✉ 读者来信 ……………………………………………… 307

永不褪色的青春	309
这是一本可以赐给你力量的书籍	312
作为一本青春文学读物，它超出了我的预料	315
选择孤独是为了遇见更好的自己	318
你孤独吗	321
无声的雨，无声的你	327

一

谅解是
对自我的救赎

学会谅解，不仅是对自我的一种救赎，更是与世界达成和解的关键一步。

放下怨恨与嗔怒，我们便能够以宽容和慈悲的目光看待周围的人与事。

1

爱情缘遇今生，不只是

上小学时，我有个小伙伴叫小克源，我经常叫他"小蝌蚪"。有一次我在他家看电视，已经记不清楚是哪一部电视剧了，只记得女主角面对两个男人的追求，最后嫁给了与她青梅竹马的那一个。

我不懂什么是青梅竹马，于是去问妈妈，妈妈告诉我："就是从小一块长大的小男生和小女生。"

第二天，我对小克源说："我们也要现在就找个女孩表白，不然长大了不好找媳妇。"

面对我们班仅有的两个女生小静和小欣，我对小克源说："我和小静表白，你和小欣表白吧。"

小克源不同意，他说："小静比小欣漂亮，我长大了要娶漂亮的女人做媳妇。"

我说："小静家离我家近，我和她才是青梅竹马。"

小克源说："不行不行，我要和小静做青梅竹马。"

说着说着我俩推搡起来，接着就打起了架，最后小克源被我按倒在地，我压在他身上不让他起身，对着他说："你答应和小欣表白，我就放你起来。"

小克源"宁死不屈"！

这时，小静正好从我俩旁边路过，小克源不想在小静面前出丑，忙说："我答应了，快放我起来。"

为了引起小静的注意，为了在小静面前展现我的厉害，我故意大喊："跟你说，我练过武术，我会狼牙风风拳。"

一直等小静走远了，我才放开小克源。

小克源恶狠狠地对我说："我早晚会揍你的。"

第二天，我给了小克源一根粘牙糖，我们和好如初，并且商量好一块去表白。

小克源对小欣说："小欣，给你一根粘牙糖，你做我的青梅竹马吧。"

小欣说："什么是青梅竹马？"

小克源说："就是小时候是好朋友，长大了会结婚。"

小欣说："那你会对我好吗？"

小克源说："我只有一根粘牙糖都给你了，我能对你不好嘛。"

小欣开心地说："好呀，我答应你了。"

小克源用我给他的那根粘牙糖成功俘获了小欣，但是小克源并不高兴，因为他一想到长大了要和小欣结婚，心里就有说不出的惆怅。

我去找小静表白，坐在她的课桌旁，对小静说："给你一根粘牙糖。"

小静开心地拿过粘牙糖，放进嘴里吃了。

我说："你吃了我的粘牙糖，你就要做我的青梅竹马。"

小静生气地对我说："你才是马，你们全家都是马、是牛、是猪。"说着还把吃进嘴里的粘牙糖吐到手里，一下子抹在了我的脸上。

我委屈的泪水止不住地往下流……

小学新来的女老师看到我在哭，过来把我拥在怀里问："小祺祺怎么哭了？"

我抬头看着老师，年轻漂亮又温柔，我说："老师，你能做我的青梅竹马吗？"

老师瞬间笑了，边笑边说："好，我做你的青梅竹马。"

我说："那我能亲你一下吗？"

老师侧过脸说："当然了。"

我一下子就不哭了，那时候我坚信，小孩子不懂爱情，但是我懂。

从老师答应与我成为青梅竹马的那一刻，我就喜欢上了我的老师，我觉得那就是真爱。

一、谅解是对自我的救赎

从那天起，我上学再也没迟到过。

我们生来爱屋及乌，会因为一位老师而爱上一门课程，会因为一个人而喜欢上学。长大后发现，我们依旧没有改变，会因为一个人而爱上一座城市，甚至会因为一个人而爱上一个季节，一个习惯，一段时光……

爱，从来没有理由，也从来不分年龄，因为缘遇今生，不只是爱情。

2

如果回到过去,你最想改变什么

还会重复过去的生活吗?

犯那些相同的不可饶恕的错误?

是的,只要有半点机会。

在我上幼儿园的时候,幼儿园里有个校工,他在家排行老五,于是大家都喊他小五子。

小五子个头不高,缄默少言,憨头憨脑,脸上总是挂着呆萌的笑容,哪怕是被园长批评时,他的笑容也会挂在脸上。

后来我才知道,那种笑容并不是因为开心,而是在生活的雕刻中形成的一种习惯性的表情,仅此而已。

那个时候,不知是谁根据小五子的名字编了个顺口溜,我们都以此来取乐。那时的我们年龄太小，不懂事，很容易人云亦云，随波逐流。每当见到小五子，我也会跟着大家一起喊："小五子，小六子，拿着锅子炒豆子，炒了仨，掉了俩，气得小五子打扑啦（打扑啦：山东方言，在地上打滚的意思）。"

小五子也不生气，低着头走自己的路，脸上依旧是他习惯性的笑容。

有小朋友对我说："小五子是不是个傻子呀，我们骂他他还笑，真是太傻了。"

回到家里，我把这件事情当成玩笑说给妈妈听，妈妈听后很严肃地责骂了我一顿，并命令我以后不能再这样。

那时我感到很委屈，为什么别的小朋友可以拿小五子来取乐，而我就不可以。虽然带着不解和委屈，但我还是听了妈妈的话。

后来，每当小五子出现在幼儿园里，总会有几个小朋友跟在他后面喊："小五子，小六子，拿着锅子炒豆子……"我站在一旁远远地观望。慢慢地，我对这件事的态度发生了改变，当小朋友拿小五子寻开心时，我看到小五子默然的表情，突然觉得他很像一个人——站在一旁的我。

在某种程度上，与其他小朋友相比，我也一样孤单。

小时候，我的家教很严，别的小朋友可以随口骂人，但是我如果说脏话被妈妈知道了，肯定要挨打受罚。所以，很多邻居家的小朋友知道了这个情况，一旦我与他们发生争执，他们就拼命地骂我，如果我回骂他们，他们就去找我妈妈告状，说我在外面说脏话了。那个时候我一直在想："如果吵架时能痛痛快快地骂人该是一件多爽的事呀。"

小时候，别人家的孩子可以下河游泳，我却只能远远地看着，连到河边都不可以。他们在水里玩得不亦乐乎，而我却只能蹲在草丛里帮他们看衣服，以至于到现在我都没有学会游泳。

小时候，别人家的孩子放学后不仅可以看动画片，还可以看电视剧，而我在家写完作业还要继续复习功课，累了就去睡觉。第二天早上，大家在教室里聊昨晚的电视剧剧情时，我一句话也插不上，独自坐在一边羡慕他们。

似乎我总是跟别人不同，从童年起，我便独自一人。唯独有一次，我没有听从妈妈的警言，做了一件至今让我无法释怀的错事。

小时候，妈妈教育我说不能偷盗，别人的东西再好也不能拿，我一直谨记在心，也一直身体力行，但是直到有一天……

升入小学后，我们到了村中心的学校上课，慢慢远离了幼儿园，也很少再见到小五子。

在一年级的暑假期间，有一天我和小伙伴心血来潮，跑到了幼儿园玩耍。暑假里幼儿园早已大门紧锁，这时小仓说："我知道有个地方，可以翻墙进去。"

于是我和戴晨跟着小仓去了幼儿园侧墙边的小树林，有一棵树正好歪倒在幼儿园的侧墙上。小仓说："看着，我教你俩如何翻进去。"说完，只见小仓爬上树，踩在树杈上，然后一步迈到了墙头上。

小仓趴在墙头上对我们讲："墙的另一边是一堆沙子，跳下去也摔不疼。"说完他就跳了下去。

小仓在墙里面喊："你俩快进来呀。"

学着小仓的样子，我和戴晨很轻松地就进入了幼儿园。开始，我们还有些胆怯，在幼儿园里逛了一圈，发现没有人之后，胆子也就变大了。我们先找来一个破板凳，固定在沙堆上，以方便我们离开时能顺利爬上墙。确认无误后，我们三个便肆无忌惮地去玩各种游乐设施了，秋千、滑梯、跷跷板……

不知过了多久，我突然想起了小五子，我问他俩："小五子还在幼儿园干活吗？"

小仓说："当然在了，他不在幼儿园能去哪儿？别的啥也不会。"

戴晨说："小五子不种地吗？"

小仓说："我听说他家里也种地，但小五子个子又不高，也没多大力气，只种了一点点。"

戴晨说："他暑假在哪儿住？还在学校住吗？"

小仓说："不知道，咱们去他住的屋子看看就知道了。"

在幼儿园的一个旮旯角落里，有一间屋子是小五子的宿舍。我在幼儿园上了两年学，但是从来没有进去过，虽然总想进去看看，但一直没有机会。

小时候，我有个特殊的感觉，总觉得别人住的屋子充满了诡异感，又神秘又恐怖。

小五子住的屋子特别简陋，有一扇木门，而且是那种木头板子拼接而成的木门，缝隙又多又大，从门缝中可以清晰地看到里面。

小仓趴在木门上看了一眼，里面没人，然后一把就推开了。

小五子的房间比我想象中的还要简陋，一张床，一张桌子，一盏电灯。如果再找点陈列品的话，就只有门后的墙与墙之间拉的一条用来挂毛巾的绳子了。除此之外，再无其他物品。

我们四处观望了一圈，像是参观博物馆中的陈年旧物。突然，小仓拉开了桌子下面的抽屉，里面散落着许多一角和五分的硬币。在那个一毛钱就可以买包零食的年代，这些硬币对于七八岁的孩子来说，已经算得上是诱惑了。

小仓义正词严地说："小五子挣钱不容易，我们不要拿他的钱了。"

我附和着说："对，咱们不要拿他的钱。"

戴晨也跟着说："对。"

说完小仓关上了抽屉，然后又拉开了旁边的抽屉。当旁边的抽屉被拉开后，我们三个围着抽屉瞪大了双眼，满满一抽屉一块和五角的纸币。

我们屏住呼吸，谁也没说话，刚才的正义感似乎在更大的诱惑面前变得摇摇欲坠，我们三人心照不宣，谁都不肯先说出内心的罪恶欲望。

突然间，小仓把手伸进抽屉里抓了一把钱，然后迅速地塞进了裤兜。说时迟那时快，脑子已经不受控制，我也不自觉地学着小仓的样子伸手抓了一把钱塞进了口袋里，戴晨也"不甘示弱"，与我一同完成了刚才的动作。

然后我们转身就跑出了小五子的宿舍，又紧张又害怕地拼命逃跑，仿佛后面有一双手正向我们伸来要抓我们回去一样，带着忐忑的心情跑到墙脚，小仓踩着凳子就爬上墙头，还没等他跳出墙外，我便迫不及待地要往上爬，戴晨在后面催促着说："快，快点，快上啊！"

我们三个全都跳出墙外后，四处观望了一下，确定没人看到我们，就开始拼命地跑，拼命地跑……一直跑到离幼儿园很远的地方，我们才停下来休息。

确定安全之后，我长长地舒了一口气，然后偷偷摸了一下口袋，故意躲开他们两个的目光，悄悄数了数口袋里的钱，一共抓了五块五毛钱，然后小心翼翼地装进口袋。抬头发现他们两个也在偷偷地数着自己抓了多少钱。

记得当时，我们三个还躲在无人的角落开了个很严肃的会议。

小仓说："今天的事谁也不能说出去，知道吗？"

我说："谁敢说出去，我见一次揍他一次。"

然后我和小仓一块看着戴晨，戴晨说："我肯定不说，我也偷了，说出去我妈也打我啊。"

小仓说："那我们发誓。"

我说："对，发誓！"

戴晨一只手举过头顶，很认真地说："我要是说出去，我就是小狗，天打五雷轰！"

我和小仓相视一笑说："好，那我们走吧，去买零食吃去。"

我和小仓起身就走，剩下戴晨在后面追着喊："你俩还没发誓呢，你俩怎么这样啊。"

快到小学附近的小卖部时，小仓突然停下来说："小卖部的老板认识咱们三个，所以，咱们不能花太多的钱，要不然他会怀疑我们的。"

我和戴晨连连点头，眼神和行为仿佛都在表扬小仓：真是一个做贼的好手呀。

我们一人买了一包方便面和一根雪糕，一人花了一块钱。

然后边吃边向另一家小卖部走去，我们准备用四处"销赃"的方式来处理身上的这笔巨款。但是，村里的三个小卖部都转完了，我还剩两块钱。

一直到傍晚时分，我揣着两块钱在家门口迟迟不敢进家门，怕妈妈掏我口袋发现了这两块钱后问我哪来的，然后，后果就不敢想象了……怎么办？怎么办？眼看太阳就要落山了。我终于想到了一个办法，在四处察看发现没人后，我偷偷地把钱压在了家门口旁边的砖头下面。然后才拍拍拍打身上的尘土，放心地回家了。

时光飞逝，一晃，20年过去了……

在这些岁月中，我似乎很少见到小五子，也可能是我心里有鬼总是在刻意躲避他的缘故，有时走到幼儿园附近我就会加快步伐，生怕会与小五子碰个正面。甚至有人谈及他时，我都不敢搭话，但又忍不住想打听关于他的事情。有时很想知道当他发现自己的钱被偷之后发生了什么，他伤心了吗？他哭了吗？他的脸上还会挂着憨憨的笑容吗？但是我始终没有听到关于这方面的消息，也不敢打听。

听说后来由于教育体制改革，幼儿园与小学合并了，不在原先的地方了，小五子随之也就失业了。

听到这个消息之后，我难过了好一阵，但是不知与谁诉说。

不知道小五子失业后做了什么，不知道他脸上是否还挂着笑容，也不知道是否还会有小孩子在他背后喊："小五子，小六子，拿着锅子炒豆子……"

再后来，有一次回老家，在村里的大马路上正巧碰到了小五子。他穿着破旧的衣服，弓着腰，低着头，扛着一把铁锹正朝我的方向走来。我看着他一步步向我走近，就像一把利剑一点点穿透我的心脏，这是命运的巧合吗？我觉得这是我的报应。我没有躲避，站在那里一动不动地注视着他的身影。当他走近我时，我清晰地看到了他脸上依旧挂着那憨厚的笑容，似乎还是 20 年前的模样，但是他明显苍老了很多很多。

他抬头看了我一眼，我强挤出一个笑脸小声说："去地里干活呀。"那声音小得似乎只有我自己能听到。

他笑了笑，好像说了句"嗯"，好像又没笑，也什么都没说。然后就从我身边走了过去，我转身目送着他，直到他的身影从我的视线里消失……

几天后，我准备开车回北京，就在车子快驶出村头时，我又看到了他。他拿着一个大布袋，正在垃圾箱里找可以卖钱的空瓶子。我故意放慢速度，将车开到他的附近停下，把钱包里仅剩的五百多元现金从车窗里全部扔在了他的脚下，然后喊了他一句："小五子。"他回过头来看了我一眼，我指着他脚下的钱说："你钱掉了。"他低头往下看的同时，我启动汽车离开了，一直加着油门往前开，不敢回头，好像年少偷钱逃跑时的心情，总感觉背后有一只手正伸向我，要抓我回去一样。

我知道，再多的金钱都无法弥补当初对他造成的伤害，也不会减少我这么多年来内心的愧疚，但是我没有别的办法，只能通过这种方式，希望他过得好一点，希望他脸上的笑容是真正的开心的笑容，哪怕是一天，哪怕是一时。

后来我把这个故事告诉了我的兄弟。兄弟问我："如果回到小时候，你是否还会做同样的事情？"

"当然不会！"说完我沉默了起来。以当时的心智，如果再来一次，或许我还会做同样的事情吧。谁说得准呢。

记得雷蒙德·卡佛写过这样一句话：还会重复过去的生活吗？犯那些相同的不可饶恕的错误？是的，只要有半点机会。

很多次我都在想，如果有重来的机会，我想我一定会弥补当初的遗憾，改正曾经的错误。即便像雷蒙德·卡佛写的那样，以当时的经验和认知，人很难不犯同样的错误，但我也希望去犯那种只影响自己而不会给他人带来伤害的错误。

是的，选择善良，我们义无反顾。

3

守护童年，回归单纯

我的家族很重视孩子的教育，我的父母也是一样。我在还没上幼儿园的时候就开始学习写数字、背古诗了。妈妈说："等上小学了争取当个班长。"

后来，我真的当了班长，但我并不知道为什么要当班长。回到家之后，妈妈很开心，在我额头上使劲亲了一下。

从小我就很懂事，因为除了懂事，我不知道能为妈妈做些什么。

妈妈对我的学习很重视，从小学开始就对我严格要求，每天吃过晚饭就让我在桌子上写字，即便没有作业也是一样。因此，从小学开始，我就基本上告别了电视。

妈妈不让我和姐姐看电视，怕耽误学习。

有一天，我去到学校，同桌问我："昨晚的《七龙珠》你看了吗，孙悟空与龟仙人比武那一段太精彩了。"

我说:"我没有看。"

他很吃惊地问:"为什么没有看呀?"

我说:"我妈妈不让我看电视。"

谁知,他笑着对别人说:"小祺在家不能看电视,太可怜了。"

因为我是班长,很多小朋友把这件事当成我的笑话进行传播,甚至每当他们聊动画片的时候,故意看看我,见我插不上嘴,就故意嘲笑我:"哈哈,小祺没看过,他不知道演的什么。"

我无法反驳,毕竟他们说的是事实。

后来,我故意早到学校,听他们讲动画片的内容之后,向后面来的同学重复我听到的内容。渐渐地,他们不再嘲笑我在家不能看动画片了,但我并没有觉得开心,相反,我觉得更孤单了。

那段时期,电视上开始播电视剧《天龙八部》。小孩子的武侠梦就是在那时树立起来的,有人自称是乔峰,有人自称是段誉,看着他们边跑边做着各种奇怪的动作,我心想:"他们一定很开心吧。"

我和舅舅家的弟弟李扬同岁,我俩在同一个班。有一天,扬子弟对我说:"放学后去我家吧,晚上可以看《天龙八部》。"

我经不起诱惑,然后对邻居家的小仓说:"放学后你给我妈妈捎句话,就说我去我舅舅家了,晚上在舅舅家住。"

那天在舅舅家，我和扬子弟一块儿看了《七龙珠》，晚上还看了《天龙八部》。直到那时我才知道，为什么同学们讲起动画片和电视剧的时候会那么兴奋，因为真的很好看。

可能是晚上太兴奋了，第二天一早，我很不好意思地对妗子（妗子：山东方言，舅妈的意思）说："妗子，我尿床了。"

扬子弟笑话我说："我都没尿床，你当哥的还尿床。"

也不知道什么原因，我小时候经常尿床。为了防止我尿床，妈妈经常在床单下面铺一张油纸，于是我尿得更肆无忌惮起来。

有一次在我姨家住宿，我姨把我放在了哥哥和嫂子的婚房里面睡觉。那时，姨家的哥哥刚结婚没几天，那天他们正好回嫂子老家了。

第二天醒来后，我发现又画"地图"了。

虽然很多亲戚家的床都被我尿过了，但这次还是让我略感害怕，因为那是哥哥的婚房呀，这可怎么办呢？想来想去也不知道如何是好，干脆就不管了，跑吧。

趁姨不注意，我打开房门就跑。

只听姨在后面喊："小兔崽子你干吗去，吃完饭再走！"

我不管不顾，穿着尿湿的裤子朝着家的方向跑，一个劲地跑，谁喊也不停下，一口气跑回了家。

因为我家与我姨家相距不是很远，不一会儿我姨就追到了我家，哭笑不得地说："你个小兔崽子，怪不得怎么喊都喊不住呢，原来是尿床了呀。"

理解才是人生的解药

我窝在沙发里不说话。

我姨说："没吃饭你不饿啊，快跟我回去吃饭，饭都给你做好了。"

我说："我不饿。"从小胃就这么争气，不想吃的时候它就不知道饿。

小的时候，我姨给我起过很多个外号，捣蛋包、尿百户、瘦猴子，每一个都那么形象地代表着我。

因为贪玩，经常在外面晒着，又不经常洗澡，所以特别黑，两根胳膊又细又黑。我姨说我："你这是两根火棍吗？"大家知道火棍是什么吗？就是在火里烧过之后的木头棍子，黑漆漆的那种。

因为我舅家的扬子弟特别爱干净，于是就显得我更脏了。

每次我和扬子弟一块去我姨家，我姨就说："这两个调皮孩子到一块就会作野（捣蛋的意思）。"

我姨父最喜欢看的就是我俩打架，一旦我和扬子弟闹别扭，我姨父就点根烟坐旁边看着我俩斗。开始是文斗，一人说对方一句坏话。后来是武斗，在不伤害到身体的情况下，姨父就看着我俩摔跤，看看我俩到底谁厉害。基本上我们两个能打平局，然后姨父就教育我们两个："你俩能在学校称王还行。"

扬子弟："不行，称不了王，有好几个人打架打不过。"

姨父说："你俩一块上啊，谁还能打过你俩。"

扬子弟说："我和别人打架，我哥不上，他在一旁看着。"

然后姨父就开始训我："看到你弟弟和别人打架，你怎么不上，你得上去和你弟弟一块揍他们才对。"

我说:"我是班长,不能打架。"

原来当班长并不是一件多么潇洒的事情。

后来有一次,我和别人打起架来,我们互相纠缠在一块,都想把对方摔倒。就在我快要支撑不住的时候,突然觉得对方好像失去了重心,我很轻松地就把他摔到了地上。抬头才发现,是扬子弟从他后面偷袭他,一块把他摔到地上去的。

他爬起来对着扬子说:"关你什么事?"

扬子说:"这是我哥。"

于是我趁机说:"这是我弟,我俩一块揍死你。"

对方见情况不妙,扔下一句挽回颜面的话"你给我等着"就跑开了。

从那一次开始,只要打架,我就和扬子弟一块上,所向披靡,战无不胜。

小时候的记忆很多,但印象深刻的没有几件,能记住的便成了你的童年。无论是开心的还是难过的,都已在时间的烟雾中变得朦胧模糊。但其实所有的经历都已融进你的血液与脑海中,成为你今后为人处世的行为习惯。

守护童年的微笑,回归单纯的快乐,是我一生的追求。

愿你我都能在岁月的长河中,守护童年的记忆,让单纯的光芒照亮我们人生的道路。

4

就算知道是假的，我也依旧喜欢

小的时候，我很喜欢和叔叔玩，因为他很会逗孩子玩，会讲故事。虽然现在回忆起来，他的故事都是胡编乱造的，但对于一个小孩子来说，已经足够吸引人。

每次见到叔叔，他总会想尽一切办法逗我开心，甚至有时会把我逗哭，奶奶就追在他后面打他几下，他总是低着头默默走开。

当时觉得叔叔因为我挨揍，心里还有一点小心疼，觉得叔叔好可怜。因此，每当奶奶打叔叔的时候我心里都在想："我不哭了，奶奶你别打叔叔了。"

看得出来，叔叔也很喜欢和我玩，或许是他寂寞。因为在奶奶眼中，叔叔干啥事都不行，就吃饭行。

可是干啥事都行的大人都太忙了，谁会有功夫陪我这个乳臭未干的孩子玩呢。爸爸什么都会，木匠、装修、电焊没有他不在行的，可是常年不在家，仅在春节才能见上一面。

叔叔家是摊煎饼的，有一个大大的煎饼鏊子，每当叔叔摊煎饼的时候，我就站在煎饼鏊子旁边对叔叔说："叔叔，你给我讲个孙悟空的故事吧。"

叔叔边摊煎饼边给我讲孙悟空与各种妖魔鬼怪打斗的故事。妖魔鬼怪打斗完了，就开始大战各种卡通英雄，比如孙悟空大战葫芦娃，孙悟空大战变形金刚，孙悟空大战忍者神龟等。因为叔叔知道我最钟爱的是孙悟空，所以每次故事的结尾都是孙悟空赢了，然后我就非常开心。

婶婶看到后，经常对我说："小祺，别站在鏊子附近，太热了。"

我说："不热，不热，我不怕热。"

便接着听叔叔给我讲故事。

直到后来，中央电视台的《大风车》节目开始播放动画片《西游记》，我看到里面的情节与叔叔讲的孙悟空的故事一点也不一样，才知道叔叔故事里的孙悟空都是他自己编的，但是对我来说，那已经是最精彩的故事了。

即便知道了真相，我还是很喜欢叔叔讲的孙悟空大战葫芦娃的故事。因为我知道叔叔是爱我的，理由是有一次他给我花两毛钱买了几块糖。

现在听起来可能有些可笑，两毛钱而已，但是在我小的时候，每次和妈妈要一毛钱买零食，都需要求半天甚至要哭一阵才可以。妈妈翻出一毛钱给我的时候，还不忘在我屁股上打两巴掌，嘴里念叨着："就知道花钱。"

更何况，叔叔是全村出了名的抠门。一分钱要掰成两半花的人，居然为了哄我开心，去小卖部给我买了两毛钱的糖果。（我发誓，这里的两毛钱完完全全都是褒义的成分。或许在城市长大的孩子根本理解不了我小时候吃块糖是一件多奢侈的事情。）

有一次，在同学家看了李连杰主演的电影《少林寺》，从此喜欢上了武术。

叔叔知道了我喜欢武术后，就经常教我各种武术套路，基本上是人人都会的。后来，不知叔叔从哪里买了本武术秘籍，里面是文字和小人画相结合的内容，叔叔就模仿着书上的动作教我各种武术套路。

虽然我总是被摔倒在地，但我还是乐此不疲。

有一次，叔叔正和我玩得起劲时，突然见他一脸严肃地低下头转身走开，然后装作干活。我回头一看，原来是奶奶正站在大门口看着我们。

奶奶对着我叔叔说："整天就知道玩，不知道干活，你是个孩子头嘛。"

叔叔一句话不说，拿着扫帚开始装模作样，我就坐在地上咯咯地笑。

奶奶领着我的手说："少跟着你叔叔玩，他那么多活等着干呢。"

奶奶不让我跟叔叔玩,不仅是因为叔叔有很多农活需要做,最重要的原因其实是叔叔在奶奶眼中是一个好吃懒做的人,怕我跟着叔叔学不到好。

有时奶奶对我说:"长大了别像你叔叔一样抽烟喝酒。"

我说:"我爸爸也抽烟喝酒呀。"

奶奶说:"你爸爸可是不少干活呀,你叔叔就长了颗吃的心。"

直到现在我才知道,其实知道吃是个多大的优点呀。我从小就对吃没什么追求,遇到喜欢吃的就多吃点,遇到不喜欢吃的,胃可争气了,真的瞬间就不饿了。后来,我叔叔家的姐姐和弟弟,都比我长得高,估计就是受我叔叔"就长了颗吃的心"的优良基因影响的结果。

后来有一次,叔叔要去卖玉米,推着一推车的玉米去别的镇上,我央求着叔叔:"我也要去,我也要去。"

叔叔让我坐在车上的玉米袋子上,然后推着车上路了。

没想到路途那么遥远,叔叔推着装有玉米的车子走得很慢。到地方已经过中午了,叔叔把玉米卖掉之后,再用推车推着我往回走。

突然叔叔问我:"饿了吗?"

我说:"饿了。"

叔叔说:"那怎么办?"

我说:"咱们快回家吃饭吧。"

叔叔说："走，我带你去下饭店。"

在我的印象中，那时下饭店是城里人才可以做的事情。而且，饭店这个词也只不过是在电视中才偶然听到过。那时我以为，饭店里全都是大鱼大肉。

叔叔找了家路边的饭店，进去后点了份白菜炖豆腐和几个火烧，我们就这样下了一次饭店。

虽然与我想象中的饭店完全不是一个样子，但我至今记忆犹新，因为那是我第一次去饭店吃饭。

回到家后，奶奶站在叔叔家门口早已焦急地等候多时，见到我们之后，就把叔叔一顿臭骂："把孩子带那么远的地方去，万一丢了怎么办。"

奶奶问我："饿坏了吧？"

叔叔说："我带他下饭店了，早就吃饱了。"

我看着奶奶说："嗯，吃饱了。"

奶奶这才露出笑脸，不再责骂叔叔了。

后来每当说起这个事，叔叔就向村里的人炫耀："我带小祺下饭店了。"

一旦别人问："去饭店吃的什么？"

叔叔就故意说："还能吃什么，点了个鸡呗，小祺抱着个鸡腿就哇哇地啃。"

每次我都跳着脚反驳："明明吃的是豆腐，哪有鸡啊。"

叔叔就哈哈地笑。

小时候，我还没有听说过鲍鱼龙虾之类的美味，最好吃的菜就是鸡肉了。一般吃年夜饭的时候，家里人才会杀只鸡。由于我们家人多，大人一人也吃不到几块，基本上炖一只鸡都被我和两个姐姐吃掉了。我清楚地记得，当鸡肉炖好之后，一端上桌，我们几个小孩就迫不及待地围着一碗鸡肉开始抢着吃。爸爸就在一边喊奶奶："妈，你快过来啊！"

奶奶说："怎么了？"

爸爸说："你快坐下吃啊，鸡肉都快被这群小孩吃没了。"

奶奶说："让他们吃就是了，孩子吃了不比我吃了强嘛。"

那时春节的记忆里，炖一只大公鸡占了很大的分量，我觉得没有比那更好吃的东西了。而每次几乎都被我们几个嘴馋的小孩子吃掉了，爷爷奶奶、爸爸妈妈、叔叔婶婶，几乎吃不到几块。

如今的生活条件变好了，随时都可以炖只鸡吃，但我觉得再也吃不出儿时的味道了，因为那些美好的时光，再也回不去了。

回不去的年少时光，忘不掉的儿时记忆，就像一场旷日持久的美梦，醒来后我们都已长大。

5

我四五岁的时候，突然有一天，邻居家秀秀姐兴奋地对我说："你叔叔家有个小娃娃。"

我说："真的吗？"

她说："不信咱们去看看。"

我们一起跑到我叔叔家时，只见叔叔家屋里屋外都站满了人。

我问："小娃娃在哪里呢？"

秀秀姐说："在床上呢。"

我跑到床跟前，看到婶婶躺在床上。秀秀姐说："在里面，在里面。"

我扒着床沿踮着脚往里面看，真的有一个小娃娃躺在婶婶旁边。

婶婶笑着说:"等他长大了和你玩。"

小娃娃好可爱呀,我真想抱抱他。

我跑去问叔叔:"叔叔,这个小娃娃哪里来的呀?"

当我一问出口,满屋的大人都笑了。

叔叔抱着我说:"刚从河里捞来的。"

我真的信了。

我说:"哪条河呀,我也想去捞一个小娃娃,我也想去捞一个小娃娃。"

叔叔说:"好,下次去捞小娃娃的时候就叫上你。"

见到妈妈,我迫不及待地对妈妈讲:"妈妈,叔叔从河里捞了个小娃娃回来了。"

妈妈逗我说:"你也是从河里捞来的呀。"

我更确信小娃娃都是从河里捞来的这一说法了。

然后我就嚷着要妈妈带我去捞小娃娃。妈妈被我嚷烦了,对我说:"早知道你这么不听话,当初就不捞你了,还不如捞你旁边那个小娃娃呢。"

听完,我的脑海里就形成了一个画面:在某个地方存在着这样一条大河,里面漂着好多小娃娃,谁家想要小娃娃就到那条大河里捞一个。我就是我爸爸从那里捞来的,叔叔家的小娃娃也是从那里捞回来的。

甚至有的时候,去了陌生的地方,如果路过一条河,无论什么样的河,我都会站在河边仔细看一会,看看河里有没有漂着小娃娃。

随着叔叔家的小娃娃渐渐长大,我第一次感受到生命的神奇，虽然那个时候我才六七岁。

他叫帅帅，长得真的很帅，这辈子注定是个帅哥。

慢慢地，帅帅会说话了。他第一次叫我哥哥的那天，我脑海里全都是他的身影，就连晚上睡觉时，脑海里也全是他。

第二天起床后，我就想跑到叔叔家去看他一眼，总想用手指头戳戳他肉肉的小脸蛋，又总想抱抱他。

慢慢地，弟弟长大了，会走路了，我们终于可以在一块儿玩了。当我牵着他的手走路时，瞬间觉得我已经是个大人了。

从小，弟弟就对我百依百顺，因为我不允许别的小朋友欺负他，我就是弟弟的天，为他遮风挡雨。可是有一次，弟弟因为淘气惹恼了婶婶，婶婶按住弟弟就往弟弟的屁股上打，打得弟弟哇哇地哭。我站在一旁，每打一下就像是打在我的身上，我心里默默地念道："不要打我弟弟，谁都不能打我弟弟。"但是我没有上前制止，后来还因为这事自责了好久好久。

叔叔非常地疼弟弟，通过行为举止我就能看出来。

他为了让弟弟开心，总是想尽办法把他认为最好的给弟弟。

叔叔经常骑着摩托车带着我们两个去兜风。虽然奶奶经常阻止叔叔，怕我和弟弟从摩托车上摔下来，但叔叔还是会偷偷骑摩托车带我们出去玩，去很远的地方。弟弟坐在摩托车前面，我坐在摩托车后面，叔叔在中间。我和弟弟都很喜欢风吹脸面的感觉，很刺激，很开心。

有一次，叔叔带着我和弟弟去树林里玩，遇到了一棵被风吹歪的大树，大树未完全倒在地上。叔叔抱起弟弟把他放在了一根粗树枝上，弟弟骑在上面双手撑着树干。叔叔就在他的不远处轻轻上下晃动着树干。感受到抖动的弟弟紧紧地抱着树干，开心地笑着，越笑声音越大，脸都笑变形了。

我站在一旁看着叔叔在确保安全的情况下努力地晃动着树干，心想：如果我的爸爸也能这样陪我玩耍该有多好。因为我看到了弟弟脸上的笑容，那是情不自禁、由内而外、发自肺腑、不加掩饰的笑容，我知道那是真的开心，而我小的时候很少有那种开心。

在奶奶眼中，或许爸爸比叔叔强很多，又勤快又会干活。但为了生计，在我刚出生两个月的时候爸爸就去了东北谋生。后来电视上热映的《闯关东》就是讲的我爸爸那一代人的生活。

妈妈一个人拉扯着我和姐姐长大，实属不易。小时候的我体弱多病，更加剧了妈妈的辛劳。因此，为了不让别人看不起我们家，妈妈把所有的赌注都放在了我的身上，因为在她的观点中：孩子好这个家才会好。所以，从我很小的时候，妈妈就盼望着将来的我能出人头地。

每个人的童年都会有缺失，不用遗憾，正是这些缺失的印记，使我们变得与众不同。

那些缺失的角落，也终会在我们成长的路上被填满。

6

哥哥永远是最好的，同时也是最坏的

叔叔家的弟弟比我小 5 岁，我经常叫他"狗帅"。

我非常喜欢他，但有时也非常讨厌他缠着我。庆幸的是，因为年龄的差距，我总能轻而易举地摆脱他。从另一个方面也可以看出，他总是被我欺负。

弟弟特别容易上当，我说什么他都信。
我对他说："我昨天去星星上住了一晚。"
他问我："星星里面有什么？"
我说："里面就像一个水晶宫，想要什么就会出现什么。"
他祈求我说："可不可以带着我到星星上去玩。"
我说："你太小了，星星上有看门的，不让小孩子进去。"
他真的信了。

吃过晚饭之后，我看到弟弟坐在屋门口，望着天上的星星发呆……

有一次，我不小心打碎了奶奶家的水缸。我对弟弟说："奶奶问的时候，你就说是你打碎的。"

弟弟说："不是我打碎的。"

我骗他说："你说是你打碎的，我就带你到星星上去玩。"

弟弟说："好呀，水缸是我打碎的，水缸是我打碎的……"

奶奶朝他屁股上拍了几下，他还笑着说："水缸是我打碎的。"

后来，弟弟问我什么时候可以带他到星星上面去玩，我说下个星期。

无论他什么时候问我，得到的回答总是下个星期。

然而他依旧会在下个星期问我同一个问题，然后得到同样的答案。

过去那么久，他依旧相信那个答案。

后来有一次，我想和小伙伴去偷瓜，带着弟弟肯定不方便。为了摆脱弟弟的纠缠，我对他说："我们两个玩捉迷藏好不好？"

弟弟说："好呀。"

我说："你到院子里去从一数到一百，然后出来找我。"

弟弟跑回家开始数数，我就趁机溜掉了。但是我心里一直惦记着弟弟。我和小伙伴们偷了一个大西瓜，摔在地上分着吃。分到的西瓜吃了一半之后我就不再吃了，小伙伴们问我为什么不吃了，我说给我弟弟留着。

等我下午回来后，发现弟弟还在满大街地找我。突然看到我，他兴奋地向我跑过来，对我说："哥哥，你藏哪里去了？"

我骗弟弟说："我去给你弄西瓜了。"

弟弟开心地抱着西瓜对我说："谢谢哥哥。"

那一刻我突然不知道该说不客气还是对不起。

后来我还是经常会用捉迷藏的方式摆脱弟弟，然后依旧给弟弟带回和小伙伴一起烤的青蛙腿、摸的鸟蛋之类的东西。

我会经常欺负他，但从不允许别人欺负他。当我好久不见他的时候，我就特别想念他；当我有小伙伴一块玩耍时，我就想摆脱他的纠缠，用的套路永远是我们一起玩捉迷藏，然后趁机跑掉。

后来有一次，我说："我们玩捉迷藏好不好？"

弟弟瞪着圆圆的眼睛对我说："哥哥，你是不是又不想和我玩了？"

我瞬间红了脸，就像一个被人揭穿谎言的骗子暴露在光天化日之下。

突然觉得，当哥的永远都是最好的，同时也是最坏的。

岁月无声，成长有痕，我们都在时光中悄然改变。后来，狗帅长大了，我不再用捉迷藏的套路骗他了，不是骗不了他了，是不敢骗他了。

如今的弟弟长得比我高半头有余，粗一圈有余，我实在是打不过他了……

时间或许会改变一个人的容颜，但是一起长大的人，就算许久未见，一句儿时的称呼便会瞬间将彼此拉回到当初的记忆中。终有一天你会明白，有些东西是永远不会改变的。

时间教会我们成长，也教会我们珍惜。

7

应试环境下学生的思想

（1）

曾经有位朋友问我："写好一篇文章的前提是什么？"

我说："思想，先有思想后有文章。"

朋友说："对，如今我们国家的年轻人最缺少的就是思想。"

听完这句话，我突然觉得似乎不无道理。曾经，很多人对我讲，写文章不知道该写什么，甚至有的时候文章写完了不知道自己想表达什么主旨，只是为写文章而写文章。这是什么缘故呢？不禁让我陷入了沉思。

（2）

好像从小的时候开始，我们的思想就被束缚着。这并非有意为之，而是在应试的教育环境下，老师无形中影响着学生们的思想。因为对于学生而言，分数是命根。

记得从小学一年级刚入学时起，我和我的同学们就被老师定义成向日葵。向日葵是什么意思呢？就是只允许我们朝着太阳的方向成长。如果有一天，有一个同学背向了太阳，那他就会被定义成思想扭曲的"坏学生"。

大家都往一个"好"的方向看齐，那个方向似乎没有错误，但后来发现，并不是所有的人都适合那个方向。或许，那个"好"的方向只是大多数人的方向而已。因此我觉得总会有一些人，不喜欢那个"好"的方向，但也会是好孩子，甚至是比大多数人更应该属于好孩子。因为他们敢于质疑，敢于思考，敢于拥有自己独立的思想。

我曾经被老师定义成一个思想扭曲的"坏学生"，因为我曾经问过这样几个问题：难道我们真的只有面向"太阳"才能健康成长吗？这里的太阳指的是什么呢？大多数学生的成长法则适合我们每一个人吗？

我没有得到准确的答案，只是一个人在默默地求索……

（3）

似乎从第一节课开始，我们就被动地接受老师教给我们的一切知识。我们不需要思考，老师会引导我们如何去学习。老师让我们做什么我们就必须做什么，以至于老师让我们开心我们就开心，让我们难过我们就难过。

印象最深的就是学习"爱"这个词。老师告诉学生，一个好学生应该热爱学习，热爱劳动，热爱我们的国家。

讲完之后老师就问我们："大家爱不爱学习？"

同学们异口同声地回答："爱。"

老师又问我们："大家爱不爱劳动呀？"

同学们又异口同声地回答："爱。"

老师很满意地点点头，夸大家都是好孩子。

当时身为班长的我感到很羞愧，难道我是个坏学生吗？为什么我内心深处是不爱学习不爱劳动的呢？学习让我感到很乏味，劳动让我感到很疲劳，我真的不喜欢。我当时最喜欢做的事情就是玩耍，但是我也知道，学习是我必须做的事情，劳动是我应该承担的义务。我会认真做这些事情，但是真的爱吗？或许从心底来讲，我并不是真的热爱它们。

当然，如果这时有人敢站出来说我不爱学习，也不爱劳动，那他一定是那个不喜欢面向太阳的向日葵，会被老师定义为思想和心理扭曲的"坏学生"。现在想想，往往那才是孩子心里的真实想法，但当时没有一个人敢说出自己心里最真实的声音。

如果一个孩子不喜欢学习却在振臂高呼我热爱学习，如果一个孩子不喜欢劳动还在信誓旦旦地宣称我热爱劳动，那么老师教会我们的就已经不再是热爱，而是说谎。

老师教我唱《我爱北京天安门》，可当时我并不知道天安门代表着什么。它在哪里？是什么样子？我全都不知道，我只知道老师要求我们热爱它。而且，让我们热爱天安门的老师，也没有去过北京，也没有见过天安门。直到我长大后到了北京工作，才有机会亲眼见证天安门的雄伟与壮观。那一瞬间，内心被深深地震撼到，那才是我真实的感受，我真的感受到了祖国的伟大与繁荣，内心不由地呐喊："我爱天安门，我爱我的祖国。"那种感受是如此真实与深刻，而我读一年级的时候，天天唱着我爱北京天安门，却一点感觉也没有。

我们当然要爱自己的国家，但我觉得发自肺腑的爱才是真正的爱。老师教我们热爱学习、热爱劳动、热爱国家并没有错，但在引导我们学会热爱的同时，我觉得不应该忽视每一个孩子的切身感受。一个心智健全的孩子应该拥有自己的感受，他需要在感性与理性之间健康成长，逐渐健全。感受是自己内心的东西，并不是强求或命令得来的。当一个人真正感受到喜悦或是悲伤的时候，他的内心一定是有波动的。不应该让权威束缚孩子的独立思想，从而忘记了自己的真实感受。

（4）

记得有一次我考了班级第一名，当时我真的很高兴，拿着试卷手舞足蹈。

老师对我说："考了一次第一名是不是就忘记自己姓什么了？"

我说："我记得，永远都记得。"

老师说："你还顶嘴，你就会骄傲自大，你知道什么是谦虚吗？"说完把我的班长职务撤掉了。

我只好默不作声，不敢表露自己的喜悦。再次考第一名的时候我也只能对同学说："没什么没什么，运气好而已，有些题都是蒙对的，我也不太会做……"

后来，大家都谦虚惯了，总是把"我做得不好""你做得比我好多了""我怕我胜任不了"之类的话挂在嘴边。如果突然有个人说"这件事我可以做好",虽然这种话再平常不过,却显得如此突兀,别人会觉得,这人说话怎么这么狂妄。殊不知,这只是一句正常的话而已。就像书里写的,古时候女人都缠脚,突然有一天看到一个没缠脚的人,大家都会惊叹"哇,好大的脚啊!"一样的道理。

(5)

有一天,我的同桌是小值日生。那天下午别的同学都离开教室之后,他对我说:"今天我家里有事,你能不能帮我把卫生打扫了。"

我说:"当然可以。"

当我把卫生打扫完之后,非常累,也非常委屈。校园里空荡荡的,我需要一个人回家,我并不开心。

第二天,在我去学校的路上,突然有一只大黄狗从胡同里跑出来,吓得我惊魂落魄,两腿发软,泪水止不住地流。妈妈知道后,找狗的主人质问:"你们家的狗为什么不拴好?"

然而他们说:"我们家的狗不咬人,你不惹它,它是不会咬人的,肯定是你家小孩故意招惹我们家狗了。"

当时我才意识到,原来这个世界上还有如此不讲理的人。第二天放学回家,路过他们家时,我看到他们家大门紧锁,就捡起一块石头把他家玻璃打碎一块。后来他们家的人找到学校,老师问是谁打破的,我站起来说是我打破的。老师说我变成"坏学生"了,把我当成反面教材在课堂上批评。可他昨天上课还教我们：勇于承认错误的学生都是好学生。我当时很不解。

老师对我说："你认识到错误了吗？"

我说："认识到了。"

老师问我："知道错了之后，你心里是不是很难过？"

我说："我不难过，打破他家玻璃的时候我心里很开心，直到现在我都觉得很爽。"

后来老师不但让我赔了他们家玻璃钱，还罚我在教室外面站了两节课。当时，我不知如何辩解，只能默默承受着。我一直在想：我真的是个坏学生吗？我觉得不是，虽然他们认为我是。

难道最先受伤害的人不是我吗？他们家的狗把我吓得惊魂未定、泪流满面难道就没有错吗？他们不但不敢承认错误，还反咬我一口难道就是正义之举吗？有些伤害是表面的，比如我把他们家的玻璃打破了；有些伤害是看不到的，比如他们家的狗把我吓得有了怕狗的心理阴影。难道看不到的伤害就不算伤害了吗？那法律为什么还会有精神损失费这个赔偿规定？

现在的生活中，这种现象竟然还屡屡出现，而且令人痛心疾首。比如，某个地方出现一起女性被强奸的事件，有人竟然在网上说："穿得这么暴露勾引谁呢？"比如，有女性半夜出事了，有人会这样说："大半夜还出去，一定不是什么好女孩。"再比如，女性晚上独自打车出事后，有人指责受害者："谁让你长那么漂亮还大半夜一个人打车的？"指责受害者这种令人痛心疾首的行为是在什么时候风行的？是谁助长的？我们不该反思吗？

老师拿着我的例子对同学们讲："帮助他人你会很开心，损坏别人的东西你会很难过，如果你不是这样，那你就不是个好孩子。"

我知道帮助他人是对的，但这件事情或许并不会使我开心，我也知道损坏别人物品是错的，但有时并不会让我难过。老师应该教育学生什么事情是对的，什么事情是错的，而不是把主观意愿强加给学生，更不该限制学生的心理感受以及思想。他快不快乐，愿不愿意，是他自己的事情，而不是外人强加给他的。

（6）

《奇葩说》中有一个选手叫席瑞，我很喜欢。有一次他在辩论中，回顾了自己被校园霸凌的经历，让我看得感同身受。他说："坦白来说，从小到大我都没有胖过，但是我遇到过一件比胖更麻烦的小事，那就是我很娘。我是一个在小县城里面读完小学的人，那个时候我特别喜欢玩跳皮筋这个游戏，然后我就遭到了非常多莫名其妙的嘲笑。嘲笑我的人有男生也有女生。我很不解，就去问老师。老师边改作业边轻描淡写地跟我说：'为什么大家就嘲笑你呢？为什么你非要跟那群女孩子在一起跳橡皮筋呢？为什么你不可以改变一下自己？'那一刻，我整个人全蒙了，我蒙的原因是我都还没有问他，我要不要放弃跳橡皮筋这个爱好，我都没有问！我只是想告诉他我被嘲笑了。那一刻，我突然一下子变得非常绝望。因为当时我还很小，我还不明白，跳橡皮筋这种课间十分钟做的小游戏，竟然可以成为我被嘲笑的理由。我更不明白的是，那个在课堂上反复教我们不要嘲笑任何人的老师，居然让我去改变自己，去顺应那些嘲笑我的小孩。好，你们让我改，我改。我转学了，我初中的时候就到武汉去念书，我去一个大城市去念书。那个时候我就不再喜欢跳橡皮筋了。可是我青春期的时候，变声比其他男生慢，虽然我看着已经不娘了，但是我听着很娘。换了一拨同学，我还是遭到了嘲笑。"

席瑞接着说："我想说的不是你改不了，也不是一旦你改起来会没完没了，我想说的是，也许我可以原谅当时嘲笑我的那群同学，但是我不能原谅那个轻描淡写就让我改改改的老师。直到很多年后，我开始学习打辩论赛，我才明白他这种说法做法叫谴责受害者。那一刻我突然恍然大悟，原来我是受害者，原来我不是活该，原来我没有做错，那一刻我才真正拥抱了过去，接纳了自己。可是你们知道吗？比起被人嘲笑，更令人痛苦和扭曲的是这么多年以来我心中的自我谴责！"

席瑞回到辩题："这个辩题不是说可以理性衡量减肥利弊的成年人，而是说一个被人嘲笑，心里很难受，但是充满困惑的小孩子，我希望所有的老师都知道，当一个小孩子在问你，我要不要改，要不要减肥的时候，他不是在做选择，他是在求助，他不知道该怎么办。而我多年以后，回想起这段经历，我才发现，被谴责带来的是我这一生当中都不会稳定的安全感。十多年过去了，我也在一所培优机构里面当语文老师，就像每一个班一定会有一个显得稍微胖一点的小孩子一样，我们班也会有一个不那么阳刚的小男孩，他说他喜欢穿粉红色的衣服。

下课后他走过来对我说：'老师，我被欺负了，我被嘲笑了。'天呐，我要怎么办？像十多年前我的老师那样轻描淡写地说：'为什么你不可以改改呢？你可以穿黑色的衣服嘛。'我做不到，我把他叫过来，我跟他说，孩子你没有错，你不需要承受这个糟糕的结果，你穿粉红色衣服仍然很可爱。如果你害怕的话，明天我陪你穿粉红色的衣服。我还想对嘲笑他的小孩子说：'嘲笑不会让你显得很强大，你的安全感和你的优越感，从来都不要建立在嘲笑他人之上。'我要这么说这么做是因为我知道，对受害者的苛责，就是对霸凌者的放纵。我们该探讨小孩子应该如何做，不该探讨我们成年人应该怎么说。小孩子的世界观是怎么来的？他们天生就知道瘦是美的，胖是丑的，天生就知道嘲笑吗？不是的。他们的观念是我们这一群成年人，一人一句堆砌出来的。你就该减肥，是一句话。你不需要减肥，也是一句话。如果你希望我们的世界更多元一点的话，我希望你说的是后一句话。"[1]

最后席瑞说："比起被人嘲笑，更令人痛苦和扭曲的是我心中的自我谴责。"当我听完了席瑞的发言，真的能够感同身受：一句话对于一个孩子的影响有多大。

遇到校园霸凌，要第一时间告诉最信任的人。被霸凌者没有错，错的是那些伤害他们的人。是的，我们不再纵容霸凌者才是真正地保护被欺凌者，要想不让悲剧重演，就尽量不要再出现谴责受害者的现象。它应该从孩子小时候就被重视，让孩

---

[1] 为了行文方便，引用时有改动。

子从小就树立正确的价值观。不要让孩子看似朝着阳光成长，实际上却偏离了正确的轨道，甚至成了受害者。

我上小学的时候，班里真的就有一个说话不那么阳刚的同学，有人给他起外号"娘们"。大家把这种赤裸裸的伤害当成一种玩笑来掩盖自己的不道德，说出口变得那么自然和随意。我一直都没有喊过他的外号，并不是我的道德有多高尚，而是我深知那种被人嘲笑和排挤的伤害有多大。

上小学六年级的时候，那个一直被人嘲笑的同学退学了。我很震惊，我问别人为什么，有人告诉我："因为别人都喊他娘们，所以就不上学了。"

听后我心里又吃惊又难过。我当时的第一反应是：小学还没毕业呢，他将来能做什么呀？他该去哪里呀？他未来怎么办？

原来，语言是可以杀人的。很多时候，我们都是"杀人凶手"。我们把自己的快乐建立在别人的痛苦之上而不自知。我们通过孤立排挤一个没犯错的人只为达到抱团取暖的目的来寻求自己的安全感，我们是多么的自私，多么的残酷。我们通过指责别人的不正常，通过指责别人是坏学生，来证明自己是正常的孩子，来证明自己是好学生，难道这就是所谓的面向阳光吗？这就是所谓的向日葵吗？

阿兰·德波顿在《哲学的慰藉》中有一段话是这样写的：如果我们听了几句对我们的性格或业绩的严厉批评就忍不住掉眼泪，那可能是因为我们相信自己正确的能力主要是由他人的赞许构成的。我们对于不受世人喜爱很在意，不仅是出于实用的理由——例如生存或升迁，更重要的是世人的嘲弄似乎是一种信号，毫不含糊地表明我们已误入歧途。

小时候，我表达自己见解的方式，在老师眼中那是顶嘴，老师不喜欢这样的孩子。老师喜欢的是听话的孩子。在老师眼中，听话的孩子就是好学生，以至于太多孩子在成为好学生的路途中丢失了自己表达思想的能力。

有时候，我觉得老师做错了，我去指出他的错误，这样做每每换来老师的揶揄，去去去，小孩子懂什么。还有的时候，我明明知道自己被误解了，被冤枉了，可是我不知道如何去诉说，我总是词不达意，于是我只能默默承受着，心里暗暗发誓，如果将来有一天我当了老师，我一定不要这样教学生。

这种状况当然不仅存在于学校。有些时候，我和我妈妈也会产生分歧，当我向妈妈指出她的观点不对时，我妈竟然对我说："你才当了几天和尚呀，就想去西天取经。"这个时候我很怕，我怕的不是被误解，而是怕我真的做错了，怕我所坚持的尚未成形的价值观是错误的，怕我学到的道理在现实生活中是不成立的，是不存在的，而我还想苦苦支撑着，但永远不可能看到希望。

（7）

史蒂文·奈菲和格雷戈里·怀特·史密斯合著的《梵高传》中这样描述梵高所生活的世界："这是一个积极总会被消极中和的世界；这是一个赞美总会被期许冲淡，鼓励总被预兆折损，热忱总被谨慎浇灭的世界。离开牧师公馆这座孤岛后，没有哪个孩子能摆脱极端情绪。对此，他们麻木迟钝，毫无经验，只能手足无措，眼睁睁地望着失控的情绪毁掉自己。"我觉得何止是梵高所生活的世界，我们的生活也存在着同样的现象。

因此，小学时无论我考多少次好成绩，都没有感受到真正的快乐，相反，踢足球、玩游戏带给我的快乐更直接、更清晰、更透彻心扉。

这个世界上一定有喜欢学习的人，他们可以在学习中得到乐趣，这个世界上也一定有不喜欢学习的人，他们在学习中感到枯燥乏味，远远没有玩耍获得的快乐多。这个世界上也一定存在不喜欢学习但学习成绩非常出色的人。这类人很理性，他们知道自己应该做什么，不应该做什么，他们也明白什么是喜欢什么是不喜欢，我觉得这类人才算是心智健全的自然人。

我们有太多的思想被长期束缚住了，好像全世界只有一个标准答案，而这个标准答案是不容置疑的。就像一加一等于几的问题，所有人都知道等于二，却没有人去问一加一为什么等于二。就连想象空间如此广阔的语文课文，老师也要求我们总结出一个统一的中心思想，并熟记于心，以便在考试中顺利得分。好像一篇课文不能有其他的主旨，你也无须在课文中发掘其他的思想。我们就是这样被束缚住了遐想的能力。

这个社会是如此多元，请不要束缚住孩子的思想。每个人都是独一无二的个体，请尊重每个人的天性。我觉得，没有哪个孩子天生喜欢做题，贪玩才是孩子的天性。一个孩子如果连自己最基本的诉求和心愿都不敢表达出来，他该如何朝着阳光健康地成长？如何才能保有自己独立的思想？将来他怎么敢维护自己的正常利益呢?

我们的教育有很多优良的地方,也有需要改进的点滴。我们应该正确面对,正视不足,而不是一味地唱高调,更不能一味地唱反调。只有尽量将好的弘扬光大,将不好的加以修正,孩子才能不盲目地朝着阳光生长,才会拥有属于自己的独立思想。只有这样,我们的教育也才能越来越好。

8

快乐就是把青春延续

有些事情是局外人很难理解的，比如高考，比如爱情，比如足球……

第一次接触足球是在刚上小学的时候。那时的乡村还没有足球场地，但这并不影响我们对足球的热爱。只要有一片平坦的开阔地，就可以满足我们乐此不疲的踢球热情。当时最开心的事情莫过于和小伙伴一起进行足球比赛了。可以不看动画片，可以不吃饭，但就是不能没有足球。大人们都搞不懂我们为什么会如此痴迷，就像着了魔一样。

那时不仅踢球，我们还看球。作为山东的球迷，自然以山东鲁能足球队为骄傲，那时鲁能还是中超双冠王，宿茂臻任队长。

记得有一次比赛，宿茂臻单枪匹马，从中场得球后一路长驱直入到对方禁区，行云流水般晃过几名防守队员后如入无人之境，面对出击拦截的守门员，冷静一脚推射，将球轻松地打入球门。那场比赛后,宿茂臻瞬间成为体育新闻热炒的对象,也在很长一段时间里成为小伙伴口中乐此不疲的话题。后来知道那一招叫"千里走单骑",只有球技超群的球员才能偶尔做到,因此宿茂臻很自然地成为我们球迷心目中的超级偶像。

小学时,最盼望的就是上体育课。那时的体育课完全是自由活动,也是我们最开心的踢球时光。有一年,当我把"三好学生"的奖状拿回家后,妈妈为了奖励我,给我买了一双球鞋,专门踢足球穿的球鞋,我特别珍惜。一周有两节体育课,我总是在有体育课的那天才穿上球鞋去上学,不管春夏秋冬,不管阴雨晴风。那时,足球是奢侈品。我那些年的愿望就是能有一个足球,但家境贫寒,我不敢向母亲索要,只能和邻居家的孩子搞好关系去蹭他们的球踢。

我们学校有两个足球,只有体育课的时候才拿出来供我们娱乐。那时大家都有把足球偷回家的念头,但是我们始终找不到可行的办法。

记得有一年冬天,下了一场大雪,大家在雪地里踢足球,后来我想到一个绝妙的诡计。我把几个踢球的伙伴叫过来说:"咱们滚雪球吧,把足球滚到雪球里面,然后把雪球扔出围墙,放学后我们再去把球拿出来带回家,怎么样?"天知道那时我怎么那么聪明。

小伙伴们面面相觑,然后不约而同地向操场四周瞟了一眼,发现体育老师不在。我们几个事前约好,如果老师发现丢球后任何人都不能说！然后个个面红耳赤，义不容辞地把球放进雪里滚起了雪球，一直滚到墙脚后，趁周围学生都不注意，我们几个人一起举起雪球就扔出了围墙……

后来学校发现少了个足球，在全校学生中进行暗访调查，还好我们几个嘴巴都比较严，直到现在我都没有向人说过，只是写了出来。

那次事件后，学校再也没有在体育课时给我们提供足球，我们又不敢把从学校偷走的足球再带回学校，只好期望家里有足球的同学把足球带到学校来，因此那时人缘好的学生恐怕就是拥有足球的人了。人人都围在他身边去阿谀奉承，什么讨好的话都说，只为了能在大家踢球的时候有上场的资格。

后来我和妈妈要过几次足球，妈妈总是对我说："你功课都学会了吗？你现在应该以学业为主，整天踢什么足球呀。把你笔记本拿来，默写几首诗给我看看。"这一招果然奏效，每次向妈妈要东西，妈妈就让我默写课本，导致我后来再也不敢要东西了。

暑假的时候我发现，知了猴能卖钱，一毛钱一个。于是我就在夏季的晚上，拿着手电筒到树林里去找知了猴。找了一个夏季，卖到了10块钱，我拿着10块钱买了个足球。当时别提有多兴奋了，恨不得晚上睡觉时也抱着它。

当开学后我抱着足球到学校时，本以为同学们会围着我讨好我，给我吃的喝的，就像我以前讨好他们那样。没承想，那天我们班的男同学几乎人人抱着个足球来到了学校，失望的我连吐血的机会都没有。更悲催的是，不到两个月的时间，在一次意外中，我不小心把球踢到了钉子上，足球瞬间泄了气。我的心像是掉在地上的花瓶一样被摔得稀碎。谁也不知道，我抱着泄了气的足球伤心地流泪了，也曾在无数个夜晚想起它而难过地失眠。

谁不是在一次一次的打击受伤中学会坚强，学会面对，学会看得开，学会没心没肺的。只是那是我第一次如此伤心，所以记忆犹新。

后来一路从初中踢到高中。只是随着年龄的增长，爱好多了，篮球、台球、羽毛球也在吞噬着我有限的课余时间。

记得在泰安四中上高中时，学校里有一群爱好足球的学生。每当下午下了最后一节课，我便往后操场跑去，与学校各个年级掺杂在一起的足球爱好者分成两派，一直踢到上晚自习。上晚自习的时候再偷着吃同桌帮我买回来的晚饭。

有一次，一个同学开心地对我说："今天是我第一次踢足球，原来踢足球这么好玩呀。"我突然觉得自己好幸运，也感到他好悲哀。

几个月过后，我的成绩下降得稀里哗啦。班主任把我叫到办公室一顿数落……后来我拿出比别人多三倍的时间去学化学，结果考了别人三分之一的分数。碳酸钠溶液和稀盐酸反应产生的气泡再美丽，我也记不住它的化学方程式。伤心之时，我跑到操场，面对滚来的足球，重重地一脚将它踢飞。看着它在空中划出一道漂亮的抛物线，我自始至终没有想过对它做受力分析。管它的初速度多大，受多少空气阻力呢，我就觉得踢进球门一个球比解出一道方程式更让我开心。

高中的烦恼有很多，怎么学都不会是很受伤的一种。

当时通过足球我在学校认识了很多高年级的学生。其中有一个叫赵晨的学长在高考前一天还在与我一块儿踢球。我问他："明天就要高考了，你怎么还在踢球呀？"

他说："我在高中都踢了三年了，不差这一天。"说这话时我觉得他特别潇洒，一种明知大难临头依旧轻松面对的洒脱。

临走时他对我说："等我们走后，你会成为学校的足球霸王。"

我说："等我成为学校的足球霸王时，恐怕我也就是学校的考试困难户了。"

他说："我以全年级第二的名次考入高中，可现在我早就是学校的考试困难户了。"

他用三年的足球快乐时光换来了高考失利的结局。或许这是聪明人不会做的买卖。

后来，我没有成为学校的足球霸王，但成了学校的考试困难户。

时隔多年，当初踢球的激情已经渐渐淡化。离开学校后，再也找不到当初的感觉了。曾经那滚水冲不开的晦涩青春也在不知不觉中烟消云散，曾经的朋友如今都在各自的天涯孑然一身。身边很难再找到一群志同道合的足球爱好者，多数时间也只是在电视上看着 C 罗与梅西回忆自己的似水流年。

我确信足球曾带给我一段忘乎所以的快乐时光，但我从未想过足球能带给我们额外的东西。前些日子，机缘巧合下认识了振华哥。他曾是某位大领导的秘书，现在有着不错的工作，也有着很好的家庭背景，但年过 30 岁的他依旧尚未结婚。他曾在朋友聚会时对着我们信誓旦旦地宣称："足球就是我生命中的一部分，今生我可以不结婚，但不能没有足球。如果非要我结婚的话，我可以答应她任何条件，但她必须接受我踢球，不然一切都是扯淡。"说完后把一杯啤酒一饮而尽。

很多朋友对振华哥的选择感到不解，而我却由衷地祝福他。很多事情是局外人很难理解的，比如高考前夕还在踢球的赵晨。那种让人欲罢不能的诱惑，才让人真正明白什么是纯粹。

前些日子，与高中一块儿踢球的同学李强相聚。他大学毕业后到了一家国企上班。饭吃到一半时突然聊起了足球。我问他："你还记得赵晨吗？"

"赵晨呀，他现在是我们公司的大堂经理。"李强边吃着羊肉边回答。我听后顿时感到异常吃惊。

我说："他高考失利后不是没有上大学吗？怎么现在成你上司了？"

李强说："别提了，他一开始给我们老总开车。老总是个足球迷，天天踢球，赵晨球技了得，老总很是欣赏。我刚进公司时赵晨就被破格提拔为副经理了，加上工龄长脑子又活，现在是我们大堂经理了。"

  我从未想过，足球除了能带给我们快乐，还能带给赵晨不错的事业。他曾经用三年的足球快乐时光换来的高考失利，如今看来或许并不是一件坏事。有时，人生过程中所发生的事让人不可思议，但或许那就是上天最好的安排。就在亚洲杯前夕，我收到振华哥的电话。他说："明天我们要在工人体育馆打比赛，你来为我加油吧。"现在的振华哥所在的球队在全国职工足球联赛中已经杀进前三名了。我相信现在他是幸福的。

  让人热血沸腾的足球，让人欲罢不能的青春，有些人只剩下回忆，而有些人依旧延续着快乐。不管你理解与否，一切都是最好的安排。

  成长就是将梦想追逐，自由就是让心灵飞翔，希望就是让光明永存，而快乐就是把青春延续。

9

当我失去了家中唯一的朋友

（1）

小的时候，一提起爷爷，我就特别骄傲。

因为爷爷年轻的时候是省庄镇的商业经理。当时，这个职位在我们村已经属于"大官"了。

政府为我爷爷配备了一辆自行车作为上班的交通工具。因此，爷爷成为我们村里第一个会骑自行车的人。

这是爸爸告诉我的。他说："以前的自行车还是用木头做的，但是特别结实。"

我只记得爷爷骑自行车载过我一次。当时我很震惊，爷爷年纪这么大了居然还能骑自行车。

当时我坐在自行车前面的大梁上问爷爷："爷爷，你真的是我们村第一个会骑自行车的人吗？"

爷爷说："何止是我们村，当时全镇就我那一辆自行车。"

我心想，在那个全镇只有一辆自行车的年代，爷爷该多威风呀。

随着岁月的消磨，爷爷的腿脚越来越不方便，渐渐地，再也不能骑自行车了。记忆中，爷爷喜欢散步，拄着拐杖，随身带个马扎，可以走很远很远的路。

有一次，爷爷带着我从我们村走到了邻村。邻村的村头有一条国道，用沥青铺成的公路，上面不时就会开过去一辆小汽车。那时候的汽车还很少见，我特别喜欢看不同样式的汽车在我眼前呼啸而过，我觉得那就像是一场场免费的视觉盛宴。

爷爷用拐杖指着马路对面不远处的一所园林庭院的大门对我说："看，那就是'天安门'。"

我信以为真，心想："啊，那就是天安门呀，我到天安门了。"

回到家我就对奶奶说："奶奶，你知道今天爷爷带我去哪儿了吗？"

奶奶问："去哪里了？"

我说："爷爷带我去天安门了。天安门可漂亮了，前面还有很多车在跑。"

奶奶听糊涂了，问爷爷："你带小的去哪里了？"（当时我婶婶家的弟弟还没出生，我是爷爷奶奶最小的孙子，所以爷爷奶奶当时称呼我为"小的"。）

爷爷说："带着小的到了邻村的泰莱路附近。"

奶奶说："你带他去那么远的地方，被人拐跑了怎么办！"

爷爷说："我看着他呢，怎么会被人拐跑。"

听着爷爷奶奶的对话，我越发觉得自己好像真的去了很远的地方，看到了外面的世界。当时，在我心中，那是我去过的最远的地方，就像是世界的尽头。

那几天我逢人便讲，我爷爷带我去了天安门。不知为什么，我说得越认真，听的人笑得越大声。

有一次，我和小伙伴们在一起比赛，看看谁见的世面多。

小波哥说："我坐过火车。"

小凯叔说："我爬过泰山。"（虽然喊他叔，但他只比我大两岁，年龄还没小波哥年龄大，只是辈分比较大而已。）

我说："我去过天安门。"

他们两个都说我吹牛，我急着说："我就去过，我爷爷带我去的。"

小波哥说："天安门在北京呢，你去过北京吗？"

我说："我就是去过北京天安门。"

小波哥说："你吹牛不打草稿。"

为了证明我去过天安门，我跑到爷爷家，嚷着让爷爷带我们去看天安门。

爷爷挂着拐杖，拿着马扎，提着一塑料杯水，对着我们说："你们谁帮我拿东西，我就带着谁去天安门。"

小波哥拿着马扎，小凯叔提着水杯，我扶着爷爷，我们四人就朝着"天安门"的方向走去。

到了地方，我指着马路对面说："看，那就是天安门。"

小波哥说："这哪是天安门，这只是样子像天安门而已。"

我说："这就是天安门。"

小波哥对小凯叔说:"你说,这是不是天安门?"

我对小凯叔说:"你敢说不是,我以后不让我爷爷带你来玩了。"

小时候就是这样,自己家大人在跟前就会变得尤其蛮横无理。"狗仗人势"这个词可不只是形容狗的,很多时候人也是如此。

小凯叔说:"这是天安门。"

小波哥对小凯叔说:"信不信我揍你。"

小凯叔左右为难地不知道如何是好。这时爷爷过来说:"这是小天安门,大天安门在北京。"

这才解了小凯叔的燃眉之急。

(2)

后来有一次,爷爷带我去"天安门"的时候,天突然下起了暴雨,爷爷把帽子戴在我头上,生怕我淋雨感冒,但是爷爷的帽子实在太大了,戴在我头上直接盖住了眼睛。我不舒服,摘下来给爷爷,爷爷不同意,非要让我戴着。

我学着小波哥那天对小凯叔说的话,抬头对爷爷说:"信不信我揍你。"

那个时候,我的个头才和爷爷的腰平齐。

爷爷突然笑了,说:"信,信,我可怕了。"说着爷爷把帽子戴在了自己头上,然后用大衣把我裹在了怀里。

我们家是一个受儒学思想影响很深的家庭,在家里一定要尊敬长辈,不能与长辈开伦理玩笑,否则就会被定义成目无尊长,缺少教养。所以这种玩笑我小的时候只敢和爷爷开,连奶奶都不敢,更别说爸爸妈妈了。如果这话让爸爸妈妈听到了,一顿揍是少不了了。

并不是爷爷不受儒学思想的影响,而是爷爷太爱我了。我犯什么错误他都不会骂我,更不会打我。我淘气不听话的时候,爷爷顶多会举起手说:"我打你了。"然而每次举起的手都没有落在我身上。

爱就是伸出又缩回了的手,直到长大我才懂得。

奶奶也不会打我,但奶奶会责骂我,所以我觉得,爷爷是我在家里唯一的朋友。

(3)

上幼儿园之后,有一次见同学拿着糖在学校吃,把我馋坏了。我问他:"你的糖哪里买的?"

他说:"咱们村的小卖部。"

我又问:"多少钱一块?"

他说:"一毛钱两块。"

中午回家吃午饭的时候,我一直想向妈妈开口要一毛钱,但是话到嘴边又说不出口。边吃饭内心边挣扎着,一直到吃完饭去上学也没有说出口。

走出家门,内心还在纠结,心里嘀咕着:"说出口或许妈妈就把钱给我了。"但又一想:"万一说出口妈妈生气了怎么办,又要挨顿揍不可。"

这时我想起了爷爷,把所有希望寄托在了爷爷身上。

一、谅解是对自我的救赎

到了爷爷家，正巧奶奶没在家，我趴在爷爷怀里说："爷爷，你有没有一毛钱呀？"

爷爷说："你想买什么？"

我说："我想买块糖吃。"

爷爷说："我正好就只有一毛钱，别的钱都在你奶奶那里呢。"

我说："一毛钱就够了，当我借你的，等我和妈妈要一毛钱之后再还给你。"

爷爷突然哈哈笑起来，我不知道爷爷为什么笑。我当时在想："幼儿园老师教的，借东西要还，我借了爷爷一毛钱，当然要还呀。"

几个星期过去了，我都没能有多余的一毛钱，心里一直很愧疚，觉得对不起爷爷。

很搞笑的是，那段时间我都不好意思去爷爷家。

有一次爷爷奶奶家要来客人，妈妈和婶婶要在奶奶家炒菜，所以让我中午放学后去奶奶家吃饭。

我一踏进家门，奶奶就对我说："我是怎么得罪我家孙子了，这么长时间没来我家了。"

我红着脸依偎在爷爷的怀里，搂着爷爷的脖子小声说："我还没有一毛钱。"

爷爷哈哈笑了，接着眼泪却掉下来了。我不知道爷爷是怎么了，觉得他像个小孩子一样说哭就哭。当时我害怕极了，不知道自己做错了什么。

爷爷把我揽在怀里，让我坐在他腿上，对我说："你不来看爷爷,不知道爷爷会想你啊。"

那是我第一次知道"想"这个概念,原来想一个人是会掉眼泪的。

(4)

想起了一个插曲。有一次,爷爷奶奶去城里姑姑家住了一段时间,好久没回来。突然有一天,爷爷奶奶推开我家门,我正独自在床上玩。爷爷一进门就过来抱起我,说:"可想死我了。"然后爷爷奶奶和我妈妈说了几句话,就把我带走了。我一直被爷爷扛在肩上带回他的家。

回到家,爷爷奶奶轮流抱着我,都说了同样一句话:"可想死我了。"

所以,当听到爷爷又说想我的时候,我突然感到有些内疚,只是当时,我并不知道如何面对爷爷的眼神,怯生生地说了句:"我本来想有了一毛钱再来看你的。"

爷爷又笑了,对我说:"让我亲一口就不用还啦。"

我说:"好。"

爷爷朝我脸上亲了一下。我说:"爷爷,你的胡子扎死我了,换我亲你吧。"

我抱着爷爷的脖子在他脸上使劲亲了一口,然后悄悄地对爷爷说:"我借你钱这个秘密谁都不能说。"

爷爷说:"好,好,我要是说出去你就揍我。"

一波未平一波又起。不几天,又有一个同学带到学校一个玩具零食,一根木棍上顶着一个小人,小人头上有一块玻璃球大小的软糖，吃掉软糖之后就可以把小人从木棍上拿下来玩。

我问同学："这个多少钱？"

他说："三毛钱。"

我一听太贵了，直接打消了买这个玩具糖的念头。

后来这个玩具糖在校园中风靡一时，很多同学都买了，最后几乎一人一个。

可是，平时我连一毛钱都不敢和妈妈要，三毛钱对我来说简直是巨款了。有一天，妈妈需要干农活，中午我就在爷爷奶奶家吃饭。吃饭的时候我就看着爷爷，爷爷看出了我的心思，然后对奶奶说："去他三叔那边给我拿头蒜来。"

爷爷故意把奶奶支开后，我就对爷爷说："爷爷，你有没有三毛钱？"

爷爷说："你狮子大张嘴呀。"

我说："我同学都有一个玩具糖，就我没有。"

爷爷从兜里掏出一张五毛的给我，我接过钱对爷爷说："剩下的两毛钱我买完再还给你。"

当我买完糖之后，就急着去学校向同学炫耀。晚上回家后，怕钱丢了，就放在了抽屉里。

一直到第二天，我去爷爷家，爷爷问我："昨天剩下的两毛钱呢？"

我说："我放家里了，你去拿吧。"

爷爷扑哧一下笑了。

我说："我说的是真的，我真放家里了。你去拿吧，在写字桌的抽屉里，你自己拿吧。"

我不知道为什么，我说得越认真，爷爷笑得越开心。长大后才发现，小孩子的认真是多惹人开心。

后来的事情想必大家也能猜到，剩下的两毛钱还是被我忍不住花掉了。我觉得自己犯了天大的错误，不知道如何弥补。终于有一天，我鼓起勇气对爷爷说："爷爷，我一共欠你六毛钱了，我现在没钱还给你，等我长大了挣了钱再还给你，好不好？"

不知道为什么，我一提还钱的事情，爷爷就忍不住想笑。

我以为爷爷不信或是不同意，我还加了补偿方式。我说："我长大挣了钱要给爷爷买好多好多好吃的东西。"说着还用双手在空中比画了一下。

爷爷说："好，我等着。"

我趁机趴在爷爷肩上说："这是咱们两个的秘密，谁都不能说。"

爷爷马上伸出手和我拉钩，其实不用拉钩我也相信爷爷会为我保守秘密的，因为爷爷是我在家里唯一的朋友。

多年后回忆一下，能确定我和爷爷是朋友的最主要的证据是我和爷爷在一起时可以同时保持沉默却并不觉得无聊。

沉默这一点我特别像爷爷，我们两个都是不善言辞的人。有时候，我和爷爷在一起，我不说话，他也不说话，就这样默默陪着彼此，不觉尴尬也不觉无聊。长大之后我发现，有一个这样的朋友是件多么奢侈的事情。所以，我越来越坚定，小的时候爷爷就是我在家里唯一的朋友。

(5)

上一年级的时候,期末考试没能拿"三好学生"奖状,全家人都不开心。我觉得自己犯了一个很大的错误,整天都闷闷不乐。

尤其是春节期间,平时在外工作的大人们都要回到老家过年。那时,我很讨厌出门,因为每碰到一个大人,他就会问我同一个问题:"今年考了多少分呀?"

碰到一个被问一次,本来就考得不好,这个问题就像是不断被人揭开的伤疤,让我感到非常难过。

记得那天,我和爷爷在房间内坐了半天,彼此都没说话。突然,我对爷爷说:"你带我去'天安门'看看吧。"

爷爷就说了一个字:"走。"

那天到了"天安门"之后,爷爷坐在马扎上,我坐在地上,我和爷爷一句话都没有说,一直坐到夕阳西下,落日将我和爷爷的身影拉得很长很长……

现在想想,那画面多凄美呀!像是一对孤独的老少年与小少年,一个"历经沧桑"的小孩与一个童心不泯的老人,在世界的尽头,相视无语,凝眸处尽显沧海桑田。

(6)

有一次,爷爷带着我去镇上赶集。集市上密密麻麻的人,爷爷一手牵着我一手提着篮子。突然,有个人把篮子里放着的雨伞拿跑了。爷爷拽着我的手快速地追。我还不知道发生了什么事,只顾跟着爷爷的脚步快速地跑。穿过人群之后,爷爷一把抓住了那个偷伞的人的胳膊,那人一脸苦笑地说:"哦,这是你的伞呀。"

爷爷一把夺过雨伞,狠狠地看着他,一句话都没说。那个人转身弯着腰跑开了。

我抬头看着爷爷魁梧的身材,高高的鼻梁,粗眉下炯炯有神的眼睛,那一刻,我觉得爷爷就是一个英雄。

很多次,我在外面与小伙伴打架,被别人追着跑时脑海里第一个想到的就是爷爷。爷爷在我心里就是一个无所畏惧的英雄,躲在他怀里我有说不尽的安全感。

可是后来,我心中的英雄生了一场重病。

记得那天,在镇上的医院检查完之后,医生是这样说的:"病人的肺中间好像长了一块东西,我们医院的设备检测不出到底长了什么东西,你们还是去市里的大医院再检查一下吧。"

全家人诚惶诚恐地连夜带着爷爷去了市里最好的医院,找人托关系,当天晚上就做了检查。结果医生说:"病人肺中间并不是长了块东西,而是由于病人常年吸烟,已经把肺熏黑了,就只剩下中间那一块肺是好的了。"

住了一段时间医院,回家后,奶奶就彻底把爷爷的烟和酒都禁止了。而且吃饭时让他一个人坐在角落的沙发上,怕爷爷把病菌传染给我们。

行动越来越不方便的爷爷,每天只能坐在沙发上看电视。奶奶说:"你爷爷就和一个傻子一样,每次看电视看到感人的地方,他就呜呜地哭。电视上的人在里面哭,你爷爷就在外面哭，而且他比电视上的人哭得还厉害。"

不知道为什么，才七八岁的我，听完之后竟然特别感动，觉得爷爷实在是太可爱了。我年龄那么小都好面子，不好意思在人前哭泣，想哭的时候总是躲起来流泪。爷爷却可以如此洒脱，他该是多么真诚的人呀。

我觉得全家人中，唯独我懂爷爷。很多次，爷爷坐在电视机前哭，奶奶则在一边责骂爷爷是个傻子，而我却依偎在爷爷怀里帮他擦眼泪。我和爷爷谁都不说话，他哭他的，我擦我的，他不躲也不闪，我不问也不停。

（7）

我以为所有的一切都不会变，太阳依旧升起，花朵依旧会开，我会一天天长大，爷爷奶奶永远在家里为我做好吃的，每次推开爷爷奶奶的房门，爷爷永远会坐在那个沙发上，一声不响地看着我。

可是突然有一天，早上醒来，我还在床上躺着，妈妈打开我的房门对我说："你爷爷去世了。"

我不自觉地发出一句："啊？"

然后脑子瞬间蒙了。

当妈妈关上房门的那一刻，我的眼泪止不住流了下来。

我脑子里一直在念："不可能的，不可能的，爷爷怎么会死呢，妈妈一定是骗我的，爷爷不会死的，不会的，不会的……"

起床后，我不敢去爷爷家，我怕那是真的。我不去，我不要面对这个事实,我希望所有的一切都是一场梦。爷爷还好好的,还可以陪我去"天安门",还可以骑自行车载着我去兜风,还会坐在电视机前哭鼻子,还会高高地举起手对我说:"我要打你了。"

但是看到很多大人都脸色沉重地往我爷爷家走去,我越来越害怕,越来越害怕这是真的。

我从地上捡起一块破碎的玻璃,使劲往自己胳膊上划,划出一道血印,希望将自己疼醒,然后对自己说原来这都是一场梦。

我连续在胳膊上划了三道,血流出来之后我才知道,这不是在做梦。

可是这怎么可能呢?我小学还没毕业呢,爷爷怎么会离我而去呢?我还欠爷爷六毛钱没有还呢,我还吹牛说等我长大了给爷爷买好多好吃的呢,为什么一切都还没来得及,爷爷就没了呢?

我不敢相信地走到爷爷家,看到爷爷经常坐的沙发上空空的,我一下子忍不住了,呜呜地哭起来。边哭边跑出门,正巧碰到妈妈,我一下扑在妈妈的怀里,妈妈抱着我说:"乖,不要哭了孩儿。"

我控制不住自己,边哭边呜咽地抱着妈妈说:"我想我爷爷,我想我爷爷,我不要我爷爷死,我要我爷爷回来⋯⋯"

妈妈边抱着我边落泪。

后来吊丧的来了,妈妈要去忙大人的事去了,妈妈说:"你长大了,不能再哭了。"

我躲在妈妈身后说:"我对不起爷爷,我还没有给爷爷买好吃的呢。"

第二天,爸爸坐飞机从哈尔滨赶回来。我远远地看到爸爸,连喊一句爸爸的勇气都没有,因为陌生,因为难过,因为心疼,所有的感受交织在一起,怕一开口,我就哭出来,更怕爸爸也会哭。

几天后,爷爷葬在了村后的坟地里,我却依旧觉得爷爷并没有离开我。

以前,我们都喜欢用鬼来吓唬人,大家都说人死了就会变成鬼,因此坟地就成了最阴森恐怖的地方。但自从爷爷埋在那里之后,我便再也不怕那个地方了,我知道,有爷爷在那里,是不会允许任何妖魔鬼怪欺负我的。

后来等我慢慢长大了,我曾好几次独自一人到坟地里去看爷爷。

没有人知道,我把爷爷当作家里唯一的朋友,也没有人知道,爷爷为我保守的秘密。我曾无数次在内心想:爷爷啊,你不在了我该怎么办啊,我该拿谁当朋友啊,谁会为我保守秘密,谁会陪我孤独,陪我走很远的路,陪我看云卷霞飞夕阳落日啊,谁还会永远像你那样保护我啊。

爷爷,你和其他爷爷一样慈祥,可是你又和其他爷爷不一样,你可以面对坏人时无畏无惧,也可以看个电视哭成一个孩子,你可以很坚强,也可以很温柔。本以为没有你之后,我的人生必须重启一遍恢复出厂设置,没想到,你一直都在,永远在我心里的某个角落。每当想起你,我就想问一句:你在那边过得好吗？我希望你在那边依旧幸福，就像你是我们村第一个会骑自行车的人那样活得骄傲和威风。而长大后的我，也活成了爷爷一样的双重性格，笑点很低，泪点也很低，很勇敢，也懂得敬畏，对自己喜欢的东西特别较真，对自己不看重的东西不屑一顾。

我是你的延续，你是我永远的朋友。

此致，敬礼。
愿你在天堂一切都好。

10

亲子之爱

小学六年级时,邻居家哥哥买了一把玩具手枪,特别酷。我跑回家和妈妈说我也想要。

妈妈问:"多少钱?"

我说:"17块钱。"

妈妈说:"17块钱能买两斤肉了,不行。"

我说:"我就要,我就要。"

我妈朝我屁股上就是一脚,踢完还不忘骂我一句:"你个死孩子,不知道体谅大人辛苦,我看你是离挨揍不远了。"

明明刚才已经踢了我一脚了,还说我离挨揍不远了。我越想越委屈,不给我买枪还揍我,真是偷鸡不成蚀把米,索性大哭一场。

妈妈看到我哭之后,对我说:"你再哭,晚上就别吃饭了。"

我说:"不吃就不吃。"

说完,我躲进自己屋子里,关上房门,接着趴在门上听妈妈有何反应。

一直到晚饭时，姐姐在门口喊："小祺，出来吃饭了。"

我隔着门说："我不吃。"

虽然嘴在逞强，可肚子却在求饶，一阵阵的咕咕叫声止不住地从我肚子里发出。

这时，听到妈妈在门口说："不吃拉倒，谁也别叫他吃饭，饿死他这个不听话的。"

我朝门外大喊："不给我买枪，我就绝食。"

妈妈说："吆，长能耐了，还绝食，绝吧，看谁斗得过谁。"

听完之后我更委屈了，心想妈妈是不是不爱我了，那我干脆饿死算了。

等到晚上八点的时候，我实在饿得受不了了。这个时候，姐姐突然进到我的房间，看到在床上躺着的我，偷偷塞给我两包方便面和一根火腿肠，对我说："饿坏了吧，快吃吧。"

我接过吃的，拉着姐姐的胳膊小声说："千万别让妈妈知道我偷吃东西了，我要用绝食的办法要挟妈妈给我买枪。"

姐姐说："放心吧，我不会说的。"

到了第二天早上，妈妈做好饭，姐姐在门口问我："小祺吃不吃？"

我说："不吃！"声音特别大，故意让妈妈听到。

妈妈说："不吃好，有志气，你三天不吃饭我就给你买。"

我有些激动，用商量的语气说："昨天已经算一天了，不许耍赖。"

可是没几个钟头，我的肚子又饿出了小鸟。我心想："妈妈一定是不爱我了,一定是。"越想越觉得难过,越难过越想赢这一场斗争。

正在不知如何是好的时候,想起了姐姐。

趁妈妈不注意,我偷着把姐姐喊进屋,我说:"姐,我饿了。"

姐姐说:"你想吃什么?"

我说:"你帮我看看家里还有什么吃的,给我偷点过来,别让妈妈看到了,我还要和妈妈斗争到底呢。"

姐姐说:"放心吧,我支持你。"

不一会儿,姐姐端进来一碗鸡蛋面,对我说:"我刚给你煮的面,快吃吧。"

我说:"咱妈没看到吧。"

姐姐说:"放心吧,咱妈出去串门了,她不知道。"

就这样,我躲在房间里吃了姐姐帮我带进来的火烧、馒头、煎饼、鸡蛋、面包……在姐姐的瞒天过海之下,我终于熬过了三天。

我又开心又倔强又委屈又生气地站在妈妈跟前,没好气地对妈妈说:"我已经绝食三天了,我赢了,你该给我买玩具手枪了。"

妈妈坐在沙发上,盯着我看,一句话不说。

我心里有点胆怯又不知所措,余光中看到姐姐在一边偷笑,我又冲着姐姐说:"你笑什么,这是个严肃的问题。"

妈妈这时开口说:"饿了三天,还这么精神,真厉害呀。"

我说:"我就厉害,我跟李小龙学的,不吃不喝都能练武功。"

姐姐突然笑出声来,然后对我说:"行了小祺,从第一次给你送吃的,就是妈妈让我给你送的。你还继续演戏不?"

本以为做得天衣无缝,原来一直被蒙在鼓里的人是我。被点破之后,我突然一阵脸红,无地自容地又跑回屋子,关上门朝客厅喊:"你们联合起来欺负我,我恨死你们了。"

这时,门开了,妈妈拿着一把手枪指着我说:"不许动,再动我就开枪了。"

我看到心爱已久的玩具手枪,瞬间破涕为笑。

我就知道,最爱我的人一直都是妈妈。

当你读完这则故事,觉得故事真也好,假也罢,我都接受,因为我把故事的长度缩减了。在我成长的岁月中,曾无数次地埋怨过父母没有给我想要的。直到长大后,我才知道其实他们已经倾尽所有。

父母的努力,源于爱,虽有局限,却已尽力而为。因此,不要去责怪父母,你的父母已经尽他们所能,在他们的认知水平中做得最好的事情就是这样了。

与童年和解,与父母和解,与原生家庭和解,是我们长大后的一门很重要的功课。

一、谅解是对自我的救赎

11

她是我嫌弃了一万遍又爱之入骨的人

（1）

姐姐是个什么样的人？

在我的生命里，姐姐就是我嫌弃了一万遍又爱之入骨的人。

记忆最深刻的就是小时候暑假里我和姐姐为了看不同的电视节目而争得死去活来。

那时我7岁，姐姐14岁，我想看《狮子王》，姐姐想看《射雕英雄传》。奈何家里只有一台电视机，又奈何两个节目总在同一个时间段播出，于是妈妈就可以经常坐在沙发上观看我和姐姐现场直播的"华山论剑"了。

由于年龄的差距，我虽为男孩，可当时还是难以抵挡姐姐的独门绝学——抓住胳膊踢屁股。我觉得那不只是欺负，更是羞辱。于是我到处拜师，四处学艺，每天都练就一种武功来对付姐姐，什么冲锋拳，扫堂腿，铁鹰爪，最后连吐痰功都用上了，但还是在几个回合后败下阵来。

后来我体会到"武功再高也怕菜刀"的奥妙，于是我拿着家里的扫帚朝姐姐的身上打，果然奏效，姐姐除了抵挡就是躲闪，被我打得一败涂地。我以胜利者的姿态霸占着电视，不料姐姐暗中偷袭，在我正看着电视毫无防备的时候将扫帚一把抢去，我惊慌失措地去抢扫帚，结果姐姐将扫帚高高地举起，让我"高不可攀"。我不甘示弱，用冲锋拳重重地打在姐姐肚子上，姐姐被我打急了，推开我，举起扫帚准备朝我打来，吓得我抱住头蹲在了地上，结果姐姐在这时止住了动作，把扫帚扔在地上，然后捂着肚子躺在了床上。我知道姐姐一定在默默地哭泣，而从小倔强的我从没有去道歉或是安慰姐姐，依旧捡起扫帚扮演着胜利者的角色霸占着电视。

妈妈去安慰姐姐，姐姐总会对妈妈抱怨说："看把你儿子惯成什么样了。"

因为我年龄小加上当时体弱多病，妈妈自然把更多的爱给了我。每当我与姐姐争吵，甚至发生肢体冲突时，妈妈总是对姐姐说："婷婷，你这么大了，不会让着你弟弟呀。"妈妈的纵容更加重了我霸道的处事方式，久而久之让我养成了什么都要姐姐让着我的习惯，慢慢地，我便更加不讲道理、肆无忌惮起来。

如果一个孩子在家庭中享受到了拥有"特权"般的感觉，

那么将来面对社会，他就会特别看重权力，而当他拥有了权力，再让他保持心境纯净，遵纪守法，平等待人，恐怕就很难了。所以，家庭就是孩子的一个世界，在这个世界中，应让孩子学会更多的处事美德。这是家庭的责任，也是父母的智慧。

而如今的家庭中，像我这样的例子其实还有很多，男孩比女孩受宠，小的比大的受宠，成绩好的比成绩差的受宠，体弱多病的比身体健壮的受宠……如果我的受宠不是偶然，那么将来当我步入社会后要为这个"家庭特权"付出代价就会是必然。幸好我的母亲是一个特别开明的人，她在庇护我的同时也常常让我品尝到不听话带来的恶果。

有一天，妈妈不在家时，我和姐姐又因为看电视的事情大打出手，姐姐一气之下跑到了婶婶家，接连四五天都没有回家。妈妈生气了，拿起扫帚往我的屁股上打了起来，我才知道问题的严重，眼泪唰唰地往下落。后来在妈妈的劝说下，姐姐才回了家，从此，我再也没有和姐姐抢过电视，直到现在。

也是从那时起，我陪着姐姐看完了《射雕英雄传》，并从此爱上了这部武侠电视剧。

其实，姐姐离开家的第一天我就后悔了。习惯了和姐姐抢电视看的我，独自一个人守着电视时觉得心里空落落的。小时候不知道如何表达当时的心情，如今想想，就像女朋友赌气离开后，自己心里虽百般焦急，表面上却还逞强得死要面子不认输。

看来我们从小就有一种口是心非的本领，也从小就有一种好面子的本性。

（2）

姐弟感情有时和夫妻之间的感情差不多，在一起时天天因为鸡毛蒜皮的小事吵得不可开交，但一段时间不见面就会倍感思念，天天盼望着何时才能相见。

姐姐在市里上学时，一个月只能回家一两次，每次见面的时间又那么短暂，自然而然我就越来越珍惜和姐姐在一起的机会。

所以我总会盼望着姐姐回来，可天不遂人愿。

鬼知道我为什么会选择在小学六年级时住校。一星期只能回家一次的我，最受不了的就是想家的情绪。那种感觉一旦泛滥，就如洪水猛兽一样难以平复。也因为想家的思绪天天萦绕在我的脑海里挥之不去，所以我上课时经常走神，各科成绩纷纷往下落，直到落到班里倒数几名。

那时姐姐刚工作，每次回家都会到学校看我，给我送吃的穿的，最重要的是姐姐会背着妈妈偷着给我零花钱，让我在同学面前不至于那么寒酸。

也许是姐姐对我太好了，每次都会让我有一种想要对得起这份爱却又无力回天的感觉。

记忆最深的就是那次期中考试后，当老师发下试卷后我看着自己可怜的分数，羞愧得无地自容。那天正好姐姐来学校看我，给我带了很多我喜欢吃的食品。我像做贼一样把试卷偷着塞到桌洞的最底层，生怕被姐姐看到，忍着羞愧和姐姐强颜欢笑。当姐姐转身离开后，我的眼泪就止不住地流了下来，因为想念，因为不舍，更因为成绩没脸面对姐姐对我的爱。

以后的日子里,每当面对生活的诸多无奈时,我就忍不住想起姐姐的背影,每次,我都会泪如泉涌。

(3)

记得那是在初二,学校开家长会,每个学生必须有一个家长来参加。

听到这个消息后我就感到非常恐怖,担心老师把我在学校做的诸多"罪行"全部告诉我的家人。

家长会就是好学生的奥斯卡颁奖典礼,又是差学生的整顿批斗大会。当然这里的好与差只是以成绩而论。在开家长会的时候,老师会让差学生有一种愧对父母,愧对学校,愧对苍天的感觉,用无形的枷锁束缚着差学生,严重警示差学生,一定要收敛个性,好好学习,尤其要像成绩好的同学学习。

幸运的是那次家长会,我的父母都在外地不能赶回来参加,只好由我姐姐来代劳。

当会后老师挨个与家长谈话时,老师对我姐姐说:"左小祺这孩子你们做家长的得多用心呀,不然这孩子就完了。"

一直都以为我在学校表现不错的姐姐,听了班主任这样的话,我认为会做出目瞪口呆,难掩羞耻的表情,谁知姐姐却突然打断班主任的话问道:"请问老师,我弟弟做什么伤天害理的事情了?"

班主任推了推眼镜,一本正经地说:"你弟弟在学校不好好学习,还顶撞老师,你说这种学生再不悔改是不是就完了。"

话语刚落,没承想目瞪口呆的人成了班主任。姐姐"啪"

一巴掌重重拍在桌子上，大声对我班主任说："什么叫完了，我弟弟才16岁，未来的人生你就说他完了，你身为老师怎么可以说这么不负责任的话，我还没说过我弟弟一句不是呢，你凭什么说我弟弟差呀！你是玉皇大帝还是天王老子呀？"

班主任这次不是目瞪口呆了，简直是呆若木鸡了。那形象我到现在还记得。

（4）

初三时，我成绩不好，为了躲避中考，我想选择上技校，老师告诉我们上技校有很多好处。虽然我们自己心里也清楚技校里面是一种什么环境，但青春的气焰一旦被点燃便很难被扑灭，所以我铁了心要去技校闯出一片天地来。

妈妈知道后，急匆匆来到学校，像挽救失足少年一样对我一通批评教育。

经过妈妈与老师的长久沟通，班主任才承认我是有考高中的潜质的，还把我从班级座次的最后一排调到了第一排，并对我格外重视。

得知我想要上技校的姐姐，有一天突然出现在我的学校。下午放学后，姐姐拎着我的衣领把我带出了学校，然后请我吃了一顿烧烤。

吃饭时姐姐还问我："要不要来杯扎啤？"

我说："不用了，回学校还要上晚自习。"

姐姐用这种方式让我感受到了全家人对我不理智的重视，也让我感受到了自己已经长大了，不能再用任性的方式毁掉自己的前程。

那时我才对考上高中有了坚定的目标，并以此为动力顺利考上了高中。

（5）

高中紧张的学习环境，总让人有种想要找个依靠作为支撑的想法，恋爱便成了最普遍的做法。

青春期最大的特征就是容易爱上一个人，还容易许下海誓山盟，比如今生非他不嫁、非她不娶之类的诺言。当然，诺言只代表没把握，因此，当誓言土崩瓦解后，我们会擦干眼泪继续信誓旦旦地爱上下一个人，因为当时的我们都输得起。

看来输得起也是青春最好的佐证。

后来我也找到一个互相喜欢的女孩并确立了恋爱关系，告诉的第一个家人当然是我姐姐。父母是不允许我早恋的，但姐姐支持，因为姐姐也是从这个时代的青春期走过来的。她深知在这个阶段中，有些事情是避免不了的，当避免不了的时候，也就只能学会坦然面对。

当姐姐问我为什么是她的时候，我就想起了那件小事。

我们一起上课，一起写作业，一起去超市，一起去食堂吃饭，和其他同学一样，并不觉得有什么稀奇。我当时喜欢在下午最后一节课结束后先去操场踢足球，她去帮我买饭，等上晚自习的时候我再吃。每次我都让她买我们两个都喜欢吃的油饼，两元一张，就是一张饼里面加点青菜，还可以再加一块钱放一根火腿肠。我每次都会吃到带火腿肠的饼，当然也并不觉得有什么稀奇。直到有一天，操场施工，没办法踢球了，我去食堂找她，她已经买好饭了，我们就在餐桌上吃饭，可当时我才发现，她的饼里是不加火腿肠的。我问她："为什么你的饼不加火腿肠呀？"她说："这样就可以省一块钱呀。"她越是说得轻描淡写，我越觉得愧疚。相处那么久，她每天都会把多一份的爱给我，而我浑然不觉。当时我就认定，她就是我要找的女朋友。

姐姐听后，摸着我的头对我说："嗯，看来那小姑娘和你姐一样善良呀。"

我说："你少往自己脸上贴金啦。"

青春期的爱情总是无限地为对方付出，虽然当时我们什么都没有，但正是因为什么都没有，所以才想把最好的给对方。这也许就是校园恋情屡禁不止的原因吧，也是它的魅力所在。

（6）

当我上高二时，姐姐告诉我，她要与她恋爱3年的同事晓健结婚了。

姐姐的爱情也并非一帆风顺的。当初爸妈想让姐姐嫁个公务员，所以一直不是很满意她自己找的这个同事，只有我说赞成。

姐姐捏着我的脸说："还是我弟弟最好了。"

我说："姐姐喜欢的就是我喜欢的。"

奶奶的态度永远保持中立，不在乎姐姐找的男朋友是做什么的，只在乎他会不会疼爱我姐姐，只要对我姐姐好就行。记得有一次奶奶对姐姐说:"我最怕的就是将来你在他家受气。"

我突然站起来说:"我是干什么的,有我在谁敢欺负我姐姐。"

奶奶看着瘦骨嶙峋又一本正经的我,笑得合不拢嘴,开玩笑地说:"就你这小个儿呀,不好好吃饭怎么保护你姐姐。将来你别欺负你姐姐就行,小的时候都能把你姐姐打跑了,你忘了?"

我说:"那时候不是年纪小不懂事嘛。"

后来接触时间长了,我觉得姐姐找的男朋友确实蛮不错的,比起现在挑剔自私的我来说,那当然就更好了。

记得当他们正在热恋时,晓健对我说:"婷婷是你亲姐,以后我就是你亲哥。"当时我就觉得,嗯,这个男人挺男人的,和我姐一样,真是什么样的人就会遇到什么样的人呀,他和我姐还真挺般配的。

当时很流行的一段心灵鸡汤是这样写的:找对象就像到海滩上捡贝壳,不要捡最大的,也不要捡最漂亮的,要捡自己最喜欢的,捡到了就再也别去海滩了。事实证明,晓健就是姐姐捡的最喜欢的那个贝壳,他很疼爱我的姐姐,因此一直以来我都不喊他姐夫,而是一直亲切地喊哥哥。

最惋惜的就是他们结婚时我没有参加!当时正值高二会考期间,妈妈不允许我请假,因此,没能参加姐姐的婚礼可能是我最大的遗憾吧。也正是因为人生中存在遗憾,我们才会更加珍惜所能拥有的现在。

正所谓,一切都是上天最好的安排。

没想到我在高中就当了舅舅。姐姐结婚1年后,就造了个小人,于是我就成了当舅舅的人了,有一种还未成年就变老了的感觉。

心里无限感慨,激动高兴的同时我又在担忧:是不是姐姐有了儿子后,就只爱自己的孩子不爱我了?相信很多有姐姐的人都曾这样想过。

当我第一次见到外甥时,他那胖乎乎的脸蛋,纯真无邪的眼睛,瞬间便融化了我的心。还记得第一次把他抱在怀里的感觉,就像得到一件弥足珍贵的宝贝,生怕他会突然消失掉一样,因此小心翼翼地抱在怀里,心里的幸福感瞬间满格。

从此再也不会担心姐姐不爱我了,因为我和姐姐一样,深深地爱着这个可爱的天使。

当你由被爱转为爱别人的时候,也就是你学会长大的时候。

(7)

女人生完孩子最怕的事情恐怕就是身材走形。我姐姐当年可真谓脸大似张飞,身材赛八戒了。那时我给她取了个外号叫"大脸"。

记得孩子出生时,医生说4斤8两,我们全家人都在惊呼:这么小呀!怎么看也不像是从我姐姐170斤重的身体里生下来的。对此,妈妈的分析很到位,她说:"怀孕期间喝的鸡汤全养了你姐姐了,一点儿也没养到肚子里的孩子呀。"

为了恢复身材,姐姐天天运动,吃瘦身药,节食,反正一切利于减肥的方式她都用了,而且效果也特别明显,几个月时间就恢复到正常体重了,活像一个励志故事。

但脸大的命运似乎没有逃脱,我依旧天天用"大脸"这个形容词作为我和姐姐吵嘴时的武器以对她进行致命讽刺,而她早已习惯了这种称呼。

有一次我从微信里看姐姐刚发的照片,身边一个同事无意中看到了说:"这谁呀?"我说:"我姐呀。"他随口说了一句:"你这么瘦,你姐怎么这么胖呀。"接着我的脸就不受控制地阴沉下去。

同事瞬间察觉到自己刚才的口误激怒了我,连忙道歉,不过仍旧止不住我心里的怒火。

不是我小心眼,不是我神经质,也不是我无理取闹。

在我的生命中就是有这么一个人,我可以任意嫌弃讽刺嘲笑打击,但就是不允许别人说她一句不好!我会和她动手打架,但当她受到伤害时,我便会不惜一切代价地去保护她。

这个人就是我的姐姐。

没错,一个让我嫌弃了一万遍又爱之入骨的人。

12

勇敢去坚持,把握自己的人生

经历过中考之后,我才知道读高中远比上技校重要得多。

对于一个初中生来讲,中考其实很重要,它的意义不只是上一个尽可能好的高中,而且是接受人生中为数不多的重要挑战。

记得中考结束之后,我去大爷家玩了几天。

我从小在农村长大,亲属里面只有姑姑和大爷住在城市里面,小时候每当寒暑假,我都期待去姑姑和大爷家住几天,看一下城里的世界。

姑姑家在济南,家境很好,我的很多第一次是姑姑带给我的,第一次坐轿车,第一次吃肯德基,第一次坐摩天轮,包括小时候留下的为数不多的照片。

大爷家在泰安，搬过好多次家，我最喜欢的是泰山影剧院旁边那套单位分的宿舍，北面是泰安革命烈士陵园，东边不远处是虎山公园。

大爷和大爷家的王瀑哥经常带我去虎山公园的游泳池玩耍。我不会游泳，只能在游泳池边上最浅的地方玩耍，看着大爷和哥哥游得那么欢畅，我只有羡慕的份。

王瀑哥过来说："来，我教你，你把手往前伸，我在前面抓着你的手，你先学用脚蹬水。"

没一会儿工夫，就到了深水区域，我的脚踩不到底之后，恐惧感便油然而生。

王瀑哥说："你仰着头，使劲蹬水。"

我只会说："不行了，不行了，我要掉下去了……"

还没说完，我就被水淹没了，然后不知所措地在水里胡乱扑腾。这时，王瀑哥才把我捞起来，带我到浅水区域。

我站在水里惊慌失措，王瀑哥说："你这样被淹几次就学会游泳了。"

我说："游泳池里的水可真不好喝。"

虽然每次都怕被水呛，但每次还是想下水玩，每次下水玩就想学游泳，但每次学游泳都会被水呛，以至于到现在都没有学会游泳。

在大爷家待了好多天，我发现大爷经常把自己关在屋子里面忙工作，但我不知道他在忙什么，在我的潜意识里他一定是忙重要的事情。大爷也是农民出身，做过工人，当过老师，后来进入政府部门当过职员，后升为副局长。

有一次，我特别忍不住想看看大爷在屋子里做什么，就推开了大爷的房门。令我吃惊的是，大爷正抱着一个画板在画画。

我走近一看，情不自禁地说了一句："大爷，你怎么在画画呢？"

大爷说："你看我画得怎么样？"

真心觉得大爷画得特别好，没有半点恭维地说："大爷，你画得还真好呢。"

大爷笑着说："小祺都说好了，那肯定是还不孬呀。"

回到老家，我拉着妈妈的手说："妈妈妈妈，我给你讲一个特别神奇的事情。"

妈妈说："什么呀？"

我说："我大爷画画呢，而且画得特别好。"

妈妈说："你大爷从小就画画，画了有几十年了。"

我说："那我怎么一直都不知道呢。"

妈妈说："越是厉害的人越不轻易显山露水，这才是谦虚，知道吗？"

我从那时起，心里便越来越崇拜我的大爷了。

长大后，偶然一次发现中国邮政以我大爷的漫画制作发行了一套邮票和明信片，我才通过各种途径了解到，大爷师从著名大写意花鸟大家刘荫祥先生，刘荫祥是崔子范的徒弟，而崔子范是齐白石的入室弟子。

我拉着妈妈的手说:"这样算来,齐白石不就是我大爷的太师爷嘛。"

妈妈摸着我的头说:"要像你大爷学习,长大之后也要有一项自己的特长。"

我说:"长大之后我要当一名作家,把我遇到的所有有趣的事情都记录下来。"

妈妈笑了笑没说什么,或许她并不觉得我能实现自己的梦想吧。

不忘初心,方得始终!

我的大爷长期从事传统漫画创作,发表作品近八千件,获得奖项百余种,如今的他已经是山东省漫画家协会副主席,人民网特邀画家。而我坚持写作十余年,也出版了几本自己的作品集,但离真正的作家还有很远很远的距离。我会朝着那个方向继续努力,像大爷一样,无论从事什么工作都一直不放弃自己的爱好与梦想。

在家庭中,有一个能影响后代的人非常重要。这个人或许是父母、祖父母或其他家庭成员。他的价值观、言传身教和行为模式影响着后代看世界的高度和思考问题的角度以及未来面对生活的态度。后代会以他为榜样,在自己的人生轨迹中,秉持着他良好的道德观、价值观和生活态度,积极主动地塑造自己的未来。

最重要的是,这个人的影响是持久而深远的。他的教诲和爱会在后代心中扎根,这种影响不仅在童年时期起作用,还会贯穿后代的一生。

我经常把我和大爷的故事讲给朋友听，有的朋友对我说："你真幸运，我的家庭中就没有这样的一位长辈。"

我对他说："那我们就努力成为能够影响后代的那个人吧，为后代的成长和幸福奠定坚实的基础。"

13

再见，飞扬跋扈的青春

（1）打架是最无力的表现

2015年的一天，我吃着薯片，坐在电脑前写着文章接到了一个陌生号码打来的电话。

我拿起电话："喂，你好。

电话那头说："还记得开往春天的列车吗？"

我沉默片刻，突然激动起来，不小心把薯片碰倒，洒落一地……

记得我15岁上初二时，留着长发，背着斜挎包，穿着一身运动装。那段时期，我喜欢骑摩托车，喜欢戴墨镜，喜欢去人多的地方，喜欢在同龄人面前做别具一格的事情以引起他们对我的关注……

当时，小北与我有着同样的喜好，我们小学时就认识，虽然我比他大几个月,但他高我一头,而且健壮如牛,打架特别厉害。在同学面前提起小北的名字,无人不敬畏几分,后来也正是因为这层关系,每当与别人发生摩擦,只要一提小北的名字,往往可以不战而胜。

那时我们看的书是《坏蛋是怎样炼成的》,看的电影是《古惑仔》,流行于校园中危害学生心理健康的东西都被我烂熟于心了。我经常性地"学以致用"。

当时我们拉帮结派,在打与被打之中寻求那种狂妄不羁的感觉……

但在不久后,有一件事瞬间让我觉得打架竟然是最无力的一种表现。

临近春节的一个星期天,正巧赶上镇里的集市,这里是校外同学出现最多的地方,也是喜欢耍帅的我们经常出没的地方。那天,我和往常一样,穿戴整洁之后在集市中乱逛,在各式各样的人之间看着琳琅满目的东西,但并不怎么买,大多是漫无目的地看。这种逛街的感觉就像打架。后来想想,并不知道当初是为了什么而打,为谁而打,一切都在自我"良好"的感觉中罢了。

那天,碰到了同学小佳,她隔着人群喊我的名字。我正要走过去的时候,突然听到人群中有个女人在喊:"来人啊,抢劫了,帮我拦住他啊!"

我寻着声音传来的方向望去,看到一个围着围脖的中年男子,手里拿着一个黑色的皮包,正向着我站的方向跑来,后面一个妇女火急火燎地边喊边追。周围的人还来不及反应,他已经绕着人群快要跑到我的身边了。我心里盘算着该不该去拦住他。

正当我犹豫不决的时候,那个中年男子已经飞快地从我的身边跑过,然后跑进了旁边的小巷子里不见了。那个妇女无助地哭着,像是丢了孩子一样一下蹲在了地上拉着长腔哭。

时间就在那一刻突然静止了,繁闹的集市,熙攘的人群都停下来看被抢了钱包的妇女在无助地哭天喊地。我形如枯木一样站在原地,不知如何是好。

如果刚才我能勇敢一点,果断一点去拦一下抢劫的男人,会不会就是另一个结局?

过年前的集市,是小偷出没最为频繁的地方。人们都在为春节购买年货,身上带的钱比平时自然会多出很多。而且,春节前也是集市上人最多的时候,更有利于小偷作案。

同学小佳走到我身边,看着呆若木鸡的我,然后怯怯地说:"刚才到底怎么回事呀?"

我耳边都是被抢钱的妇女的哭喊声:"我卖了一上午的菜钱全被抢走了,我该怎么办呀?老天爷啊,太丧良心了!"

我说:"我是不是很懦弱呀?"说这话本来是想得到小佳的安慰,没承想她对我说:"对呀,你平时那么爱打架,刚才怎么不见义勇为拦住那个男人呀?"

小佳的一句话如同电击一样直击我的心脏,让我"身受重伤"。

回到家我把这件事对妈妈讲,妈妈听后严肃地对我说:"你碰到这种事躲远远的,别多管闲事啊,坏人身上都带着刀，你去拦，捅你一刀怎么办啊！"

我对妈妈说："就是因为大家都这样想，所以今天才让那个小偷跑了。如果大家都出来帮忙，他肯定跑不了。"

妈妈突然很生气地对我说："别人拦你也别给我管闲事，不然，以后你就别出门了。"

我知道妈妈是怕我这涉世未深的孩子在外面管了闲事遭来横祸。听了妈妈的话我心里也很是后怕，如果当时我去拦那个男人，如果那男人掏出刀来捅我一刀……我到底还是不知道如何去做才是最为正确的选择。

平时喜欢打架斗殴滋事挑衅，到真正应该见义勇为的时候竟然吓得连点勇气都没有。那时，我突然觉得，原来打架竟然是一件如此无力的事情。

（2）想当和尚

还记得上幼儿园的时候，看了平生第一部电影《少林寺》。从此，我便痴迷上武术，经常在家里拿着一根木头棍子舞来舞去，幻想着自己就是电影中的李连杰，苦练武功，然后以一敌十去打坏人。

后来上了一年级，老师总会问同学这样一个问题："同学们，你们长大后想成为什么样的人？"

然后就有同学站起来说想当科学家之类的梦想。

唯独我站起来做了个别具一格的回答："我想当和尚。"

老师在全班同学的笑声中问我："你为什么想当和尚呀？"

我说："因为当和尚可以练武功，可以打坏人。"

老师接着问我："那你觉得谁是坏人呢？"

我说："小偷，小偷是坏人。我练好武功专打小偷。"

当时怎会知道，几年后，当我第一次与小偷正面交锋的时候，我竟然是目送着小偷离去的……

第二天，我和小北坐在镇中心的一条铁轨旁，那是我第一次与小北认真地讨论生活。

我问："我们整天打架是为了什么？"

他思考片刻，站起来问我："当你再次碰到那个小偷时，你有没有勇气动手打他？"

我说："如果打架能带给我那点勇气的话，我就敢，但我的勇气都是你给我的。"

小北说："那如果我敢动手打他，你敢不敢？"

我说："敢！"

小北说："好，以后我们只打坏人，只为正义而战！"

我说："好，就这样决定了。就像小学时，我们都想成为郭靖那样的英雄一样，助人为乐，善良憨厚。"

（3）小学时的武侠梦

小学时，正值电视剧《射雕英雄传》热播，看后便勾起了我的武侠梦。那时，我想当郭靖，想当电视剧中任何一个武功高强的正面人物，可以策马扬鞭，行侠仗义。

等着年龄大了之后再回头重看《射雕英雄传》，我最喜爱的人物变成了洪七公。虽然他有致命的弱点——不能没有东西吃，但是他非常有原则，知道什么情况下该做什么事，而且也并非不苟言笑,他活得很快乐。他不像黄老邪一样整天板着脸我行我素,不像欧阳锋一样自私自利坏事做尽,也不像老顽童一样一生只知道玩,更不像郭靖一样傻头傻脑笨得可爱。他行侠仗义,乐于助人的品性成就了他在武侠世界中德高望重的地位。

  小学时的我,多么渴望有那么一身武功,仗剑走天涯。

  那时和小伙伴打着玩时,我经常从背后一掌把对方推倒,然后学着电视剧中郭靖的样子摆着姿势喊:"降龙十八掌。"等对方爬起来要还击时,我便又学着孙悟空的样子大喊一声:"俺老孙去也。"然后没命地跑了……

  那时我们放学回家要路过一个工厂,工厂后面有一座沙丘,我们经常跑到沙丘上去打架比武,获胜的往往是小北。回家后妈妈总会奇怪地问我:"你口袋里,头发上为什么总是有那么多沙子啊?"

  我总是乐着说:"我用降龙十八掌去打坏人了。"

  小学时的武侠梦,总是在幻想中,那时最为天真,以为现实生活中真的存在上天入地飞檐走壁的武功。一直到初中时才明白,武侠小说里面的功夫大多是虚幻的,打架最重要的还是看你的拳头硬不硬。

  (4) 再见,小北,再见,飞扬跋扈的青春

  高中时,学校附近开了一个跆拳道馆,里面的馆长到我们学校去推广跆拳道。当时,我是学校的学生会主席,利用职务便利召集学校所有班的班长开会,帮他做了宣传,招收了一些

学员，从此便与馆长结识了。后来，我经常去跆拳道馆里学一招半式，慢慢地还学了些自由搏击和双节棍。

虽然我只是在那里学了点皮毛，但也算是第一次正规地接触了年少时向往的武术。

后来因为馆长给学员制作假证件来骗取金钱，我与馆长大动干戈。当时年轻气盛又加上刚练了几天武，一时冲动与馆长大打出手。

打架吃亏后我给小北打电话，小北带了几个人来帮我讨公道。

都是年轻气盛的孩子，做事容易冲动，小北也一样。再后来小北因为酒后把别人打伤而被警察带走了，需要 2000 元保释金才能将人赎出来。以前跟着小北"打天下"的狐朋狗友一看小北出事了便都躲得远远的，小北又不敢告诉家人，于是我东借西凑拿了 2000 元把小北保释了出来。

小北出来后，我和他坐在镇上的火车铁轨旁谈心。小北说："出事之后，我才看清谁是真正的兄弟。"

我说："我可能不是一个好孩子，但我希望我们以后都要好好的，不要再打架了。"

小北说："嗯，现在我也明白了，打架是最无力的选择。"

夕阳西下，我和小北并肩在余晖中望着天空，彼此无言。我不知道小北在想些什么，我也不知道自己该说些什么。

突然小北打破寂静说："左小祺，咱们两个结拜为兄弟吧。"

我说："咱们本来就是兄弟呀！"

小北说:"我说正式结拜,以前你是我众多兄弟中的一个,以后你是唯一的兄弟。"

兄弟,我能说不好吗?

我们朝天磕了三个头,正好看着远方有火车开过来。小北说:"我想让火车见证我们的结拜之义,你站远点。"

我向后退了几步,不知道小北要干什么。

突然小北跑到铁轨中间,吓出了我一身冷汗。我惊讶地喊:"小北你干什么,快过来,你不要命了。"

火车发出的"嗡嗡"的汽笛声压过我声嘶力竭的呼喊声,小北趴在铁轨中央一动不动……

吓得我不敢再看,呼喊都瞬间没了声音。火车开过后,我已经站不住了,一下瘫倒在地。小北慢慢地爬起来,笑着走过来说:"左小祺,从此那就是开往春天的列车!也是我们生命新的春天,我想我已经知道以后该怎样生活了。"

年轻时总想要一种特殊的见证,属于彼此独一无二的见证,只有那样才能证明自己的豪情满怀。小北用这种特殊的方式让我记住了那辆开往春天的列车,也让我记住了那场飞扬跋扈的青春。

后来小北在父母的支持下学习了1年日语后出国了。临行前他没有告诉我,只是发短信对我说:等到春暖花开时,我会坐着开往春天的列车来见你。

没想到,一别5年没有小北的消息。

（5）开往春天的列车

前段时间，我在五棵松万事达体育场打完篮球回来时，在小区门口，突然听到有人喊"救命"，我回头看到一个女人死死拽着正要逃跑的男人的衣角。那女人一直在喊："救命啊，抢劫了，快来人啊！"

我扔下篮球跑过去抓住那个男人的衣服，那个男人恶狠狠地对我吼："不关你的事，给我滚开。"我分明闻到一股浓浓的酒气，我一拳打在那男人脸上，那男人像疯了一样，朝我大打出手。

正在我们扭打之时，又过来一个路人一起帮我把那个男人放倒在地。谁知那男人顺手摸起一块砖头朝着我们一阵乱砸，我们不得已放开手。那男人爬起来举着砖头说："你敢过来，我一砖头砸死你。"

我也发狠话："你来呀，你敢砸我，今天我把你腿打断。"

谁承想他真的朝我扔了过来，不知道是他喝多了的缘故还是上天的照顾，我顺势一斜身子，砖头从我的发梢滑了过去，紧接着又上来几个路人，我们蜂拥而上，一起将抢钱的男子制服。

回到住所，我没有太多地紧张。望着窗外的星空想起了小北，我不知道小北如今在异国他乡过得怎样，我有好多话想对他说。

曾经我们并肩作战飞扬跋扈的青春已经渐渐模糊，生活的琐事已经把我的青春气焰磨得消失殆尽，但想起他的故事，我都觉得那是生命中不可缺少的幸运。谢谢他曾陪我走过，曾经带给我一场欲扬先抑的风花雪月。

故事还在继续，只是我们都变了。前段时间与弟弟李扬视频时，他对我说："哥，你该换件衣服了。"当时才突然意识到，我还穿着6年前高中时的衣服。

一切都变了，心态也在时间的流逝中变得模棱两可。如今我留着短发，背着双肩背包，喜欢骑自行车，喜欢漫步，喜欢在安静的环境中看书写作。有一双穿了8年的鞋子一直没舍得扔，鞋面已经有明显的裂纹且褪色了，但只要还能穿就舍不得扔掉，衣服也多半旧了，沾满了岁月的痕迹。

自从我们分别之后我就再也没有打过架，如今我才觉得，男人应该为了什么而战。没有血性的男人面对困境是没有勇气战胜的，缺少勇气的男人是没有创造力的；没有血性的男人只能踩着别人的脚印前进，虽然安稳但是难以出人头地。所以，男人总该有战争的，只要明白战争是为什么而打，为了谁而打，那么就不能退缩，非战不可，而且要打得漂亮。

还有，小北，我终于在没有你的情况下敢与小偷战斗了。

5年后的一天，当我的电话响起，一切都始料未及又在情理之中。

"你还记得开往春天的列车吗？"

远在日本的小北，漂洋过海的思念，我怎会忘记呢？

14

捧着日记对你说 我那青春的悸动
——写给父亲的心伤

我来到这个世界不到半年的时间你就离开家去了远方工作，我的父亲，我幼时最残缺的梦就是缺少你的陪伴，我那最美好的夙愿就是能依偎在你的膝旁，体会被保护的感觉。

小时候，看到别的孩子被自己的父亲扛在肩上，笑得合不拢嘴，我投去了羡慕眼神，谁都不会知道我内心受的伤。

小时候放学回家最想说的话就是："爸，我回来了。"而在我不知对谁说出时那难抑的心情，谁又能体会。

偶尔和别的孩子打架，被别人打得伤痕累累时，我总是找着牵强的理由对母亲说谎，我不想让应该由父亲做的事（别的孩子的父亲会出面解决打架问题）而让母亲承担，因为母亲给不了孩子父亲般的感觉。

我不知那时怎么就学会了说谎，后来体会到，有些东西不用学也会的。

你一年只回家一次，也记不清在我儿时的记忆中何时有了对你模糊的印象。

不知是哪一次，你回家后对我说："儿子，过来让爸爸抱抱。"我日思夜盼，又憧憬、又幻想的那个会很亲近的人站在我面前时，无尽的陌生打乱了原有的期盼，我望而止步，不知所措⋯⋯

生活像车轮一样向前奔跑，一晃，17年就这样过去了。

人生的路，我还没有走远，路边的风景我还没有看够，许多年轻的季节里该吹的风我还没有吹过，该开的花我还没有开过，一切就逝者如斯般悄然滑过。

我知道，上天不会留给我填充内心空缺的机会，只因我已17岁了。过去的一切似乎并没有什么稀奇，也不曾有什么失去，仅因我已对过去的生活习之又熟。我不曾感到有所失去，但又确实失去了很多⋯⋯

如今你回到家中，我平淡的生活被你突如其来的加入搅得支离破碎，你的到来如猛虎归山、蛟龙入海般占据了整个家庭，原本的和谐温馨化作了你统治下的死沉。

你的高高在上，自恃有功，完全体现了你是一切的主宰，我根本不可以与你平等交流，把酒言欢。你的平等也只是在我耳边吹吹风而已，因为你的蛮横自大已令我耳不忍闻，目不忍视。

难道这就是一个离家多年的父亲爱孩子的表现？如果真是这样，那我宁愿没有！因为你不知道一个孩子想要的是什么样的生活，想要的是什么样的父爱。

对你的话我难以启齿，曾想捧着日记对你说我那青春的悸动，曾想让你看我会用自己的笔描绘自己的未来。然而，我望而止步了，因为在你那紧促的双眉下依旧有我读不懂的慌张。

记得有一次，我考得十分糟。回到家，家里笼罩着死亡般的气息。我感觉自己随时可能被吞噬，想看到的笑脸，想听到的安慰始终没有出现。有这样的儿子，你觉得丢脸面。难道我这个能说话的躯体不过是你用来光宗耀祖的工具？

处在花季时期的我喜欢饰品，最喜欢的是手链，青春的心并没有错误。一次意外的得到令我如获珍宝，我的好朋友送我一条手链，我戴在手腕上欣喜若狂。而在你眼中我成了不求上进的痞子，你骂我，吓唬我，使家里布满了恐惧阴森的烟雾，空气中的火药味极其浓重，我又一次忍气吞声。

郁闷地选择退让，无助地埋怨天意，叹息声似海水一波接着一浪。

父亲，你能听得见我的歌吗？你知道有一种歌的命题叫"短暂"吗？伸出双手，只留下陌生，你知道这是怎样的感觉？为什么你在没给我少年应有的关爱后还要扼杀我青春应有的个性，我的心中只有一潭冰封的死水……

高一暑假那次戏剧般的演绎，我们谁都不会忘记。

似乎就因为一件小事你我大动干戈，一气之下，我跑出了家，偏偏那时天又下起了雨，雨水打在我的头上、身上，令我隐隐作痛，却怎么也浇不灭我心中的怒火。

一路狂奔，如脱笼之鹄，离家越远，心中越释然。就这样我离开了家，离开了让我厌恶、痛恨又无奈的家。想回去，又不能回去，年轻的心总是那样固执。

漆黑的夜，没有路灯，路上的车不断驶过，路很湿滑，只能借着来回的车灯隐约看见路。雨一直在下，我有些害怕，怕来回的车一不小心会把我带到"未知的世界"。那条路很长，因为我不知道该向何方，也不知道终点在哪。就这样一路小跑，身上已经全湿，但我并没有心思去感受雨水的寒冷，因为四周明明已是冰封的世界。

我就这样盲目地跑着走着、走着跑着。突然，我一不小心掉到了路边的深沟中，身体与凹凸的石面借着掉落的惯性相互摩擦，身上伤痕累累，血流不止，混着雨水也分不清是水是血，衣服也被磨破了许多。

身上的伤我可以忍受，但心灵上的痕我无法安抚。我爬到一个避雨的角落，蹲在地上，抱着双腿，就这样，一个人在角落里待了一个晚上。

第二天，我已"不成人形"，到了一个同学家洗净身上的血痕，她给我 50 元让我吃饭，我拿着钱离开了……之后坐车去了我一个最要好的哥们那里。从那一刻起，我已不再想回家了，虽然后来你找到了我，我也回来了，那只是因为我心中还有个未完成的梦。

我始终先是你的儿子，才是我自己。为什么我只能做你心中的影子？我想做真实的自我，彰显个性的自我。只有彰显个性才能适应社会。我不想让自己成为你理想的虚幻，所以我想做回我自己，然后才是你的儿子！

不知窗外含苞待放的春天能否融化你心中冰封的冬天？你的儿子含泪写下对你最初的渴望，最后的初衷。

海天本是一色，看似相连的世界确实难以相容。飞鸟和鱼可以相恋，但在哪儿筑巢？没有人知道，但我知道它们可以在心中做窝。天使和魔鬼可以相爱，但他们怎么才能不受伤害？我并不知道。不能改变环境，但至少可以改变自己。天使为魔鬼摘下翅膀，魔鬼为天使摒弃保护色，天使虽不再被人景仰，但魔鬼也不再受人憎恨。我已抛弃无知，你为何还坚持你的谬论？

你的爱是吻，却不承想吻出了痕迹，那便是伤害。

后记：

这篇文章是我在高一的期末考试中完成的语文作文。本来是一篇选题作文，而我当成了情绪宣泄的机会，写完之后语文老师专门找我谈心。她说："这篇文章，我不知道该如何给你打分。"

我问："为什么？"

老师说："因为你写的主旨太消极，所以不能打高分，但是你写得挺好，我又不想给你打低分，怕打击了你的写作热情。"

我接着问："那怎么办？"

老师说："你重新写一篇吧，我再给你打分，不算违规。"

我说："我不要分数了，再写就不是原来的感觉了。"

后来语文老师给我打了 55 分，满分 60 分，作文成绩全班第一。

直到现在，我都感谢高中的语文老师，三年，一直很尊重我的看法和写作的意愿。虽然我可能写不出满分作文，但我对写作的兴趣在高中到达了巅峰，才能扛下之后十几年的写作生涯。她教会我为理解写，为态度写，为爱写，为记忆写，为成长写。

真实的东西往往最有力量。

真实的故事自有万钧之力。

15 表达你心中的爱和善意

我小时候生病,是父母陪我去医院,工作十年后,我才第一次陪父亲去医院。

那段时间陪父亲做了一个小手术,倒也不是太大的毛病,就是父亲因为常年的体力劳作,腿上形成了很多血栓囊肿,医学上将这种病叫作静脉曲张。虽然不疼不痒,但看着实在让人心疼和害怕。

其实早在两年前,全家人就催着父亲到医院做个检查,可父亲像个孩子一样,死活不去。于是我趁着休假期间,带着父亲到了医院。医生看后说:"最好是做手术。"我们全家人也建议做手术,唯独我的父亲不情愿。他说:"这东西又不疼又不痒,弄它干吗?"

医生说:"现在没感觉,就怕老了之后会影响你正常行动。"

父亲又问医生:"手术做完了之后,什么时候能回家?"

医生说:"至少要一星期才能出院。"

父亲听后连忙说:"那我不做了,要是当天能回家的话我就做,这么久才能出院,不行不行,不做了不做了。"

姐姐在一旁无奈地对父亲说:"你以为是打个针呢,打完就出院了。"

我开玩笑地说:"爸,你怎么这么可爱呢,终于知道我到底随谁了。"

我们全家人围着父亲做思想工作,就像初三时我想上技校不想考高中的时候,全家人围着我开批斗大会一样。

在我们一家人的强烈要求下,父亲才同意做手术。就这样,几年前就该做的手术推到了现在才做。

有时父亲倔强得像个孩子,不过我越来越理解他了。

父亲在我很小的时候就漂泊在外,羁旅他乡。我小的时候与父亲之间的交流沟通非常少,以至于我在青少年时期与父亲之间的隔阂特别大。那时的我们谁都不理解谁,每次意见不合时都会双眉紧锁,谁也看不惯谁。

叛逆时期的我正赶上更年期的父亲,两人都固执蛮横。有的时候我和父亲吵嘴,谁都不会退让,每次都是妈妈把我们劝开,父亲坐在沙发上抽烟,我关上门在自己屋里玩手机。

妈妈无奈地坐在大门口乘凉,邻居问我妈妈怎么了,妈妈会说:"还不是家里那两头驴又吵架了。"

父亲很不理解为什么小的时候我会如此体弱多病,不理解青少年时我为什么喜欢留长头发,不理解现在的我为什么喜欢上了喝酒,更不理解我为什么到现在还不结婚。

有的时候我说工作真累,父亲会哈哈一笑说:"累?有我们种地累吗?"

父母那代人其实很难理解现在年轻人说的"累"。网上有一种解释很到位:父母理解的累就是干农活,工厂做工,而不是我们这种看不见的,精神上的,人际关系上的,面对未来的那种无力感。

或许父亲永远都不会理解我,但是我却更加理解父亲的不易了。

小的时候,我很不理解为什么别人家的父亲都在儿女身边,我的父亲却只能隔着电话诉说难以启齿的柔弱;少年时我很不理解为什么别人家的父亲允许自己儿子辍学打工,我的父亲却非要让我读书上学;直到现在,我的父亲还会叮嘱我要不断学习,认真工作,尊敬领导,待人友善,不要偷盗,早点戒烟,远离毒品,甚至还包括出门时注意安全,过马路时看着两边的车辆……

每次父亲教育我被奶奶听到时,奶奶总是对父亲说:"小祺比你懂得多,你就别说他了。"但是我知道,不管我读的书比父亲多多少,在父亲眼中,我始终还是没有长大的孩子。

但是,人总是要长大的,不是吗?

如今,看着父亲腿上的静脉曲张,我深深地明白了这些年来岁月对他的磨砺,与之形成鲜明对比的就是我的容貌。

父亲住院时,我在病床边陪护。与父亲同一病房的叔叔问我:"小伙子,今年十几岁了?"

我说:"您看着我像十几岁的?"

那位叔叔说:"十七八岁?"

我开玩笑地说:"我都十九岁了。"

那位叔叔还真信了,说:"和我儿子一样大,今年刚上大一。"

我哭笑不得地说:"叔叔,我都快三十岁了。"

叔叔十分惊讶地说:"这么大了?长得可真不像。"

以前,当我感到幸福快乐时,总觉得自己是一个非常幸运的人,直到现在才明白,生活,哪有什么岁月静好,只是有人在替你负重前行罢了;人呀,哪有什么天生丽质,只不过是有人替你承受了太多本该由你承受的磨难罢了。

妈妈总说我和父亲的性格一样,一样倔强。对呀,我不就是父亲的影子吗?父亲在如我一样大的时候,是不是也像我一样有着各种兴趣爱好,有着很多奇异的梦想呢?

以前父亲对我说,他在单位打乒乓球无敌,我笑他吹牛。后来,父亲带回家一张乒乓球案板,支在院子里,我迫不及待地要与父亲打一局。结果发现,我连父亲发的球都接不住。以前父亲说有位书法家夸赞他的毛笔字写得好,我不相信。后来,我们家春节时贴的对联全是父亲自己写的,每逢家里来客人我都会骄傲地说:"看,这字怎么样?我爸爸自己写的。"

父亲也曾青春年少过,也有很多爱好,同样,他也有很多梦想,但是在梦想与现实之间,他放弃了太多的个人喜好,因为在生活中,有他更爱的子女与家庭。他为了我们把双腿累出了静脉曲张,就算到了医院也不愿做手术,就怕做完手术之后不能干重活了,而我和妈妈,还笑他倔强得像个孩子。

对,真希望他是个孩子,不要再变老了。

后来我发现,这个世界是循环的,孩子小的时候,父母照顾孩子,孩子长大了,孩子要照顾父母。一个人,小时候特别幼稚,长大了变得成熟起来,老了之后,回到了小时候的状态——又幼稚起来了。

返璞归真、回归本性,其实是内心的觉醒,是在纷繁复杂的世界中,不断探索、成长,最终找回了真实的自我。

简单些,再简单些,这就是生活。

16

什么才是有意义的事情

陪父亲住院期间，也是洗涤心灵的日子。

在医院总能看到人最开心与最伤心的瞬间，只因那里是见证新生与死亡最多的地方。

我在产房前看到过一群焦急等待的人，当手术室的门打开后，那一群人瞬间围了上去，七嘴八舌地询问。

有人问："大夫，小子还是闺女？"

大夫抱着刚出生的婴儿说："是个男孩。"

所有人欢呼起来，有几个人还高兴地边跳边拍着手掌说："太好了！太好了！"

在病房旁的楼梯边，我看到过一位哭到难以控制的妇女。

她的儿子出车祸被送到抢救室，当她听到医生说抢救无效的消息后，整个人瞬间崩溃了，一下子瘫坐在地上，哀号声响彻整个楼道。

世界上最难过的莫过于无能为力，最悲伤的莫过于白发人送黑发人，那种悲恸已经超出理智的范围，伤心的情绪不由自主地拨动着身体的每一个神经组织，致使身体不断地抖动。这时，哀哭声在身体的抽搐下显得更为难受，似乎每一句啼哭声都能穿透人的心扉，让每一个听到的人都汗毛耸立，不由地跟着心绪难耐。

快乐可以被传染，难过也是。

一个人面对死亡的时候才瞬间明白，人生无需太多的意义，活着就是最大的意义。

我们都是上帝的宠儿，有幸来到这个世界，但我们不是上帝永远的宠儿，我们终将会离开这个世界。在这个人世间，我们会开心，也会悲伤。上帝在某些方面是公平的，会给你欢乐也会给你痛苦。

在这个悲喜交加的世界，我们该如何面对自己的生命，或许将是一个不容忽视的问题。

我并不认为及时行乐是一件错误的事情。人生苦短，每个人都应随着自己的情绪去真诚地笑，去痛快地哭，去用心感受生活的酸甜苦辣。在我们有限的生命中，用及时行乐的方式来感知世界的美好，用帮助他人变得快乐的方式感恩世界的多姿，用余力做些有意义的事情，最终让我们不枉此生。

想起《士兵突击》里面许三多的一句经典的台词——好好活着,做有意义的事情,我觉得那就是人生最朴素的真理。什么是有意义的事情?有意义的事情就是好好活着。

对,关键是好好活着。

二

你若懂我，
该有多好

你若懂我，该有多好。

意味着无须言语，便能知晓我的喜怒哀乐；意味着眼神交汇时，就能读懂我内心的渴望与彷徨。

你若懂我，该有多好。

那将是一种无须解释的默契，一个眼神，一个微笑，就能传达千言万语。懂我的人，会看到我坚强外表下的脆弱，会理解我沉默中的思绪万千。

17

最有意思的事情

爸爸最近在家闲着没事干,喜欢上了卖东西,于是把家里的旧书、字画、没处放的小饰品、常年不用的物品,都拉到集市上去卖了。

结果我的双节棍、滑板、鱼竿、足球、望远镜、珍藏版CD……在我不知情的情况下被我爸全部低价处理了。

今天更离奇,别人送我一条2000块的腰带,我还没舍得用,我爸就10块钱给我卖了……

我说:"爸,你这不是卖东西,你这是做慈善呀。"

我爸说:"你又不结婚生孩子,我在家无聊呀,你是不知道,别人和我讨价还价的时候可有意思了。"

我只好委屈地说:"爸,你开心就好。"

我爸追着我说："你知道爸爸最开心的事情是做什么吗？"

我反问："做什么呀？"

我爸说："我最开心的事情就是和刚出生的小孩玩。"

……

无论聊什么，爸爸都能扯到结婚生孩子的话题上。

父母催婚是现代社会中的普遍现象，他们只是希望子女能够早日找到自己的幸福，建立一个稳定的家庭。

这种期望是出于父母对子女的爱和关心，子女应该以感激的心态来看待。

但我也知道，最不可着急的便是结婚。父母催婚是为了让子女幸福，子女结婚也是为了幸福，因此，结婚不是目的，幸福才是。

18

所有的好运，都是你积累的人品和善良

小学六年级时，我和舅舅家的弟弟扬子分别上了不同的学校。

我上的学校是全镇最好的私立学校，全镇前200名的学生才可以报考，弟弟没有报这所学校并非成绩达不到全镇前200名，而是因为这所学校每学期要比普通学校多交500元的学杂费。当年舅舅家翻盖房子，正需要钱，就没有让弟弟报名。

造化弄人，弟弟在普通学校里一直名列前茅，而我在全镇最好的学校里却迷失了方向。

初三后半年的时候，学校突然下了一个通知：想报名技校的学生，可以从学校里直接报名去技校学习你所喜欢的技术。

班主任在课堂上说："这是自愿的，如果你想参加中考，我们欢迎，如果你想去上技校，我们也欢送。"然后班主任站在讲台上讲了很多上技校的各种好处，大体意思就是之前有很多学生学习不好，上了技校学习了一门技术之后，混得多好多好之类的话。

当时的我虽然没有被洗脑，也明知道上技校的现状并非如老师说的那样精彩，但是面对怎么也记不住的英语单词，如何都解不出的方程式，以及像听天书一样的物理化学，于是我就麻痹自己：也许我去了技校之后，真的会像老师说的那样将来会混得很好很好。

我高高地举起手，对老师说："我要报名去技校。"

所有人的目光都对准我，老师看我时都带着笑容，连连说："好好好。"毕竟我成绩不好，还经常捣乱，离开班级对老师的教学成绩不但没有损失，相反还有提高。

当我把这个消息告诉妈妈的时候，妈妈当时就惊呆了。

"什么？上技校？"妈妈对我的这一选择不只是感到吃惊，更多的是感到荒唐。在妈妈的心中，我一直是喜欢学习，要考高中，将来上大学的孩子，所以一直期待我会有一天出人头地。

第二天，妈妈来到学校，向学校的老师打听了事情的原委，老师还向妈妈灌输上技校有多好的观念。

老师说："全区 5000 多名学生，有 3500 名学生可以考上高中，虽然你家孩子目前的成绩能考上高中，但除去 1500 名上不了高中的学生之后，也就排在后面了，这样的话，上了高中也是在后面，上三年高中也考不上好大学，等于白花这个钱了，还不如让他现在就去学一门技术，出来就能挣钱呢。"

面对老师的劝导，我妈妈就说了一句话："我家孩子要是上高中，砸锅卖铁我都供他读，要是上技校，我一分钱也不出。"

但是我对妈妈说："我就要上技校，你不给我钱，我自己去借钱上。"

再三劝说无果后，妈妈发动家里所有德高望重的人对我进行轮番批评教育。正处于叛逆期的我，听到劝说后越发反抗，执意要去上技校。

后来，在我不知情的情况下，我的大爷雇了一辆大客车，把学校校长和我的各个任课老师都拉到泰山脚下一个豪华的酒店吃了顿饭，为的就是让老师劝导我放弃上技校的想法，专心读书，迎接中考。

事情随后就发生了反转，班主任第二天就把我从班级最后一排调到了班级第一排，还特意安排了一名学习优异的学生与我一桌。当我百思不得其解的时候，班主任把我叫到办公室，语重心长地对我讲了很多上技校的弊端，又对我讲了很多上高中的优势，而且办公室的所有老师都点头附和，一起给我鼓励与支持，目的就是让我好好学习，不要再想上技校的事情。

失去了家庭和老师的支持，如同一个孤军奋战的流浪狗，想上技校的愿望突然之间崩塌，不得不接受这个现实。好在调整了座次之后，我旁边就是我们班人人都喜欢的班花，我的心情也就不那么失落了。

中考过后，扬子弟弟的成绩比我高出 50 多分，我们一同上了镇上的同一所高中——山东省泰安第四中学。

妈妈每次都拿我和弟弟比，对我说："你看你弟弟，也没有去好初中上学，你一个学期比你弟弟多交 500 块钱，到头来还不如你弟弟考得好。"

弟弟确实是个另类。听别人说，上初中的时候，有一次晚上大家都在宿舍里唱歌，宿舍管理员制止不了，第二天报告到学校，班主任气坏了，除了我弟弟，全班男生都被老师揍了一顿。

上了高中，大家的不良习惯渐渐增多，可是我弟弟依旧保持着良好的习惯，不抽烟，不打架，不上网，而且还能考全班第一名，与我形成了鲜明的对比。

后来，弟弟高中没上完就退学了，我对此感到不解，之前我对他进行了劝导，但他的去意已决。

弟弟到了社会上，端过盘子，摆过地摊，做过维修，当过职员，后来自己单干，什么事情赚钱就做什么事情。

后来到了找女朋友的年龄，舅舅一家人都为他担忧，生怕他会打光棍。

舅舅家的小慧姐说："现在的女孩都那么世俗，没钱没车就不结婚，可是我爸爸妈妈年龄都大了，要是再给我弟弟去城里买房，不得把我爸爸累死呀。"

于是，小慧姐多方面打听，终于打听到一个女孩，不要楼房、不要车，而且在农村结婚、生活就可以。小慧姐非要把这个女孩介绍给弟弟，但弟弟死活不去相亲。

小慧姐说："这个女孩多好呀，人家不要楼房、不要车，不要去城里，就是长得有点矮。"

我弟弟说："我不要见，你们别管我，我自己找媳妇。"

后来，弟弟还是被迫去了相亲现场，弟弟看到那个女孩后，觉得明显不是自己喜欢的类型，一只脚刚迈进房门，另一只脚还在空中呢，扭过头转身就跑了，气得小慧姐一直在后面追着骂："回来，你个浑蛋玩意……"

有志气的人总会有好运。后来扬子弟弟自己追到一个女孩，名叫贾燕，长得又高又好看，说话办事可招我妈妈喜欢了。

妈妈总是对我说："你弟弟都有女朋友了，你什么时候给我领个女朋友回来？"

那个时候，我也很无奈。

开始的时候，贾燕的家人不同意，原因是嫌我弟弟没楼房、没车，怕自己闺女嫁过去之后生活不好。然后给她介绍了一个有两套房的小伙子，但贾燕不为所动，对家人说："我们现在什么都没有，不代表我们将来没有呀。"

弟弟快结婚的时候，妈妈打电话给我说："你弟弟快结婚了,你到时候一定回来参加你弟弟的婚礼呀。"

我说:"当然了,我弟弟找了这么好的媳妇,我当然得回去了。"

弟弟结婚时,我把所有工作都推掉,特意请假从北京回泰安参加他们的婚礼。婚礼现场,弟弟和弟妹站在舞台上,舅舅、舅妈、小慧姐在台下一直笑颜如花。

一年后,弟妹生了个大胖儿子,全家都围着孩子转,把我妈妈可眼馋坏了,一直对我说:"你弟弟都有孩子了,你什么时候也给我生一个。"

对此,我十分无奈。

一晃几年过去了,弟弟靠自己的努力在泰安买了三套房。再后来,响应国家政策,生了第二个孩子,女孩,从此弟弟儿女双全。

有志气的人都有好运,我觉得所有的好运,都源自自己积累的善良。

吃弟弟二胎满月酒的时候,一家人坐在一个酒桌上。突然,所有人的目光都对准我,舅舅拿着酒杯对我说:"有一句话我不知道当讲不当讲。"

我马上说:"不当讲,不当讲。"然后满桌人都大笑起来。

妈妈在一旁说:"小祺,你也不觉得丢人,你弟弟都有二胎了,你再看看你。"

对我而言,那真是最残酷的一次敬酒。

因为弟弟,我没少被妈妈嘲笑:你弟弟都有女朋友了,你呢？你弟弟都订婚了，你呢？你弟弟都结婚了，你呢？你弟弟都有孩子了，你呢？你弟弟都有二胎了，你呢？你呢？你呢？

  我相信，每个人都有每个人的时区，在自己的时区中经营好自己的生活才是最重要的。就算别人走得再快我都不能盲目追逐，因为我的时区是不允许我倒时差的。

19

岁月何时改变了我们的模样

时间会改变你的容颜，个性，思想，习惯，甚至诺言，让你在猝不及防时，泪流满面。

想起一个同学曾经对我说："左小祺，你怎么不长胡子呀？"但如今，当我从昨夜的酒醉中醒过来后，站在水龙头前看着镜子中的自己，头上顶着一堆蓬草，纵容着几天没刮的胡子，十足的混吃等死的小老头样子。

记得在高中的时候，每天我都会把头发清洗一遍，换上干净的衣服才肯出门。那时我背着斜肩挎包，穿着运动鞋，喜欢骑摩托车，喜欢搭讪漂亮的女孩，喜欢去人多的地方，喜欢和看不惯的一切据理力争……不知道从什么时候开始，生活的压力把我的个性渐渐磨平，让我渐渐习惯。渐渐地，我想不起自己以前的样子。

可是，改变了很多习惯，我还是那个放荡不羁，玩世不恭的少年。前段时间，我对一个很好的女性朋友说："我挺喜欢你的，你也不讨厌我，那我们怎么没有成为男女朋友关系呢？"

她沉思了一会对我说："或许，你还不够成熟吧。"

假如我是个单纯的孩子，"你"肯不肯心甘情愿借我一生？时光不老，"我们"不散。

不知道对于婚姻我是不是恐惧的。前段时间加了初中同学的微信群，看到里面的动态大多是在聊自己的孩子怎么样，我看了半天也找不到可以插嘴聊天的话题，只能默默观看，默默祝福。

回老家的时候，家人总会问我谈女朋友了吗？什么时候领个媳妇回来？我才意识到自己已经到了结婚生孩子的年龄。记得有一天早上，我躺在床上不愿起床，奶奶坐在我的床边摸着我的头静静地看着我，我拉着奶奶的手闭上眼睛继续睡觉。不知过了多久，奶奶趴在我的耳边对我说："小祺呀，下次回家带个女朋友回来吧，我想看看，我怕我等不到呀。"

我鼻子一酸，伸出双手抱紧奶奶，开着玩笑说："不要这样说，奶奶，我下次回家就给你带来，你想要几个孙媳妇？我一年给你领回一个好不好？"

说完，我把头埋进被子里，流出了眼泪。

时间把我从年幼无知的孩童变成了没心没肺的少年，也让看着我长大的奶奶日益衰老。记得小时候，我最喜欢让奶奶给我煮一碗热腾腾的鸡蛋面，我喜欢让奶奶把鸡蛋搅得碎碎的，我会连汤一块儿喝掉。我管这种面叫"泪流满面"。

从小我就调皮任性，我行我素。爱我如生命的奶奶和妈妈纵容着我矫情的个性，到现在我亦是如此没皮没脸地生活。

回家的日子我总是起床很晚，也总是喜欢向妈妈撒娇，说："帮我下一碗泪流满面吧，鸡蛋要搅碎。"然后吃着不知是早饭还是午饭的面。

我喜欢着我喜欢的一切，一切似乎并没什么稀奇。我总想，在自己结婚之前要过自己想要的生活，听自己喜欢的歌，看自己想看的书，走自己想走的路，与自己喜欢的朋友在一起做自己喜欢的事情，完成我的许许多多不切实际或突发奇想的梦想，等到30岁的时候，结婚生子，收敛个性，按部就班，规规矩矩本本分分地过日子。

可生活毕竟是生活，如果生活像你想象的那么顺利，那，还叫生活吗？

前两天，我去参加了好朋友大伟先生的婚礼。他在几个月前请我吃饭的时候就多次对我说，想请我去做伴郎，而且婚礼主持是我的偶像大冰。我考虑到工作时间的原因推辞了几次，不过后来犹豫再三，最后还是答应了。在不影响正常工作的前提下我总是喜欢去我想去的地方，见我想见的人。

婚礼现场，大伟哥在父母诉说心肠环节，哭得泣不成声。我站在台上，看着大伟哥的父母便想起了我的父母和奶奶，瞬间被他们感动，眼含热泪。

我们都逃不过婚姻，在不想结婚的时候也该做些结婚的打算。书上写着：每一个不想结婚的人，只是还没有遇到让你想结婚的对象而已。所以，说不定哪天我们便会走进婚姻的殿堂，没有准备，猝不及防，泪流满面。

回北京后，有一天姐姐打电话训斥我："妈妈不小心把腰扭了，你却什么也不知道，什么也不关心，妈妈一直把你当孩子，可现在你已经长大了，你该做咱家的顶梁柱了，咱妈到现在还努力工作为了什么？就因为你还没有稳定，你一天没有稳定，咱妈便一天也放不下心来。"

挂了姐姐的电话后，我给妈妈打去电话，妈妈却笑着对我说没事，老毛病。我挂掉电话心乱如麻，不知如何是好，想了很多也想不出个一二三，生生把自己想得很累很累。

我觉得自己曾经预期30岁结婚的想法在摇摇欲坠，就像带有裂纹的花瓶那样易碎。

一直到晚上八点半整理完一天遗留的工作，我才想起自己还没有吃晚饭，我找了半天没找到填饱肚子的东西，于是自己给自己煮了一碗面，同样还是把鸡蛋搅得碎碎的。

我就像这个鸡蛋，想把自己搅碎了融入生活的罅隙中做到游刃有余，但总不能搅得那么均匀，总有一些大块的鸡蛋搅不开。我独树一帜地躺在如流水般的时光中，被约定成俗的波流排斥着……

我低着头吃着，吃着，当抬起头时，已泪流满面。

20

结婚前我最喜欢的生活

我是左小祺。

29 岁。

写在而立之年前。

一个没心没肺的孩子，身边如我一般放荡不羁的人，不论年龄，不分男女，都被我发展成了哥们。勾肩搭背的哥们，没皮没脸的哥们。

有那么一段时间，我早上 8 点起床，吃饭，看书，听音乐，吃饭，看书，听音乐，与江湖好友小酌一杯，写作，听歌，凌晨睡觉。无欲无求，偶尔去咖啡厅坐一坐，看着阳光透过玻璃窗斜照在玛奇朵咖啡上面，慢慢游离，慢慢归于本色。

那只是我理想中的生活。

太美好，美得跟假的一样，然而它真的只是假的。

都说生活太艰辛，只不过是想要的太多，付出的太少而已。当你知道自己想要的是什么时，就会知道如何珍惜、如何分配你的时间，也就不会把时间浪费在无聊的事情上面了。

有时一条路越走越累，越走越迷茫，总以为坚持到最后就是胜利，于是更加卖力。然而，如果这条路是错的，那只是徒劳。为什么就不能换条道路闯闯呢？说不定从此便会柳暗花明。

人生短短数十载，我不认为及时行乐是一种错误。在我绝望的时候，在我走投无路的时候，我才偶然发现，原来生活还可以用其他方式度过。

世界不仅可以静态而美丽，还可以多姿多彩而让人陶醉，只要找到属于自己的方向。

都说世界上最宝贵的是时间，其实还有比时间更宝贵的东西。比时间更重要的是方向。如果方向错了，那只会在时光的流逝中与你的快乐背道而驰，越走越远。

在这个多元化的社会中，如何把握好自己的内心，如何拥有属于自己的快乐？我相信，只要心中有梦，并深爱着自己的梦想，就会拥有属于自己的快乐。

29岁的时候，我总觉得自己的生活令人唏嘘。同学一个接一个地结婚、生孩子了，我却至今还未相过亲。我不介意大家说我很二，说我幼稚，我也承认自己愿做个怪胎。我还没有非结婚不可的冲动，我觉得在结婚前至少要相一次亲，只有看到对面坐着的是什么人,才能确切地知道自己在给自己安排相亲的亲友心里是个什么样的人,也好让自己有查缺补漏,改过自新的机会。

周围的一群漂亮姑娘,都被我发展成了哥们。朋友说我生来命犯桃花,我却在命犯桃花时选择千里独行。虽然现在胡子拉碴,像个小老头,但我觉得自己还正当少年,还有许多比结婚更重要的事情。

很多年前,别人都为了工作风尘仆仆,挣钱养家。我却与一群钟爱文学的网友创办了文学社,文学社最终死于经济压力。后来,我向杂志社投稿也总遭退稿。再后来,我在其他文学社当了一年编辑,熬夜审稿最终败给了重重的黑眼圈。到某杂志社去当特约记者,然而普通话实在难以启齿……

我不确定自己的脑子是否有病,我只是在做自己喜欢的事情而已。我很庆幸,无论在哪里,无论周围是一群什么样的人,无论身处什么样的环境,我始终拥有自己的梦想,不曾忘记。

说实话,拥有梦想确实让我觉得自己一直年轻,从不轻言放弃。

我把过往认真梳理,写成一篇篇故事,陆续在知名或不知名的杂志上发表。回头细读,我觉得我还是当年那个少年,从未长大。

也许,青春,就是把梦想延续。

21

第一次牵手就确定了终身

在中国传媒大学学习新闻时，有一天晚自习晨晨没在，直到快放学的时候，晨晨才风尘仆仆地冲进教室，带着满脸春风得意的笑容坐在我身旁。

我问他："跑哪儿去了？"

他很神秘地对我说："陈欣已经是我的女人了。"

晨晨是我当时最好的哥们，我们一起逃课，一起打球，一起追过学校漂亮的姑娘。在学生时代，如果有人陪你做过这些"坏事"，那一定可以算是你的死党了，也是你信任的哥们。

我知道晨晨所有的秘密，就连他写给女生的情书，每次都是我帮他修改病句。他从一开学就喜欢隔壁班一个叫陈欣的女孩，追了好久还没确定关系，其间，我没少帮他去送情书。

陈欣的闺蜜见到我，都会亲切地喊我"邮递员"。

眼看就要考试了，大家都在埋头苦读，晚自习晨晨却偷跑出去。等他回来之后，就是那副德行了。

可那天晚上到底发生了什么，他总是欲言又止。

后来有一天，他问我："小祺，你牵过女生的手吗？"

我说："幼儿园的时候天天牵。"

他说："不是以前，是长大了以后。"

我故意反问他："你牵过吗？什么感觉呀？"

他突然激动起来，低下头贱贱地笑着对我说："你知道吗，女生的手和男生的手不一样，女生的手好软呀，我一攥住陈欣的手，全身都跟着兴奋起来，真的像过电一样，心扑腾扑腾地跳，我差点没死过去。"

我说："什么时候？你和陈欣是什么时候牵手了？"

他说："就是那天晚自习，在学校操场。"

我突然想起来，那天晚上晨晨回到教室后对我说的那句话："陈欣是我的女人了。"

那是晨晨第一次谈恋爱，不早不晚，刚刚好。

情窦初开时，我们的爱情很简单，牵手就代表对彼此感情的默认，牵手就代表成了对方的人，牵手就代表身体似乎已经达到了高潮。

可是后来，晨晨与陈欣分手了，因为大家毕业后各奔东西了。

有一种感觉，也许一辈子只有一次，它总在猝不及防的时候发生，待到懂得时，便只剩下回忆。

有一段爱情，来的时候天崩地裂，走的时候伤心欲绝，待到回忆时，傻笑当初的幼稚，却又叹息那种幼稚再也不会有了……

22

明知不可以，还要试一试爱情吗

小的时候，我晕车，连坐公交车都会晕，而且越好的车晕得越厉害。记得那时，我最喜欢坐的车就是摩托车和拖拉机，坐在上面，风呼呼地直吹脸面的感觉实在是让我神清气爽。

暑假里姐姐带我去游乐场，坐在公交车上晕得死去活来，有一种快要窒息的感觉，姐姐拿着湿巾放在我额头上以减轻晕车带来的痛苦。一到了游乐场我就满血复活了，再刺激的游乐设施我都敢尝试，而且一点儿也不晕。

姐姐当时很纳闷，一个刚刚还晕得要死要活的孩子为什么到了游乐场就像换了个人似的。

我喜欢风驰电掣的感觉，只要能呼吸到新鲜空气，把我扔在半空我都不怕。

前两天,和周大仙一起去了北京欢乐谷,转了半天,竟然只玩了一个旋转木马。

周大仙问我:"敢不敢坐过山车?"

我说:"我可以在下面给你拍照。"

周大仙又问:"敢不敢坐大摆锤?"

我说:"我可以在下面给你录像。"

不知道从什么时候开始,我的胆子变得越来越小了。或许是游乐场发生事故的视频看多了,总觉得不作就不会死,所以就不要太作了,活着多好。虽然我也知道,游乐场事故发生的概率是很低的,但对于危险刺激的游戏还是心生畏惧。

小时候那个天不怕地不怕的男孩哪儿去了?面对什么都无所畏惧的少年哪儿去了?

其实,人大多是这样,刚学会开车时,总是开得很快,似乎开慢了就不能证明自己的车技高超。可是出过几次车祸,或是看到过几次交通事故后,速度自然就慢慢降下来了。情窦初开时,喜欢一个女生就敢去表白,因为那时的感情只要牵手拥抱就可以了,如今需要考虑的问题变得越来越多,便不会再轻易去喜欢一个人了。不是对爱情的冲动变淡了,而是越来越懂得肩上还承担着无形的责任。这种责任需要双方一起努力,一起相互扶持,一起组建家庭,所以需要相爱,需要磨合,需要观念一致,还需要坚定地站在对方身旁。

爱情就是明知不可以,还想试一试的冲动。然而,勇敢的人懂得及时斩断自己的情欲，不是不爱，而是对爱情有了敬畏。

人长大了，慢慢就懂得敬畏了，敬畏法律，敬畏生命，以及敬畏未知。

这时我才知道，什么是真正的勇敢。

"明知山有虎，偏向虎山行"那就叫勇敢。不知道山上有老虎，侥幸穿过山林的那不叫勇敢，那叫无知，无知所以无畏。因此，那些懂得了爱情，还能勇敢去爱的人，才是幸福的人。

孙俪有首歌就叫《爱如空气》，我们之间的爱轻得像空气，而我依然承受不起。我们之间的爱重得像空气，越想逃离却越沉迷。

把爱比作空气，多奇妙，就像小时候那个在游乐场里天不怕地不怕的少年，只要能呼吸到新鲜空气，就算把我扔在半空我都不怕。

23

爱就是相信他
所有的鬼话

有个故事是这样讲的：

一位夫人打电话给建筑师，说每当火车经过时，她的睡床就会摇动。

"这简直是无稽之谈，"建筑师回答说，"我来看看。"

建筑师到达后，夫人建议他躺到床上体会一下火车经过时的感觉。建筑师刚上床躺下，夫人的丈夫就回来了。他见此情形，便厉声喝问："你躺在我妻子的床上干什么？"

建筑师战战兢兢地回答："我说是在等火车，你会相信吗？"

这个故事就告诉我们，有些话是真的，听上去却很假；有些话是假的，却令人毋庸置疑。

这个故事让我想起了前几年发生的事情，如今终于得到释怀。

有一天，我的兄弟给我介绍了一个外国朋友。开始的时候，我们相处得还算融洽，三个人经常在一起吃饭游玩。有一次外国朋友带来一个女孩，他对我们讲这是他的中国女朋友，我们非常高兴，感到中外友好的现状越来越浓烈了。可不久之后，却发现这个外国人经常带新的女生与我们相见，并告诉我们这是他的中国女朋友。

我很谨慎地问了他一句："你是不是对女朋友的概念不是很清楚？"

他说："我清楚，女朋友就是我的情人的意思。"

那我问他："为什么每次带的女朋友都不一样？"

他说："喜欢就在一起，不喜欢了就分开。"

当时我们也不好再继续谈论下去，毕竟中西文化是存在很大差异的。再说，人家你情我愿的事情，作为一个外人也不能去干涉别人的生活。

当然，这还不是最让我吃惊的事情，最令我瞠目结舌的是，有一天，他拿着手机给我看了一张外国女人的照片，温文尔雅的样子很漂亮，他得意地说："这是我在我们国家的未婚妻。"

我说："你都有未婚妻了，为什么还在中国找女朋友？"

他说："我们国家是允许娶多个老婆的。"

我说："可是我们国家不允许呀。"

中西文化的巨大差异，让我面对这种问题时显得束手无策，我只好睁一只眼闭一只眼。只是后来，这件事发生在了我的朋友身上。

我有位女性作家朋友，来北京开新书发布会的时候，打电话找我去助阵，我就带了几个朋友去给她捧场，其中也有这个外国人。

活动结束之后，在一起聚餐时介绍他们认识。介绍他们认识或许是我很后悔的一件事情。因为后来，在我不知情的情况下，这个外国人竟然疯狂地去追求我的这位作家朋友。

她是个单亲妈妈，平时除了写作就是照看孩子，面对这突如其来的暧昧，或许是难以招架，最开始还拿出我来做挡箭牌，她告诉他："我其实挺喜欢左小祺的。"结果外国人骗她说："左小祺有女朋友。"竟然拿出了我们当时一起吃饭时拍的照片给她看，指着照片上的女孩说这个就是左小祺的女朋友。后来我才得知，照片上的女孩就是他当初的中国女朋友。

我并非因为这个外国人的谎言而生气，也不是因为作家朋友的误会而生气，只是觉得，在这个满是谎言的时代，真话显得如此荒唐。

因为她是我的朋友，他又是我介绍给她的，我觉得无论出于情谊还是道德，我都有必要提醒她一下，然而她却给我发了一段视频，视频内容是那个外国人与她儿子一起玩耍的片段。她对我讲："我是个单亲妈妈，我一直想找一个可以接受我跟我儿子的男人，看到这个外国人根本不介意我有孩子，而且还能与我儿子玩得那么开心，我便接受了他。"

我能体会到一个单亲母亲的顾虑和心酸，只是我太了解这个外国人了，我更怕的是自己的朋友被骗，那样会让一个女人苍凉的内心雪上加霜。

我对她讲："我有必要把他的事情告诉你，然后你再自己做抉择。"

然而她说我在骗她，他不可能有很多女朋友，更不可能有未婚妻，因为她亲眼见到了这个外国男人对自己儿子爱护有加的样子。

我不再追问，毕竟我不能干涉他人的人生，只是觉得，一个男人如果真的不在乎一个女人有孩子，那只有两种可能：一种是这个男人真的爱这个女人；另一种是这个男人根本就没有与这个女人共度一生的打算，只是满足自身的欲望。既然他们已经生米煮成熟饭，那我也只能希望他们之间是第一种情况。

后来因为此事，我与作家朋友互删了微信，不想让他们之间因为我的存在而产生隔阂。

几个月后，我接到了她的电话，电话那头的她哭得稀里哗啦，对我讲她被骗了。原来她来北京看他，结果无意间在他手机上看到了他与别的女孩的聊天内容……我开车去接她，然后把她送到了车站。

我本以为她终于醒悟，结果后来得知，他们又重归于好了，原因是他承诺断绝与其他女人的不正当交往，而她选择了原谅。

后来她的一个叫小杰的女读者找到了我，对我讲了一件事。

那个外国人通过微博私信给小杰发信息，并加了微信，接着外国人看到小杰特别好看后给她发暧昧信息，小杰问他有女朋友吗，他说没有。小杰特别生气，直接说："我是她的读者。"很搞笑的是，这个外国人接着发信息说："我很爱她。"小杰质问这个外国人："上一秒还说没女朋友，为什么下一秒就很爱你女朋友了？"结果外国人已经把小杰拉黑了。

我心想："真是狗改不了吃屎。"

我不再过问他们的事情，因为他们的结局也不出我所料。在恋爱的两个人眼中，别人的话再真也是假的，情人的话再假也会相信，只是我很后悔曾经做过的错事。

作家话梅是我和她共同的朋友。有一次话梅来北京学习时，约我在三里屯吃早茶，其间谈起了当初的风波，我说已经释怀了，只是当初不明白为什么她不相信我而去相信一个相识没几天的外国人。

话梅给我讲起了文章开头的故事，最后对我说："谎言美丽而感人，真话荒诞而恶心，你说她当初怎么会信你呢？"

我说怪只怪我们当初都太年少吧。

话梅问我现在生她的气吗。

我说一个寓言故事是这样讲的：老鼠被猫写给她的情书感动，决定嫁给猫，结果却被猫吃掉了。吃之前猫得意地说："小样，这么容易上当。"老鼠捏着猫写给她的情书，无比凄凉地笑道："在我收到你情书的那一刻，我就料到会是这样的结局，但我不愿相信这样的事实。"

最后我对话梅讲:"爱何尝不是明知道别人说的是假话,却宁愿相信是真的,所以我早就释怀了,因为面对爱情的时候,谁不是这样的呢?"

24

没结婚时，为什么大家只关心我的婚姻

选择一个可以与自己共度一生的人，对每个人来说都是这辈子最重要的一个决定。因为如果决定错了，自己的人生就会从彩色变成黑白，而有的时候，自己甚至根本没有注意到这件事，直到某天早上醒来才发现，但是许多年已经过去了。

我们往往会被世俗的观念捆绑，有时明知道不适合自己，但是大家都说那是对的，就开始怀疑自己是否真的错了。

当你到了适婚年龄但还未结婚，周围的人对你的话题往往只限于婚姻方面：你谈对象了吗？准备什么时候结婚？在哪里结婚？和谁结婚？这时的你，无论事业有多大成就，理想有多远大，在身边人的眼中都不重要，他们只关心你的婚姻。

因为在他们眼中，只有结婚了人生才算完整，不管你人生幸不幸福，完整就好。

如果你反驳，他们会告诉你，人生都不完整，谈何幸福。

可婚姻真的能带来幸福吗？

能！

在一个充满爱的婚姻中，两个人会因彼此的存在而对生活充满无限的希望。他们会互相理解，互相包容，互相扶持，会让彼此变得比一个人的时候更好，无论是生活质量还是个人成长。他们在一起会活得很开心，很自由，也很独立，因为他们不会一味地向对方索取，而是懂得如何更好地去爱对方。

懂得爱与不懂得爱的两个人之间有什么区别呢？在懂得爱的两个人之间，即便是相互之间的讽刺也会变成幽默，而在不懂得爱的两个人之间，相互之间的讽刺可能会酿成一场吵架。

我身边的朋友，结婚后变得幸福的人有很多，变得不幸福的例子也有很多。为什么会有不幸福的人呢？他们通常因年龄的增长，家人的催促甚至是社会的压力，找个差不多的人就步入了婚姻的殿堂。他们之间有爱吗？可能有吧，但不那么强烈。在一起的决定只是因为各自的条件都差不多而已。这种在爱与不爱的问题上模棱两可的婚姻让人最为纠结，当有一天婚姻出现不和谐的时候，想离舍不得，不离又解决不了问题，只能不断地妥协和忍让。

有一种人，涉世未深，对自己和这个世界还没有一个清晰的认识就踏入了婚姻的殿堂。婚后的生活也是千姿百态，有人幸福也有人不幸福。在这些人之中，我最欣赏的是那些发现自己不幸福后敢于向命运挑战的人。

我一个朋友，23 岁的时候就准备结婚，我问她考虑好了吗，她说不知道。

"那为什么要选择结婚呢？""想找一个伴，互相照顾。"

"那你确定现在的选择是对的人吗？"她说不清楚，赌一把吧。

我们将婚姻当成一场赌局，把自己的幸福当成一个赌注，只有到死的那一天，我们才知道自己是否赌赢了。婚姻与幸福，原来是如此的残酷。

朋友结婚当天，所有的人都对她送去祝福。

"祝你们幸福。"

"恭喜你找到自己的幸福了。"

为什么非要祝别人幸福呢？难道是因为大家都知道结婚后就不幸福了吗？当然不是。我希望你结婚是因为爱情，而不是因为想要幸福。因为那些靠结婚来维系感情的人，一定经不起婚后琐碎生活的打磨。人只有在有爱的婚姻中才会找到幸福的感觉，而不是在婚姻中苦苦寻找爱的痕迹。

婚后，朋友的生活状态发生了翻天覆地的变化，她的老公每天只知道打游戏，眼里根本就没有她，而且经常出去与朋友喝酒唱歌，每次都是酩酊大醉之后才回家。有时脚也不洗躺在床上倒头就睡。她受不了这种生活状态，就与老公分房睡了。半年之后，她发现老公经常夜不归宿，这时她才知道老公在外面有了新欢。

她期待家的温暖，却从来没感受到；她幻想婚后的美好生活，如今却无比怀念单身时的自由。本想结婚后可以有个人为她遮风挡雨，结果发现，这风雨都是对方带给她的。

婚姻是一场赌局，这一局，她以失败告终。

让人庆幸的是，她做了一个大胆的决定，果断离婚。

当做出这个决定的时候，亲戚邻居都在劝她：离婚后不好再找对象，女人年龄大了就不要太作，二婚的女人不幸福……

还有人劝她说："赶紧生个小孩，有了孩子你老公就会对你好了。"她冷笑一声说："当初有人告诉我，结了婚就能稳定我们的感情，结果还不是于事无补。"

这时她才认识到，婚姻不能稳定任何感情，只有爱才可以。

离婚后的她选择了从事教育行业，自己开了一个补习班教小朋友画画，绘画是她大学的专业，成为绘画老师是她当初的梦想。

在这期间，不断有人给她说媒牵线，但是她都谢绝了。或许是经历过一段不成功的婚姻之后，她便不再轻易去爱了。为此，她得罪了很多亲戚朋友，更饱受着父母对她的指责和埋怨。

网上有一段话说得很对，人到了一定的年纪，尤其是女性，总被问到婚姻家庭，却不会被问到自己的梦想是什么。好像人生的考卷早已答完上交了，剩下的人生就是等待批改，接受命运，为他人而活。

她对我说："不是不敢爱了，而是更明白了生活的重心是什么。"

我问她："那你如何面对家人的压力？"

她说："如果不读书，那么你的世界观只能来自你的亲戚邻居。"

她的培训班在她的精心经营下越做越好，几年之后，发展成了培训学校，这时的她已经快 30 岁了。

当我以为她的爱情已经完全被事业占领的时候，有一天，却意外收到了她结婚的请柬。

她的老公是在出国旅行时认识的，某个国企里的总监，认识之后发现竟还是老乡。那个男人后来便对她展开了追求，他们在接触了之后，发现了很多共同的爱好与价值观，谈过一年恋爱之后选择了结婚。

我问她想好了吗？她说想好了。

我问她确定是你想找的人吗？她说很确定。

人在到了一定年纪和经历过一定的事情之后就会发现，确定那个对的人，已经不需要太多的时间了。

我参加了她的两次婚礼，与 23 岁时的那次相比，我觉得 30 岁的她站在婚礼舞台上时的笑容多了很多自信、沉着与笃定。

人不是因为变老而停止追梦，而是因为不再拥有梦想才变老。就像我的朋友，虽然没有 23 岁时的青春容貌，但美丽依旧在傲然绽放。

年轻时的我们，经常会一失足成千古恨。很多时候，并不是因为我们有多无知，有多愚昧，有多可悲，而是因为大家的指责，质疑，甚至是嘲笑，已经把我们的理智给淹没了。

很多人都是在还没想好为什么结婚的情况下就稀里糊涂地把婚结了，等有一天想明白的时候，却发现自己已经是几岁孩子的父母了。生活的不幸往往就源自按照别人的指挥去做选择，盲目模仿别人的生活，盲目听从别人的意见，盲目跟随别人的脚步，到头来却发现，从来没有跟着自己的心去走，也不知道如何选择。

请给予我们充分的成长空间吧，让我们学会如何去选，如何去爱，如何去更好地生活。在没有遇到真心相爱的人之前，即便考试结束的铃声响了，也让我们有继续答卷的权利吧！不为别的，只为了给人生交一份满意的答卷。

25

哪有什么缘分，都是自己争取的

爱要大胆说出来，不然她怎么会知道你的心意。女孩子都不是很喜欢被动的男人，如果总是想等待女孩主动开口的话，那么你或许将错失这份爱情了。

当然，除非你足够优秀，优秀到让女孩子深入骨髓地喜欢你。

卞之琳的《断章》写道：你站在桥上看风景，看风景人在楼上看你。明月装饰了你的窗子，你装饰了别人的梦。暗恋就是这种状态，永远只能远远地欣赏对方，你爱她，她爱他，他或许爱的又是另一个人⋯⋯

你总不敢走近她，不敢表露自己的心意，怕遭到拒绝，等到她被别人追到手后，你才后悔莫及，却也无济于事。

于是你责备自己的迟疑，悔恨自己的迂腐，总在幻想如果再给你一次机会的话，你一定勇敢地对她表白。可人生没有彩排，只有现场直播，错过了一次机会，往往就是错过了一种人生。

很多年过后，你或许会想起曾经暗恋的女孩，她或许还会让你心潮澎湃，又或许只是让你淡然一笑，毕竟这么多年，你也看淡了许多事情。你会安慰自己是你们缘分不够而已，可是你从来不曾想过：当年在她开心的时候，是另一个男人为她送上鲜花，而不是你；当她失落的时候，是另一个男人在对她说着"不要怕，还有我在"，而不是你；当她内心空虚想找人说话的时候，是另一个男人熬夜陪她煲电话粥，而不是你；当她遇到困难的时候，是另一个男人总能及时赶到，而不是你……

你只是在很远的地方看着她的喜怒哀乐，你也想为她做很多很多事情，却总是不能付诸行动。

终于她嫁给了另一个男人，哪怕那个男人没有你帅，没有你有钱，没有你有地位，可能他什么都不如你，但是女人永远不会选择一个只会远远地"爱"她的男人。女人的要求不高，她只是想要一个对她好的男人，因为女人是没有爱情的，谁对她好，她便爱谁。

当然，你也可以不相信。

你可以一直认为爱情是需要缘分的，她没有选择你是因为你们的缘分不够。

只是，你还不明白，缘分这东西，很多时候是靠自己争取的，再不行动，你就将错过下一段爱情了。

26 如果有结局，对你好就有意义

我们孤单地来到这个世界，就是为了找到一个对自己好的人。

仅此而已。

大多数人是这样，尤其是女人。

我在《哪有什么缘分，都是自己争取的》一文中写了一点关于缘分的个人见解，结果发在微博上之后，很多人对我文章中的一句话"女人是没有爱情的"展开了讨论。这句话没有对错可言，因为它没有确定的评判标准，这是因人而异，因年龄而异，因生活经历而异的。

我身边的很多女人最后没有嫁给当初那个自己爱得死去活

来的人，而是嫁给了跟自己毫不匹配的男人。我甚至会觉得下次见她们时，她们肯定是离婚的状态，但出乎意料的却是她们生活得很好。

高中时，我们班有个特别漂亮的女生，她是很多男生追求的对象，经常收到情书和礼物，但那些男生她一个都没看上。有一次我问她原因，她说，A男生太矮了，B男生太瘦了，C男生家境不好，D男生是个啃老族没有前途。我问她到底喜欢什么样的，她说她爱的是那种长得高，长得帅，大眼睛，双眼皮，对她好的男生，少一样都不行。

听完之后，我就到教室后面把准备给她的情书撕得粉碎，然后扔进了垃圾桶。

终于她遇到了一个又高又帅，大眼睛双眼皮的男生，可那男生根本不喜欢她，她委曲求全地追求他，最终那男生还是伤害了她后把她抛弃了。我和ABCD一块儿把那男生教训了一顿，但我们五人仍没有一个得到她的芳心。

她痛彻心扉地说了句："再也不相信爱情了。"

高中毕业后便没了联系，后来听说她结婚了，我特别想知道是什么样的白马王子打动了她的芳心。一次同学聚会时，我看到一个有着啤酒肚，戴着眼镜，又矮又胖，头发还很稀松的憨厚男人与她一起牵着手走来，我怎么也想不出当年那个对爱情百般挑剔的她怎么就选择了连ABCD都不如的男人。当然我也自认为不如我。

酒桌上我们互换了联系方式，后来她没事打电话找我聊天，我实在想不通，就失礼地问出了口："为什么会选择一个与自己毫不匹配的男人做老公？"她的回答竟让我无法反驳，她说："因为他对我好呀，他可以给我做饭洗衣，可以迁就我的各种小毛病，可以包容我的小脾气，接纳我的坏习惯，他爱我，从来都不让我受委屈。"

我惊讶于她的改变，但她非常坦然，毕竟，被人爱，幸福真的是由衷的。

女人到了某个年龄，经历了一定的事情，就会发现生活中真的有比爱情更重要的东西。

我想起高中时她对我说，她爱的是那种长得高，长得帅，大眼睛，双眼皮，对她好的男生，少一样都不行。可最终她选择的对象，除了对她好之外，其余的条件都与之相悖。我突然开始相信了那句话，男人有爱情而女人没有，女人是谁全心全意对她好她就死心塌地陪他过一辈子，因为她觉得那样不委屈。

这就是为什么"你爱的"总是被"爱你的"打败的缘故吧！

就像中学时，男生追求一个女生，开始总是遭到拒绝，但经过三番五次的送花送情书，不厌其烦地帮助，甚至是死皮赖脸地照顾，女生终被感动，答应了他的追求，然后女生才会爱上那个男生。

女人爱情的根源往往是被爱！

女人追求男人遭到拒绝，那说明真的没有爱情，除非男人有难言之隐，否则想用感动来获得男人的爱是很难的，因为在男人的世界里，感动真的不是爱情。但女人往往相反，她们常常是在被感动之后才相信爱情，相信男人的真诚与真心，相信天长地久、地老天荒。其实从一开始那就不是女人的爱情，只是被爱，而被爱是会上瘾的。一辈子被爱总好过爱别人一辈子，所以女人是没有爱情的，但并不代表女人没有幸福。

就像书上写的：能拴牢一个女人的，未必是爱情，而是呵护。

当女人长大之后，更是如此。

27

享受孤独，才懂成熟

有些人喜欢独来独往，不一定代表着孤单，或许那只是他们的选择。

在上学的时候，我曾经是一个特别怕孤单的人，做什么事情都喜欢身边有个人陪着，哪怕是课间时去厕所，也会拉个人一块儿去，好像独自一人去上厕所就代表着被全世界孤立了一样。

后来，我一个人来到偌大的北京，生活节奏变得特别快。那时我觉得这是一个人情冷漠的城市，冷漠到你蹲在路边哭，都不会有人问你一句："你怎么了？"渐渐地，我却习惯了这种生活节奏。很多时候并不是人真的冷漠，而是大家都在自己的人生路上拼命追逐着，根本没人顾得上别人的喜怒哀乐。

如今的我早已习惯了一个人的独处，习惯了当初不理解的孤单，甚至还爱上了独处时的自由。

一个人的时候，我喜欢去住所附近的广场上随便走走。我经常戴着耳机，然后把手揣进口袋，边走边听我喜欢的主播讲故事。有时太阳强烈了我还会戴上墨镜，一副人模狗样的姿态。

走累了就坐在喷泉旁，看着一群孩子对着喷泉跃跃欲试。阳光很暖，孩子的笑声很甜，拿出手机给孩子们拍个照，留下美好的瞬间，然后揣着口袋继续漫无目的地闲逛。

广场上的时尚青年很多，总会遇到几个漂亮的姑娘。边走边看美女，还装作一副没有偷看的表情。每次我都会猜想，那些擦肩而过的美女，心里是否也有如我一样的想法。

不过，比起长得漂亮，我更欣赏有气质的女生。虽然三观很重要，虽然五官也很重要，但是人与人能否长久地交往下去，感觉更重要。她所散发出来的气质决定着别人对她的感觉，这种感觉与三观和五官相关，但仅凭三观和五官又不能决定相处时的感觉，它们就是这样相辅相成又难能成全的关系。

一个女人有没有气质，通过她走路时的姿态便大致可以判断出来。她的举止是否得体，她的姿态是否优雅，她的神情是否沉着，这些无声的气质一定可以体现出她受过什么样的教育，见过什么样的世面，有着什么样的过往。

我的兄弟焦中理曾经对我说，偶然在街上碰到有气质的女生，就像上天对你的恩赐，让人瞬间觉得生活还有美好的事物存在，紧张的工作压力也会荡然无存。是的，遇见有气质的女生，我会偷着多看两眼，但不会去搭讪，因为我知道，擦肩而过便已是幸运。

一个人逛街的好处当然也包括多看两眼美女也不会尴尬，就像突然看到天边的夕阳很美，驻足观赏多久都可以，不用顾及是否有人在等我。

记得在上六年级的时候，一周回家一次，通常我都是与我婶婶家的姐姐一块回家。我们在同一所学校，她比我高两级，放学后我们总是约在车棚见面，然后一块儿骑车回家。

可是有一次星期六放学时，班主任拖堂拖得特别严重，姐姐一直在车棚里等我，等到大部分同学都推着自行车离开学校后，仍不见我。已经放学半小时了，姐姐只好到我们班里去找我，当她出现在我们班级前的走廊时，我从窗户上清晰地看到了她脸上的焦急。但班主任仍旧在讲台上讲着班级的各种琐事，并没有结束的意思。

其实，我心里比等在门外的姐姐更焦急，并不是因为老师拖堂而焦急，而是因为有人在等我而让我感到不安。当时，我真想告诉姐姐："你先回家吧，不用等我了。"可是我不会千里传音，无法告诉姐姐，只能坐在班里无助地期待班主任早点放学。

一直以来，我都不喜欢被人等的感觉，总觉得如果不是因为等我，别人可以更合理地安排自己的时间，可以把生活过得更轻松，更自主，所以，我觉得守时是一个很好的习惯。

如果不是特殊因由，我越来越喜欢独来独往，就像现在，一个人漫无目的地闲逛一样。

广场上的书店是我每次必去的地方，我会默默进去，找到上次没有读完的书，然后站在书架旁静静地阅读。读累了就掩卷沉思，或看一眼周围的人群，看看他们是哪一类人，看看他们读书时的状态，也是很有意思的事情。

我总觉得，经常出没书店的人，品位会更高一些，人生质量也会更高一些。因为我认为爱读书的人，品质都不会差到哪里去。

虽然只是我个人觉得，但是我一直坚信如此。

走出书店，如果正赶上肚子饿了，我会去吃些想吃的东西。

一个人的时候，吃饭特别随意，可以不用顾忌他人的口味，自己想吃什么就点什么，可以认真咀嚼每一口食物，认真体会每一口味道。

如果潇洒一点，我会自己去吃火锅。很多年前，我十分不理解一个人吃火锅的行为，那些人要么是太酷了，要么就是"神经病"。

没承想，如今的我也可以独自一人吃火锅了，而且一点也不感到寂寞。

现在的我们，认识的人太多，遇到的事情太杂，我们需要一段放空自我的时间，更需要一段独处的时光。只有这样，我们才不至于淹没在众生里。停下脚步，放慢速度，等等丢失的灵魂，找回真正的自己。

就这样一个人漫无目的地走着，就这样一个人没心没肺地活着。不知不觉，突然发现，原来一个人也可以如此好玩。

不仅好玩，独处也可以使人变得更好，或者说，独处是一个人变得更好的最佳时期。

记得导演小津安二郎说过：就我长期对女演员的观察，新人时期常常孤单一人的人会成为好演员；经常有好友作陪，走到哪里都结伴而行的，通常成不了大器，因为她们会顾虑彼此。

这在我自己和身边的朋友身上真的被多次验证。

所以，不要怕孤单，或许那是上天赐予你的最佳时期，一定要记得借此机会，对自己的生活改变些什么。

28

杨康的爱情 为什么我更喜欢

《射雕英雄传》中有两个罪大恶极的人，一个是西毒欧阳锋，另一个就是反派主角杨康。

欧阳锋醉心于武功，一心只想成为天下第一，所以他的阴谋诡计全是为了得到《九阴真经》，他的无恶不作也只不过是为了清除"华山论剑"中的障碍。比如在失火的船上恩将仇报暗算前来救他的洪七公；比如蒙面去杀铁掌水上漂裘千仞；比如帮着全真七子偷袭黄药师，结果梅超风替她师傅挡了一杖惨死在欧阳锋手里。

在欧阳锋眼中，似乎只有天下第一才是他这一辈子最重要的事情，但出乎我们意料的是，当欧阳克失踪很久后，其实已经被杨康杀死了，不知情的欧阳锋说了这么一句话："只要克儿能够回来，就算是天下第一我也可以不要。"为了天下第一他耗尽了自己毕生的精力，最终却为了欧阳克轻言放弃这一切，这种父爱何尝不值得赞美。有人说这只是因为"虎毒不食子"的缘故，但你有没有想过，铁木真当初为了勾结金国，竟然牺牲自己女儿的幸福，让华筝嫁给她最讨厌的都史，从作为一个父亲的角度出发，我觉得欧阳锋远胜于铁木真。

如果把欧阳锋和铁木真比作老虎的话，假如你身为老虎的孩子，你会更喜欢哪种方式的父爱呢？

欧阳锋可谓是罪恶深重，后来为了练九阴真经而走火入魔，最后变成疯子也算是得到了应有的报应。在《射雕英雄传》中有一个比欧阳锋还要恶毒的人，他就是杨康。他认贼作父，无恶不作，无利不往，凡是不利于他的人和事，他都要想方设法铲除掉。

很多人都骂杨康是禽兽，甚至连禽兽都不如，但很少有人能看到他人性的另一面。

这个世界上没有绝对的好人也没有绝对的坏人，欧阳锋尚有人性中慈父的一面，杨康也不例外，比如他的孝心，杨康即使为人再坏，但在他母亲面前，他始终是一个慈眉善目、百依百顺的好儿子形象。他犯错被母亲知道后，他会在母亲面前下跪认错，不管他母亲如何打骂他，他都会想方设法逗母亲开心，典型的好儿子形象。

对于爱情，杨康更是忠贞不渝。

身为大金国小王爷的他，女人对他而言可以说唾手可得，但杨康自始至终只钟情于穆念慈一人。无论多么重要的事情，只要穆念慈一哭着跑开，杨康立刻就会心软，放下所有事情不管不顾地去追穆念慈。女人即使有天大的错误，只要一落泪，那就是男人的错了。这一点或许是受自己的"父皇"完颜洪烈的影响。完颜洪烈的兄长们个个都是妻妾成群，而他只有包惜弱一个女人。

有人说，杨康并不是金国太子，他是杨铁心和包惜弱的儿子，是大宋子民，他就是一个认贼作父的小人。

我觉得说杨康认贼作父并不很恰当，因为这个世界上有一种感情是比血缘关系更近的，就是给予的爱。如果杨康是在杨铁心的照顾下长大，后来为了荣华富贵认完颜洪烈做父亲的话，那他无可争议地是一个认贼作父的小人，但杨康一出生就是在金国，叫的第一声父亲也是叫完颜洪烈，他知道的自己的第一个名字是完颜康，他所受的教育，所接触的人，所处的生活环境，一直以来都是金国的。而且，完颜洪烈一直将杨康视作亲生儿子，从杨康出生到长大成人，完颜洪烈给予了杨康父亲般的关爱、陪伴，杨康有什么理由不爱自己的父皇呢？

都说血浓于水，血脉相承，但完颜洪烈与杨康十八年的父子之交，怎么能是没有一点感情的血缘关系所能比的呢？十八年后，一个杨康从来没见过，也没听说过的生父杨铁心站在他面前，这时大家都让杨康接受他的父亲是宋人杨铁心的事实，我想对谁来说都是一个天大的打击。

有人会说，杨康是宋人，他帮助金国侵略宋国是事实，但我觉得，一个国家的兴亡成败是不能用个人感情来分对错的。蒙古最终打败了很多个国家，其中也包括金国，后来铁木真被称为成吉思汗,他一生骁勇善战,攻无不克战无不胜,可谓一代英雄,但哪一次胜利不是侵略战争呢?最终谁又能评判他的对错呢?

杨康的认贼作父暂且不论,杨康的无恶不作固然可恨,但在杨康身上,有一点让我非常欣赏,那就是他对待爱情的态度。

郭靖与黄蓉的爱情固然可歌可泣,最让我感动的是在黄蓉中了裘千仞的铁掌将要身亡时对郭靖说的那段话,黄蓉对郭靖说:"我死了之后,我准你再娶一个,但那个人一定要是华筝,因为华筝是真心爱你的,你娶别的女人,她会欺负你的。我死了之后,我准你为我立一个碑,但你不能带华筝来祭我,因为我始终还是那个小气鬼。我死了之后,我准你为我伤心一段时间,但不准你为我一直消沉下去。"生死关头依然为对方着想的人一定是最爱对方的人,就像黄蓉对郭靖的爱。

爱情是两个人的事,纵然黄蓉爱得义无反顾,但郭靖的情商实在太低,需要有人不断引导。而且,郭靖也曾对待爱情犹豫不决,当初给了华筝希望后,又让她心灰意冷。对于女人来说,最伤心的不是拒绝,而是让她看到希望后又失望的结局。如果你不能一直对她好,就不要一开始给她希望,害得华筝白白单相思了几年,最终却只是一场空欢喜。

女人的青春是很短的,试问郭靖如何对得起华筝的情深意切?

虽然杨康对穆念慈的爱情是从谎言开始,在比武招亲的擂台上打赢穆念慈后却接着违背诺言,反悔不娶她了,后来也三番五次用"我这次真的改了"来欺骗穆念慈,但所有的谎言都是希望穆念慈能原谅他,不离开他而已。

后来当穆念慈几次暗中救出郭靖和黄蓉,破坏了杨康的阴谋诡计时,杨康也只是发了几次脾气而已,事后依旧对穆念慈深爱如初,而且还愿冒生命危险救她,谁都会被如此的深情痴心感动吧。

最后,当杨康中毒临死前,他对郭靖说:"我想见穆念慈最后一面。"

于是郭靖找到穆念慈,对她说:"你再不去看他以后就再也见不到他了,杨康快死了。"

当穆念慈赶到时,杨康撒了生平最后一次谎,他擦干伤口,整理好着装,正襟危坐,面对穆念慈的到来,强装微笑地说:"你来了。"

穆念慈看到他并没有郭靖说的快要死了的表象,然后失望、伤心地说:"我真傻,居然还会相信你的话,你骗我多少次了。"说完就跑走了。

她不知道这一次是杨康最后一次对她说谎了,杨康对她的爱情由谎言开始,以谎言结尾,然而最后一次说谎居然是一次善意的谎言,真是天大的讽刺。当穆念慈走后,杨康的毒就发作了,郭靖问他为什么要这样做。他说:"我只是不想再看到她为我伤心了。"听到这句话我竟然莫名地感动了。

后知后觉的穆念慈隐约觉得有些不对劲,或许是夫妻情深，她急忙赶了回去，这才发现杨康口吐鲜血，危在旦夕。

这时杨康说："你又回来干什么，其实那样见你最后一面挺好的。"

真的是人之将死其言也善，杨康曾对穆念慈说谎无数，每次说谎都是为了自己的利益，而最后一次谎话确是为了穆念慈着想，原来，爱情也是有轮回的。每个人的爱情看似相同，但又确实不同。我们口口声声说向往的爱情模样，不就是彼此喜欢，忠贞不渝吗？只是有人幸运，能够牵手一生，白头偕老，有人却不幸，得到了爱情，却不能护她安好。

相对于郭靖的爱情，我更欣赏杨康的潇洒倜傥、忠贞不渝。只是从杨康人生的悲剧中得到提醒，愿我们但行好事，多积福德，找到爱情的同时，也有生命去守护爱情，让爱情与我们长久相伴！

29

你值得人间一切的美好

李诞说：人间不值得。

这是他最出名的金句，常年挂在他的微博置顶上。

有些人对此感到很疑惑，很难想象，一个做大众娱乐的谐星，一个给无数观众带来快乐的人，为什么会说出这么悲观的话。

尽管李诞自嘲说自己就是很"丧"，觉得什么都没劲，但他过得确实也很好呀，蹿红的速度似乎比任何明星都要快。可偏偏这个在观众眼中诙谐幽默，甚至有资本"得意忘形"的人，出人意料地用"人间不值得"来告诫世人。

人间不值得，难道人间真的有那么不值得我们过吗？

其实，有这样疑问的人全都误解了李诞的意思。

李诞说人间不值得，其实还有前半句，完整的句子是：开心点朋友们，人间不值得。

"人间不值得"并不是说人间不值得过，而是人间不值得难过。

就像李诞自己本身，初中的时候，他像很多文艺小男生一样，喜欢无病呻吟写一些忧郁的诗歌，写一些矫情的文字，不过那个时候，他成绩很好，经常考全年级第一，老师盼着他上北大清华。

可是人间就是这么讽刺，刚入高中，李诞的世界就变了样子，叛逆任性，如同一只野兽裹挟着那颗年轻的心，"上学有啥意思，读书太土了！"李诞坦言道。

高考结束后，他的分数连专科都够不上，复读一年后，成绩也没有好到哪里去，最终去了广州一所不算知名的大学。

像所有郁郁不得志的人一样，他还是那样愤世嫉俗，陷在自己的世界里出不来。

当时他整个人都很愤怒，他天天逃课，但哪里也不去，就在宿舍里躺着，躺颓废了就喝酒，他很喜欢喝酒，喝醉了继续躺着，越躺越颓废，越颓废越喝酒，越喝酒越躺着……

那时的他，似乎唯一的乐趣就是把自己灌醉。

大学毕业后，李诞带着自己的理想去了报社实习。实习期间，他在电梯里听到记者谈论如何通过职务关系弄春运火车票。

听到后他彻底失望了，但他也开始明白，其实"道德洁净"的乌托邦是不存在的，世界运行的法则就是这么赤裸裸，很多的追求原来没有必要，也不值得，所有时代都是一个德行。

他开始接受这个世界，渐渐地选择了与这个世界和解，慢慢懂得了跟自己较劲没什么意思，跟世界较劲更没什么意思。

他就想活在浅薄里。

他说："我就希望活得流于表面，人是为别人而活，我希望给人带来快乐，我不想给人添堵。"

"顿悟"后的李诞，活得愈发清醒，他知道他现在做的是谁，是为了什么在做，在人生没有下一步的转变之前，他会尽力去做好眼前的角色。

正如他说："不要有道德洁癖，世界就是这样运行的，那你就赶紧也运行起来吧，还等什么，要顺应这个社会。"

所以，他才会如此潇洒地告诫世人：人间不值得。

有人觉得这样说显得很丧，但他的丧是属于看清楚世界和人生之后积极明白的那种丧。乐观的人看到的是乐观，悲观的人看到的是悲观。

他曾解释过这段话的意思，其实是积极向上的正能量，正是因为人间有太多事情不值得，所以要开心啊朋友。

前段时间，李诞结婚登上了热搜。在综艺节目《奇遇人生》中，李诞在半醉半醒间，透露自己刚刚结婚。

于是我们知道了，这个相貌平平的男生娶了美若天仙的黑尾酱。

在某节目中，何炅问："黑尾酱是不是因为觉得你有趣，所以跟你在一起？"李诞笑称："她就是贪图我的美色。"

更搞笑的是他居然还说过:"结婚不是自愿的,女朋友和我结婚是看上了我的内蒙户口。"

一个是有趣的灵魂,一个是美丽的灵魂,其实我觉得没有什么合不合适,也没有太多的为什么,只有真正懂你笑点的人,才是对的人,你们在一起才会只想笑,不会哭。

因此,当"人间不值得"遇到了黑尾酱,从此人间便值得了。

李诞说,除了快乐,我什么都不能给你。
黑尾酱说,除了快乐,我什么都不想要。

黑尾酱曾在微博里分享:和喜欢的人一起,笑着吃饭。
生活得有多开心,才能连吃饭都是笑着的。

记得王小波给李银河写的信里,有一句话让我很感动:一想到你,我这张丑脸就泛起微笑。
所以即便李诞写了再多丧话,当遇到爱情时,都可以靠黑尾酱圆回来,自动变快乐。

人间不值得,但人间有美。
众生皆苦,你是草莓味儿的。
他们有许多关于爱的道理,我有你。

无论是爱情里,还是在人生中,快乐才是最重要的一件事情，我越来越喜欢李诞的金句，人间不值得，当然前提是开心点朋友们。

很遗憾，李诞和黑尾酱后来离婚了，但不可否认，他们在一起时是快乐的，快乐消失了那就分开，离婚也是为了快乐吧。

我们终其一生，不就是在寻找快乐吗？

如何才能找到真正的快乐，却是一件不容易的事情。

记得台湾作家龙应台说，她让孩子用功读书，不是为了跟别的孩子比成绩，而是为了让孩子长大之后有选择的权利，选择一个有意义的、有时间的工作。你觉得你的工作有意义，你就会有成就感，你觉得你的工作不霸占你的时间，你就有尊严。

她最后总结了一句话，她说：成就感和尊严，给你快乐。

我想，想要活成一个有趣的人，想要找到真正的快乐，首先就要认识这个世界。这个世界就像李诞说的那样，它就是这样运行的，那就让自己也赶快运行起来吧。

30

最坏的爱情,最好的成长

我有个女性朋友,我不敢提她的名字,因为她贪财好色,一身正气。我们之所以能成为朋友,就是因为我也如此,但我们对彼此从来没兴趣,她知道我穷,我知道她丑。

她做过很多出格的事情,我也曾看不懂,想不明白,她的确颠覆过我的价值观。

我们从初中时就认识,我叫她"女文氓",流氓的氓,她喊我"穷文艺",由于长相原因,从初中到高中都没一个男生愿意与她谈恋爱。

我笑她找不到男朋友,她说:"找不到男朋友有什么可怕的,我那么多闺蜜都有男朋友,到时候睡我闺蜜的男朋友去。"

要知道,高中时期敢说出这种话的人,活得该是多么肆意洒脱,何况是个女生,所以,我那时就断定,她将来的人生注定会与众不同。

有一次，我很严肃地问她："如果你真的爱上了别人的男朋友，你会和他在一起吗？"

她说："只要我们彼此相爱，就在一起。"

我说："睡在一起？"

她说："对呀，不过那必须是我成年之后。"

我说："你还真是女流氓呀。"

她说："如果是睡自己喜欢的人哪里流氓了？"

我说："女人应该洁身自好，你这样谁敢当你男朋友。"

她的回答真的颠覆了我的价值观。她说："你明白什么是洁身自好吗？两对相爱的情侣，其中一个女人跟自己喜欢的男人上床了，另一个女人没有跟自己喜欢的男人上床，那你觉得谁是洁身自好？"

我说："当然是那个没上过床的呀。"

她说："我告诉你，是那个与自己喜欢的男人上过床的女人更洁身自好，你没看到'洁身自好'这个词后面还有一个'自好'吗？洁身自好的意思不就是与自己喜欢的人在一起吗？如果那个没有与男人上床的女人到了40岁仍然是处女，那她也不是洁身自好，顶多算是洁身罢了。同样的道理，就算是夫妻之间，如果两人之间没有爱了，那么他们在一起就不再是洁身自好了，哪怕他们是如此合法合理合乎道德。"

在当时，她的话我完全不能理解，如今想想，似乎也不是没有道理。

二、你若懂我，该有多好

后来这个天天喊着要睡别人男朋友的"女文氓"考上了不错的大学，可是一直到大学毕业她也没睡到一个。

因为颜值的问题，她的大学只不过是高中的延续与再版，四年时间仍然没有出现一个愿意和她谈恋爱的男生。

然而人生往往如此戏剧化，大学毕业后，她竟然真的睡了别人的男朋友。

知道这件事情是在前段时间，她亲口告诉我的。

几天前，她来找我，好久不见，她居然变漂亮了些。

我问她："你是不是整容了？"

她说："我只是学会了化妆而已。"

我开玩笑说："变漂亮了应该可以钓到凯子了吧？"

她说："不钓凯子，我现在觉得自己可以试试彭于晏。"

我的一口咖啡差点儿喷到她脸上。

我开玩笑地说："难不成现在还想着睡别人的男朋友呢？"

她的脸色突然变得沉重而严肃，眉宇之间透露的不着边际的神态竟让我不寒而栗。难道是我的话戳中了她的伤疤，我马上道歉："我开玩笑的，你别在意呀。"

她很认真地看着我讲："说出来你别笑我啊。"

第一次见她表情如此严肃，就知道她遇到事了。我说："不笑你，发生什么事了？"

她说："老娘怀孕了。"

我："什么？怀……怀……怀孕了？……你？你怀孕了？不是吧？你怎么可能怀孕呢？"

话刚一出口我就感觉自己说错话了,但已经收不回来了。她说:"老娘是如假包换的真女人,难道就没有怀孕这个功能吗?"

我赶紧解释道:"我不是这个意思,我的意思是你怀了个什么东西?"

越解释越乱……

这些年见过的奇葩事情层出不穷,对各种新鲜故事早就习以为常的我,听到她说怀孕的消息,还是大吃一惊。

还没等我镇定下来,她又一炮把我打蒙了。

我问她:"既然怀孕了,那你是不是要奉子成婚呀?今天来找我就是要通知我你要结婚了,是吗?"

她说:"不是,我不结婚,我只要这个孩子。"

我:"什么?为什么不结婚?"

她说:"因为他是个有妇之夫。"

听了她的话,我彻底不知所措了。

原来这几年,她爱上了一个男人,有长相,有事业,有家境,最重要的是,他们两个志趣相投,能量相等,他对她很好,她爱他爱到骨子里。

突然有一天,她发现自己怀孕了,开始她非常开心,当找到他告诉这个好消息的时候,对方却并不开心,而且还想让她把孩子打掉。

她很不解:为什么不要孩子?她这辈子最大的愿望就是与自己爱的人生一个娃娃。因此,在闹得不可开交的时候,她表明了最后的立场，非要这个孩子不可。

最后纸包不住火的时候，那个男人才向她坦白，自己早就结婚了，而且早就有孩子了。

这个从高中就扬言要睡别人男朋友的"女文氓"，长大后竟真的"如愿以偿"了，只不过她成了受害者，无缘无故成了第三者，不知是命运的捉弄，还是老天对她粗俗玩笑的惩罚。

那个男人虽也爱她，但是他的孩子已经上小学二年级了，他是不可能为了她离婚的。这一点她后来也明白。

我问她："既然知道了不可能，为什么现在还要非生这个孩子不可呢？"

她的回答很坚定："因为我爱上了他。"

"现在你恨他吗？"

"不恨。"

"为什么不恨呢？"

"因为我爱他。"

"可是他有老婆孩子了呀。"

"那是他的事情，我爱他是我的事情。"

"那你会一直爱他吗？"

"我想我会一直爱他的。"

原来这个世界上真的有一种爱，无论什么因素都改变不了的。30年来，她第一次爱上一个男人，也是第一次被一个男人爱，结果竟是一场欺骗，但是在揭穿谎言之后，她发现自己对他一点也恨不起来,她仍旧觉得自己是爱他的,而且是那样的强烈。

她口中的那个聪明、睿智、谈吐优雅、待人温柔的男人,自始至终都是她喜欢的类型,更是她幻想结婚的对象。然而,如此"完美"的男人竟也会婚外情,而自己还无故蒙羞,因此,她对婚姻没有了任何憧憬,这辈子都不想结婚了,但也正因如此,她更想要这个孩子了,就像她曾经的愿望,能与自己爱的人生一个娃娃。

我说:"即便你是第三者,你也一直爱他?"话已出口,就觉得自己的问题好傻。

她对我说:"金岳霖也知道林徽因有丈夫有子女,不是也依然爱了她一辈子吗?"

我说:"金岳霖虽然爱了林徽因一辈子,而且为了林徽因一辈子没娶,可是他只是默默地爱着,即便他一直住在林徽因家的隔壁,却从不会越雷池一步,这也是最后赢得了梁思成尊重的重要原因。"

她说:"我越过雷池的时候是因为我不知道那是雷池,我不知道他有老婆孩子,是我做错了吗?"

我说:"你没有做错,你错就错在现在还爱着一个不可能的人。"

她说:"每个人对爱情的理解是不一样的。"

我直截了当地说:"以前你不知道自己是第三者,那不是你的错,可是现在你知道了,你还爱他的话,那你就是一个小三的角色了,这不好吧。"

二、你若懂我,该有多好 177

她说:"小三是不好,可如果能有两全其美的办法,谁又愿意当小三呢?小三是一个不好的名声,但是与爱比起来,这个不好的名声又算得了什么呢?我也不想当小三,可是谁让我爱上了一个已婚男人呢?"

我很严肃地说:"小三的爱情会是真爱吗?你见过哪个小三最后被人歌颂了?"

她对我讲:"你看过《泰坦尼克号》没有?里面的 Jack 难道不算小三吗?全世界的人都被 Jack 与 Rose 的爱情感动,可是 Jack 追求 Rose 的时候,明明知道 Rose 有男朋友,她是 Cal Hockley 的未婚妻,但那又如何呢?当真的爱上一个人的时候是会奋不顾身的,会全力以赴的,会万死不辞的。最后,Jack 把生的机会留给了 Rose,自己为爱情而死了,谁还会在乎他是小三还是小四吗?第三者纵然可恶,可爱情更难得呀。"

虽然我并不敢苟同这个观点,但是我以前真的没有想过这个问题。或许我只是浮在了爱情的表面,被世俗遮蔽了双眼,而她思考问题的方式,无论对错,真的在那一刹那,颠覆了我以往看世界的角度,就像当初她对我讲什么是洁身自好一样。

突然间想起了日本作家太宰治在《人间失格》里写的一段文字:其实,世上称为"合法"的东西才更可怕,它们让我觉得高深莫测,其中的复杂构造更是难以理解。我不能死守在一个没有门窗的寒冷房间里,即便外面是一片不合法的大海,我也要纵身跳下去。哪怕是马上死去,我也心甘情愿。

没过几天，我接到了她的电话，她说："那天找你，不是给你送请柬，也不是为了与你争辩什么，其实，只是去和你告别的，我现在在机场，马上就要起飞了，我要到英国去把孩子生下来，与他已经协商过了，他也同意并签了协约，所以是我该远离世俗道德的时候了。我的表姐在那边，一切安排妥当，不用担心。这辈子我可能都不结婚了，因为我做了小三，不配拥有婚姻，也不想拥有了，对他们的歉意只有远走高飞，在他们的视野里消失。我真的爱过，并不后悔，我希望能与自己爱的人生一个娃娃，这是我对爱情最后的一点自私，也是对爱情最后的尊重。"

我对她说："女文氓，祝你好运。"
她说："穷文艺，祝你变有钱。"
然后挂掉了电话。

她是个"女文氓"，一个有文化的"女流氓"。

每个人都有每个人的活法，或许她曾做错过什么选择，但又或许她现在是对的。无论错与对，做出最后抉择的时候，都已经不再那么重要了。

她曾经告诉我，人生就是为了解决各种困难的，无论遇到什么事情，都不要逃避，选择接受，更要有解决困难的勇气与能力。相信她今后的人生依旧会遇到很多波澜，但我更相信，她会有勇气与能力，战胜所有的困难。

她从一开始就是一个有想法的女人。她对爱，对情欲的理解与追求摒弃了世俗意义上的道德绑架，尽管有时显得如此粗俗，尽管有些观点我不确定是对是错，但我越来越欣赏和尊重她了。她让我打破了传统思想的束缚，让我学会了挑战沉浮旧俗的勇气，也让我多了一种看世界的角度。不得不承认，她曾颠覆过我的人生观。

再见，"女文氓"，祝你一切好运。

31 公交车最后一班

不管在哪里,不管走多远,我总是喜欢等最后一班公交车,然后坐在靠窗的角落,看着北京的夜景回家。

我指的家,也不过是单位小小的宿舍,没有南窗,但也依旧温馨。作为北漂的孩子,大多数年轻人和我一样,很难在繁华的北京找到真正属于自己的归属感和安全感。一切就像窗外的流光掠影一样在眼前偶然浮现,然后就消失不见了,一切的一切,最终与我们外地来的孩子都没有任何关系,再刻骨铭心也只不过是生命中短暂的插曲。

我是个喜欢怀旧的孩子,当别人听完周杰伦又开始听许嵩的时候,我依旧在听孟庭苇,戴着耳机靠在车窗上,回忆一段似水流年。

我遇到过一个比我大几岁的哥们。那天可能是音量调大了,他坐在我旁边,突然对我说:"为什么你的手机里一直都在放孟庭苇的歌曲?"

我问他:"你也喜欢孟庭苇?"

他摇摇头说:"我不是她的粉丝,但我女朋友是。如果不是因为我女朋友,我连孟庭苇是谁都不知道。"

我愕然,话不投机,没有再理会他,继续看着窗外流动的风景。

然而,他不依不饶地拍着我的肩膀说:"我真搞不懂你们年轻人听这么老的歌,是不是脑子有病呀。"接着他打开手机开始放流行 DJ 歌曲,还故意把音量调得很大,完全盖住了孟庭苇柔美的歌声。

末班车里乘客很少,很是安静,听一段舒缓的音乐,回忆一段或久或近的往事是打发无聊路途最佳的选择,这也是我喜欢等最后一班公交车的缘故,但他的粗鲁让人生厌,忍无可忍。

我回过头来对他说:"你看不懂我们就像我看不懂你一样。"

然后他对我发出一个字:"操!"

当他下车后,我推开车窗对他喊:"兄弟,我确定你女朋友一定会离开你,等着瞧吧。"然后在他正要问候我母亲的时候,我把车窗关紧,公交车缓缓地开动了。

当然我那是随口一说,只是作为刚才他对我喜欢的人如此亵渎的回击。我不知道自己身上的棱角还剩下多少。回头想想,这些年已经很久没有因为一些没必要的事情与别人轻易发生过冲突了,尤其只身在外漂泊,无依无靠,能少惹事情就少惹,毕竟寄人篱下总要懂得低头。

但我那吃软不吃硬的性格还是没少在工作中引发冲突，有时人际关系搞得不可开交，双方都伤痕累累也不肯罢休。

这是几年前的状态。

后来我认识了人民大学附属中学的一位老师。有一次吃饭时，他无意中对我说他们高中的口号是：少壮不努力，长大上隔壁！我听了后紧紧地握着酒杯在想，我们山东的学生，为了考一所好大学，不惜把自己变成书呆子拼命学习，然而削尖了脑袋都很难挤进去的高等学府却是北京孩子不好好学习后的最坏结果……

有过类似经历的人们大多会喜欢赵雷的民谣歌曲《画》：

为寂寞的夜空画上一个月亮　把我画在那月亮下面唱歌
为冷清的房子画上一扇大窗　再画上一张床
画一个姑娘陪着我　再画个花边的被窝
画上灶炉与柴火　我们一起生来一起活
……
画上弯曲无尽平坦的小路　尽头的人家梦已入
画上母亲安详的姿势　还有橡皮能擦去的争执
画上四季都不愁的粮食　悠闲的人从没心事
……
我没有擦去争吵的橡皮　只有一支画着孤独的笔
那夜空的月也不再高　只有个忧郁的孩子在唱
为寂寞的夜空画上一个月亮

赵雷的民谣在我听来总带着声嘶力竭的忧伤与无限美好的憧憬，就像我们外地来的孩子一样，抱着无限的希望漂泊在北京，挤在一个没有南窗的小房间里用心描绘未来的方向，有欢笑，有泪水，有梦想也有坎坷。有时受伤后会躲在小屋里轻轻擦拭伤口，听着赵雷用孤独的笔画出未来美好的蓝图，然后继续抬起头，迎向大千世界。

无怨无悔，青春万岁。

然而结局总不像誓言那样掷地有声，如果这是个励志故事该有多好，谁承想这只不过是个黑色幽默。

有一次，朋友家来客人，叫我去一块吃饭，于是我便认识了一位姑娘。

她叫小静，人如其名，安静，但不闷，人很随和，不像大城市里的个别独生女一样矫揉造作。她也是外地人，有个北京的男朋友，但并没有被同化成高高在上的人。我对她印象很好，主要原因还是她手机里密密麻麻排列着孟庭苇的很多歌曲，连来电铃声都是孟庭苇的。我们瞬间从陌生到熟悉，聊起孟庭苇就像俞伯牙遇到钟子期一样滔滔不绝。我的朋友在一旁听得目瞪口呆，完全主宾颠倒了。

后来我送给她一张孟庭苇的限量版 CD，再后来她从微信语音中给我唱了一首孟庭苇的《没有情人的情人节》。当时我是在最后一班公交车上听到的，婉转悠扬。

那盘 CD 是在孟庭苇演唱会时买到的，很珍贵。如今我依旧清晰地记得那天晚上回家的路上，邹姐开着车，我坐在副驾驶座上看着窗外流动的夜景，心情还在演唱会现场灯火辉煌的激动中，但那时并没有空虚，完全是陶醉的快乐。见到喜欢了十年的偶像，那种如愿以偿的快乐便是至高无上的幸福。

到现在我也没有忘记那种幸福，以至于后来我发现了自己的一个怪癖，在北京，只有坐在朋友的车上才会有归属感、安全感、温暖感，会不能自拔地爱夜景，无可救药地爱生活，就像是坐最后一班公交车一样，简直要醉。

前不久去朋友家蹭饭，两杯酒下肚后，略有醉意。当我离开朋友家后独自来到天桥吹风，望着桥下如水的车流，心中有说不出的空虚。远远地看到644路公交车驶过来，我低头看看时间，还早，然后点上一根烟，拉上衣链，继续等最后一班公交车……

当我上了最后一班公交车后，找了个靠窗的座，突然感觉一阵寒意，不远处一个胡子拉碴的男人正瞪着我，我突然想起来，正是前段时间我对他说"你女朋友一定会离开你"的那个男人。祸从口出，后背不由一凉，看来今天的战争是躲不过去了，他正朝我这边走来。我赶紧把手机塞进口袋，心想："他要敢打我，我就拿车窗旁挂着的逃生锤砸他的脑袋。"

然后他坐在我身旁的座位上，我心想："不如先和他道个歉吧，出来混的都不容易，干吗非要打打杀杀呀。"没想到他先对我说："对不起，兄弟，那天对你态度不好。"

我突然有些受宠若惊，连说："不好意思，是我态度不好，你不要见怪呀。"

战争前的紧张瞬间消失，他说："兄弟，真的，你说的没错,我女朋友真的和我分手了,原因是我不喜欢孟庭苇。"

这时我才意识到,口袋里还在向外飘着孟庭苇的歌曲,我赶紧拿出手机来把音乐关了,准备和这哥们聊会。就在这时,恰巧收到了一条小静发来的微信语音,我点开一听,她在手机那边唱道:"没有情人的情人节……"

我转过头怯怯地问他:"你女朋友是不是叫小静?"

他抬起头很疑惑地看着我……

32 闪婚能不能获得幸福

很多读者问我闪婚可不可以获得幸福。

其实，我一直很讨厌那些所谓的爱情专家关于恋爱婚姻的一些言论。

有的专家说：人的一生最好的状态是谈三次恋爱，一次懵懂，一次深刻，一次一生。听着很浪漫，但这种话只能骗骗情窦初开的懵懂少女，因为它根本经不起推敲，难道一次一生就不幸福了吗？谁规定谈第五次就不能深刻了？谁又敢断言第八次就不能幸福一生了？恋爱与婚姻都是需要每个人用心经营的，不像数学计算题有准确的答案。每个人的恋爱都是一段不同的经历，每个人的婚姻也有着千差万别的感受。而且，每个人的幸福标准也是不一样的。如此说来，为什么非要给恋爱婚姻下一个标准的答案呢？

还有的恋爱专家说：恋爱不宜太长，也不宜太短，太长容易失去新鲜感，太短还不彻底了解彼此。这就要提到闪婚可不可以幸福的问题了。

所谓的新鲜感说白了就是生活中的惊喜。时间久了，两个人相处不厌已经很难，谁都不可能永远停留第一次遇见时的怦然心动，那如何才能保持新鲜感呢？其实就需要两个人在生活中不断保持努力变好的可能，而不是把婚姻当成恋爱的终点。好的感情一定是让彼此变成更好的自己，你每天为他变好一点点，他每天为你变好一点点。只有这样才能保持婚姻中的新鲜感，而不是因为时间久了便再也没有了激情。

像我这种30岁了还没有接地气的人，对于很多事情已经看开了很多。

读过一些书，见证过一些人，经历过一些事情，到了一定年纪，要判断是否遇到了对的人，已经不需要太长时间了。两个人能否做朋友，一顿饭的时间便大体了解了，两个人能否发展为情侣关系，接触一天便大体心中有数了。

喜不喜欢是年少时最关心的问题，成年人最关注的问题是合不合适，没有高尚与世俗之分，人总要面对生活的，因为婚姻只是恋爱的一个阶段，只是新生活的开始。

什么样的婚姻最幸福，要看你自己的幸福标准是什么了。有的人一顿饭便可以感受到对方的付出，有些人你把心给他他都不懂得回报，还谈什么幸福？那么，恋爱谈多久结婚才会幸福呢？真是一个傻问题。闪婚也好，经历了爱情长跑之后再结婚也罢，最重要的还是事在人为。

遇到喜欢又合适的人，恰巧时间又刚刚好，你会闪婚还是不着急，抑或是去参考一下专家的建议？每一个选择都没有对错之分，关键在于做出的选择适不适合自己，不适合自己便是错误的选择，适合自己的就不用参考别人的人生。

如果心中还没有准确的答案，那就去读些书，经历些事情，不着急，日子还长。

先认识自己，再认识这个世界。

三

理解是比付出
更高层次的爱

理解是比付出更高层次的爱，它是心灵的共鸣和情感的契合。

付出往往是爱的外在表现，而理解则深入到内心深处。当我们真正理解对方时，才能够站在他们的角度思考问题，感同身受地体验他们的喜怒哀乐。

33

一成不变的小镇为何让我魂牵梦绕

这些年，去过了很多城市，也路过了很多城镇，但留给我印象深刻的没有几个，不是那些城镇不好，而是它们都太好了，好到给人一种异曲同工之妙的错觉。

不知道大家有没有这样的感觉，在中国飞速发展的这些年里，所有的城镇都在向大城市学习，高楼林立，商厦满街，有条件的很自然地就可以打造成旅游胜地，没条件的却也在朝着"不夜城"的方向创建，乃至于互相赶超，霓虹满天，半夜三更都在上演着灯红酒绿的故事，一片虚假繁荣的景象。

不仅是城镇，很多村庄也早已失去了乡村的宁静。随着新农村政策的实施，几乎所有的农村都发生了翻天覆地的变化，人们的生活有了很大的改善。

这些年在外漂泊，回家的次数越来越少，但每次回老家，回到我出生的小镇，那个我曾经居住了 20 多年的乡村，给我的感觉似乎从未改变，依旧是一贯的熟悉感。或许只是这些年来小镇没有发生多少变化的缘故。

我出生的小镇名叫范镇，从幼儿园到高中毕业我都没有离开过这个小镇。

虽然这个小镇一直默默无闻，但它也曾给人要火的感觉。为什么要用曾经，因为当时，泰安市的市委书记胡建学想要重点发展这个城镇。

民间流传很广的一段故事是：当年市委书记胡建学到深圳市考察，颇受启发，回来之后信心满满，说的第一句话便是——南有深圳，北有范镇。一片宏图伟业似乎就要在范镇这个地方拔地而起。只可惜，这个地方还没有真正发展起来，市委书记胡建学就因贪污罪名锒铛入狱。

从此，南有深圳飞速发展，北有范镇一成不变。

今天的深圳早已发展成了一线城市，然而范镇一直还是那个范镇，与 30 多年前相比，也没有什么太大的变化。与如今快速发展的城镇形成了鲜明的对比，范镇可谓是落后的，很多人会为此感到遗憾，但我并不觉得这有什么不好，尤其在如今城镇不断向大都市靠拢的现状下，能够保持城镇的朴素、乡村的宁静，更为难得。

我小的时候，很少有机会进城，印象最深的是当我得了大病，村里的医疗条件无法医治的时候，妈妈就带我到城里的大医院看病。

那时的我坐在公共汽车上，望着窗外的市区，满眼都是新鲜，原来城市里面是这样的，有那么多的汽车，有那么多的高楼，有那么多的人……下车之后被妈妈牵着手走在马路上，我的眼睛也一直没有休息，原来城市里面的人长这个样子，原来城市里面也有人骑自行车，原来在城市里面警察叔叔是站在马路中间指挥交通的，好厉害，他让哪个方向的车走哪个方向的车才能走……

回到村里，我便迫不及待地向小伙伴们炫耀在城里看到的事物，有高楼，有汽车，有警察，有饭店……小伙伴们都听得目瞪口呆，羡慕我是一个见过世面的人。

后来，很多时候想起城市，我都激动不已，有时还会期待自己什么时候才能再得场大病，那样我就又可以去城里见世面了。

那个时候，泰安对我而言不单是一座城市，更是我儿时的梦想。它在我的脑海里是神圣的、美好的、与农村有着天壤之别的。我总是在心里对自己默默许诺，长大之后一定要去泰安生活，去城里居住，把爸妈都接到城里去过好日子……

虽然泰安到现在也只不过是一个三线城市，但在我儿时的记忆中，那里就是天堂。我觉得这才是世界的本来面目，城市就是城市，乡镇就是乡镇，城市再落后它依旧是农村孩子眼中的向往，乡镇再进步，它也应该保持乡镇的朴素与宁静。

很多小镇建设得如城市般繁荣，但我一点儿也不想去；范镇再落后，我也依然爱着它。

34

为什么越来越多的人喜欢熬夜

你有多久没有感受过黑夜的深邃了？不是在夜晚拉上窗帘关上灯的那种黑暗，是将你置身在空旷的环境下，无论朝哪个方向看都望不到一点光亮的那种黑暗。

每次当我回到老家，给我带来最大冲击的就是乡村的宁静和夜晚的深邃。

每天晚上七点过后，天就渐渐暗了下来，这时街上的行人已经寥寥无几，家家户户吃过晚饭就开始门扉紧掩，没有特殊事情大都不会再出门了，似乎人们的观念还停留在夜晚是坏人和小鬼才会出没的时间。

晚上九点之后，整个村庄可以用"静得可怕"来形容。

我打开家门走在街上,周围没有一点儿声音,也没有一点儿光亮,无尽的黑暗可以勾起人的无限遐想。

我喜欢趁着夜色围着村庄随意走走。这些年在北京漂泊,也习惯了霓虹灯遍地的城市生活,而每次面对乡村的夜晚,带给我的总是那么熟悉又那么遥远的感觉。

都市的夜晚与白天的差别仅是灯光与阳光的差别,而乡村的夜晚与白天的差别,我想可以用一句歌词来诠释:你说的黑是什么黑,你说的白是什么白……

围着村庄走完一圈,路上竟连个擦肩的路人都没有,即便偶尔碰到一个,走到跟前你也看不见对方的面目。遇到这种情况,我喜欢张大嘴巴伸着舌头瞪着眼睛一直盯着他看,但他毫无察觉我的面部表情。这个时候,我能感到无比的自由,这是城市所不能给予的安全感。

城市中有太多的灯光,太多的人群,太多的监视器,似乎我们变得更安全了,但似乎又更不安全了。我们仿佛置身于一个透明的环境下,随时都可能被人窥视到自己的行踪。或许只有乡村的夜晚,才能带给我不一样的安全感吧。

漆黑的乡村夜晚,我就像一个孤魂野鬼,没有人可以看到我的身影,我可以在这个无人问津的夜场尽情地撒欢。

回到家里,妈妈问我去哪了,我说遛弯去了。妈妈很惊讶地说:"大晚上你遛什么弯?"

"才九点呀。"我比妈妈还惊讶地说,"在北京,这个时间点夜生活都还没有开始呢。"

这个时候，我和妈妈谁看谁都是用一种另类的眼光，唯一的区别是，我可以理解妈妈，但妈妈很难理解像她儿子这样的年轻人。

为什么越来越多的人喜欢熬夜？并不是睡不着，也并不是真的有那么多的工作要做，而是，当全世界都睡着之后，我们才能在这好不容易偷来的时光中，做点自己喜欢的事情。只有在这时，我们才是完全真实放松的自己，就像走在乡村黑夜中的我，张大嘴巴伸着舌头瞪着眼睛都不怕被人看到的状态……

35

喜欢，是一件因人而异的事情

我喜欢在夜里写作，这是多年养成的习惯。

范镇的夜晚实在是太安静了，没有任何声音打扰，我可以孤独地去思考很多问题，这是城市生活中难有的状态。

几年前，我带一个北京的朋友回老家。他对我说："你们这里的晚上好可怕，黑得可怕，静得可怕。"那一晚上他是开着灯，听着收音机才睡着的。或许很多城里人都没有感受过这样纯粹的夜晚。他们出生在城市，从小习惯了霓虹灯彻夜不熄的夜晚，车流和行人的声音也不断地充斥着夜晚的间隙，似乎让人觉得每时每刻都会有熟悉或不熟悉的人陪伴着你。

凌晨过后我熄灯睡觉，去感受纯粹的夜晚，那时的梦很深，深到分不清究竟是现实还是梦境。

第二天清晨六点钟左右，我通常是被窗外的鸟叫声叫醒的。

在我的卧室后面有一棵槐树，每天早上都会有麻雀落在树枝上啼叫。早起的鸟儿有虫吃，它们比我勤奋。

我虽然只睡了六个小时，但是第二天精神抖擞，因为在纯粹的夜晚，没有太多的私心杂念与外界干扰，人的睡眠质量似乎也随之变得高了。

我有个姐姐是中央电视台的制片人，她经常告诉我自己睡眠特别不好，时常失眠，每天晚上必须把窗帘全部拉上，灯光全部熄灭才能入睡，就算如此，也常常出现失眠多梦的现象。一点儿声响，一点儿光线都会让她焦躁不安，难以入眠。尤其是在每次出差的时候，单位通常安排到连锁酒店入住，但有些酒店隔音效果太差，门外走廊的脚步声都能听到，对于一个睡眠质量不好的人来说简直是煎熬，根本让人无法入睡，只能自己花钱去隔音效果好的酒店入住。

每当我回到乡村，夜深人静的时候就会想起她。有次我给她发语音说："我现在伸手不见五指，瞪大眼睛也看不到一点光线，伸着耳朵都听不到一点动静。有机会带你来感受一下，在这里睡六个小时比你在北京睡八个小时效果还要好。"

不一会儿她回复我说："人家正失眠呢，体会一下人家的感受好不好。"

后来，我们村庄安上了路灯，我数了数，一共三个，村头一个，村尾一个，村中间一个。我们村一直保持着勤俭节约的传统美德，为了节约用电，路灯通常不开。

我的家在村中间，村中间的路灯就安在了我家大门前的电线杆上，看管这个路灯开关的是住在我家前面的太姥爷。一般他打开路灯的时间有两个，一个是过节的时候，另一个就是我回家的时候。他知道我一年回家的次数有限，为了迎接我的归来，每次当我回家的时候，太姥爷就会在夜晚把路灯打开。似乎这是他唯一可以使用权利为我做的事情。

我觉得幸福就是这么简单，无论是万黑丛中一盏灯，还是茫茫夜色无人问津，都是我千里之外不断思念的情缘。

我不知道该以什么标准来判断一个小镇的好坏，有些是历经岁月沧桑而让欲望决定自己形态的小镇；有些是要么被欲望抹杀掉，要么将欲望抹杀掉的小镇。

喜欢哪一种，是一件因人而异的事情。

如今，很多乡镇的夜晚都灯火通明，但我还是怀念节约用电时常不开路灯的宁静小村庄。

我爱它，不仅是因为我在那里出生，还是因为我的信仰更契合于那里。

嗯，就是如此！

36

当我爱上了一成不变的浪漫

乡镇的发展给当地人民的生活带来了很多的便利和改善，但在一定意义上也失去了乡镇的重要特色。

范镇的一成不变让当地的居民感到失落，但也在一定程度上让人感到欣慰，它始终保持着乡镇的本来面目，保持着人们对于乡镇的最初印象。我觉得每一个乡镇都需要发展，需要改善，但发展的同时也需要保护，不可让盲目的发展与赶超吞噬掉乡镇最本真的生活状态。

听身边去过法国的人说，法国是一个很少变化的城市。如果你路过一座城市，一个小镇，一条街道，细细观赏，每一处风景都值得你为之驻足。几年之后，当你再次邂逅它们的时候，你会发现，所有的事物几乎还是之前的模样。

有位朋友给我讲过一个故事。他之前在法国的一个小镇居住，经常去附近的一家咖啡馆，后来回国发展了，一直怀念那家咖啡馆的味道。多年后，有一次碰巧去法国出差，他特意去了这家咖啡馆，令他惊奇的是所有的一切居然和他当年离开时一模一样，就连咖啡馆门前摆的那盆花都没有改变位置，变了的只有咖啡店的店长——他比几年前老了几岁。

那里的人们深受城市文化的影响，很少跳槽，很多人一生都在做同一份工作，这是多么能感知幸福与浪漫的国度呀。或许他是咖啡店老板，他会从年轻时开始经营一家咖啡店，一直到老都在经营那家咖啡店。你十年前在那里喝咖啡，十年后还在那里喝咖啡，看着店主人慢慢变老，却还在那里快乐地调制着咖啡。如此坚守，我觉得用"爱"都不足以来形容，那已经成为他的信仰。

什么是信仰？我觉得，在自己的生活中不会随便动摇的，就是人的信仰。

这实在是一个十分浪漫的国度。从听到这些故事之后，我就梦想着有机会一定要去这个国家看看，去逛前人逛过的店铺，去走前人走过的街道，去感受前人感受过的小镇风情。相信不管时隔几年，都是同样的风景。

如果有机会，希望你也来范镇看看，深入范镇的村庄，感受纯粹的黑夜所带给人们的无限遐思。

37

人为什么离不开家乡的味道

提起一个地方,一定离不开那里的特色小吃。

如果你问我"寄蜉蝣于天地,渺沧海之一粟。哀吾生之须臾,羡长江之无穷"是谁写的,我可能一时想不起来,但是你一提东坡肉,我接着就能想起苏轼,这就是中国人喜欢将吃与文化相结合的习惯吧。

很早的时候,大家骂人喜欢用"吃货"一词,意思是一个人只知道吃,别的事情什么也干不好。由陈晓卿执导的美食类纪录片《舌尖上的中国》在中央电视台播出后,广受全国上下各个地区美食爱好者的好评,自此吃货一词也就不再是一个贬义词了。

《舌尖上的中国》围绕中国人对美食和生活的美好追求,用具体的人物故事串联起来讲述了中国各地的美食生态。陈晓卿用这个节目告诉世人，其实大部分中国人是吃货。

现在吃货这个词已经不再是骂人的词了，很多年轻人开始称自己就是一个吃货。当然，我也如此，也是一个地道的吃货。

这些年来，我去过很多地方，除了大家熟知的当地名胜古迹外，给我留下最深印象的就是当地的小吃，比如成都的火锅、青岛的海鲜、内蒙古的羊肉以及广东的"虫子"……

我的家乡范镇有什么特产呢？葱姜蒜而已。但是山东有很多地区生产的葱姜蒜都胜过范镇，俨然这些不能被称为当地最主要的特产。

那么，范镇的主要特色小吃是什么？去过范镇的人可能都知道——火烧！

"范镇火烧"又称泰山火烧，是一道色香味俱全的汉族传统小吃。因产于山东省泰安市岱岳区范镇而得名，是范镇第一名吃，在全国各地享有盛名，至今已销往海外八十多个国家和地区。

范镇火烧的制作历史悠久，至今已有400多年的历史。几经工艺改造，如今已是驰名中外，家喻户晓，深受世界各国消费者的喜爱。当然，这是商家对外宣传时写的，是否符合您的口味还需您亲自品尝。

范镇当地人除了吃馒头和煎饼外，最爱吃的主食就是火烧。范镇街上的火烧铺子隔几米就会有一个，出现频率不亚于超市、服装店。

有报道曾这样描述：范镇火烧具有层次分明、外酥内软、满口香酥、回味悠长等独特之处。单是烧饼的香味就足以勾起食客的口水，你需趁热捏起烧饼，嘘着气儿慢慢吃。只见边缘的酥皮色泽黄亮，宛如烤杏仁，咬一口脆皮翻卷，嚼起来香酥满口。吃到饼中间，酥脆的皮和筋道的面裹挟着满满的黑芝麻涌入嘴里，味蕾顷刻被幸福感充盈……

我从小就爱吃火烧，尤其是刚出炉的火烧，外酥里嫩，香气逼人。一口咬下去，外面居然还会掉渣儿，但你已经顾不上管了，里面的面团又软又烫。我每次吃刚出炉的火烧，都会边嚼边忍不住张大嘴向外哈热气，即便被烫得直跳也难以抵挡美味的诱惑，还是会忍不住往嘴里继续塞。

"好烫，好烫。"刚说完两句话就又忍不住往嘴里塞了口火烧，边嚼边哈着热气，脸上露出一副满意的表情。这是我儿时感到非常幸福的时刻，如今回忆起来还是会忍不住抿一下嘴唇。

这一吃就是 20 多年，生命中已经离不开对火烧的依赖。

后来去了南京，那里的人们都吃米饭，馒头也很少，更别提火烧了，满城都很难找到一家火烧铺子。

记得有一次回老家，从家里带来一箱火烧，准备自己留着吃。有次吃饭时，我拿着两个火烧去食堂，正巧被一个泰安老乡撞见，他眼睛瞪得大大的，一直盯着我的火烧看，我拿着火烧让他咬了一口，把他高兴坏了。

当我吃完饭正准备离开的时候，他追上我问："你那里还有没有火烧？"

我说："带得不多。"

他说："能不能给我两个，我买你的也行，多少钱都行。刚咬了一口火烧，我那碗米饭就再也没吃下去，太想念火烧了。"

火烧是山东人最爱的主食，尤其是范镇人，就像青岛人爱喝啤酒一样，连血液里流淌的都有啤酒⋯⋯

在范镇，有一种火烧是与其他火烧略显不同的，主要区别在用的油上，普通火烧用的是花生油，而它是用驴油做成的。这种火烧虽然与普通火烧外形相同，但颜色更深，口感更加酥脆，而且比普通火烧保存的时间也要更长久一些，它就是范镇徐家火烧。

传说，徐家火烧曾奉乾隆帝旨做烧饼，博得皇帝赞誉，御笔题写了匾额，从此名声大振。后来延续至今，做法从不外传，现已经被列入泰安市非物质文化遗产。

不过，我发现现在很多火烧铺子的师傅都研究出了如何做驴油火烧，口感也相当不错，毕竟很多商家一辈子都在以做火烧为生，技艺也都相当高超。

记得我上小学的时候，普通火烧是2角1个，徐家火烧是5元1个，也就是说，25个普通火烧才顶得上1个徐家火烧，差距可想而知。当时的徐家火烧不是普通老百姓所能消费得起的。

直到上初中的时候，有一次帮同学搬家，完事之后他问我想吃什么,我说想吃徐家火烧。他从家里拿了10元,然后买了2个徐家火烧,我们就坐在徐家火烧铺子前的马路边,吃了生平第一个徐家火烧!

记得当时我们两个拿着奢侈的火烧,同学边吃边对我说:"在范镇生活了15年,还是第一次吃徐家火烧。"那一年我也15岁,也是第一次吃这么昂贵的火烧。回到家都不敢说自己吃了徐家火烧,生怕这么"腐败"的行为被妈妈责骂。

如今,范镇火烧已经卖到1元1个了,徐家火烧仍是5元1个,不同的是,徐家火烧又增加了两个价位,10元的和15元的。但价格的昂贵并没有带给我更难忘的味道体验,我还是怀念那年夏天坐在马路边第一次吃徐家火烧的那两个少年。

再后来,我从南京来到了北京,虽然北京与山东同属于北方,但也很少有卖火烧的地方,卖驴肉火烧的商铺倒是很多。

不得不说的是,范镇火烧与驴肉火烧并不是同一个种类,外形与口感都存在很大差异。范镇火烧是圆形的,驴肉火烧是长方形的,范镇火烧以面取胜,驴肉火烧以驴肉为卖点。

正宗的范镇火烧由精制面粉、盐、驴油、花椒、芝麻等材料混合而成。面有讲究:发面、生面、老面,按一定比例配制成三合面。发酵有讲究,老面兑碱,纯手工制作,不放任何添加剂。更有那捞麦、选面、发引面、熟面、发酵面、拌面、混面团、揉面、化碱、面碱混合、接面、制酥油、试面、擀面团、上顶炉、烤制等18道工序,在300多℃的高温下翻烤、烘烤、翻三翻、换三换、转三转,一个喷香扑鼻、酥脆可口的火烧才能正式出炉。

有一次在北京的一个小巷子里，偶然发现了一个卖火烧的店铺，而且招牌就写着"范镇火烧"四个大字，我不自觉地就走了过去，买了1个火烧，咬了一口明显感到不是小时候的味道。

我问老板："老板哪里人呀？"

老板："山东的。"

我："山东哪里的呀？"

老板："泰安的。"

我："泰安哪儿的呀？"

老板："范镇。"

我接着问："范镇哪个村里的？"

老板很吃惊地说："你对范镇很熟悉吗？"

我说："我就是范镇的。"

老板没有说话，等人少了之后，老板低声对我说："我不是泰安的，我是济宁的，咱们也算半个老乡了。"

很多卖火烧的老板会打着范镇火烧的招牌，哪怕老板不是范镇人。

范镇这个地方，大多数家庭都会做火烧，很多人会去外地以卖火烧致富，一般在青岛、潍坊这些省内城市，去北京这种大都市的基本很少。

倒不是来了北京就做不好了，只是因为饮食不同，北京人很少吃火烧，在北京生活的南方人就更不用说了。

有一次我特意从范镇徐家火烧铺买了一箱10元1个的火烧，带到北京分享给朋友们，北方的朋友吃得特别香，但南方的朋友对火烧并不感兴趣，又碍于我的好意不得不给点薄面，看到他们吃火烧时那副狰狞的表情，我也是哭笑不得。

一方水土养育一方人，一方水土也养育一方人的胃口。身为一个范镇人，有难以割舍的火烧情怀。没错，这个小镇，令人难以忘却的，除了夜晚的深邃，还有齿间的酥香。

38

有什么样的思维模式，就过什么样的日子

作为山东人，我从一出生就接受儒家思想的熏陶，很实在，所以你不要对我说客套话，因为我会当真。

"改天来家里吃饭呀，喝多了就住下没关系的，我们是一辈子的好朋友嘛……"如果你对我说这样的话，我可能真的会记得去你家吃饭这件事，而且还真的会去，然后敞开了喝，喝完问："我睡哪？"哪怕你是个女生，我也不介意，不是说好我们是一辈子的好朋友吗？

有人说山东人就是实在，可实在过了头，就是傻。

步入社会后，我没少因为这个特点被骗，丢了金钱失了朋友的事情也屡次发生。

但那又何妨，因为我知道有一句话不会是谎言，也不会是

客套话,而我也一直等待着那句话——"我爱你一生一世。"

作为山东人,我依旧会毫不犹豫地信以为真。

嗯,这就是我,走过很多山,遇过很多人,行走坐卧,春风十里,依旧相信爱情。

39

短暂的离别，是为了更好的开始

在北京工作期间，有一年因工作进度连续忙碌了几个月。当任务完成后，终于获得了短暂的休息时间，我准备休一星期的年假。朋友问我打算去哪，我说当然是回老家了。

他很震惊地问："就这几天时间也回老家？难道你不想出去旅游散心吗？"

听到他的话，我似乎比他更震惊，难得有几天假为什么不回老家陪父母呢？

我从尚未懂事就离开了家，远走他乡在外漂泊，家乡对我而言有任何地方都给不了我的归属感。无论离开多久，回到家乡总是一如既往地亲切，无论离家多远，故乡都是我日思夜盼的地方。"儿行千里母担忧"不仅是父母的牵挂，也是子女该牢记的谨言。别说是一星期，哪怕只有两天时间，回老家也是我首要的选择。哪怕只是陪父母说说话，陪奶奶喝喝茶，陪家人一起吃顿团圆饭，都比去一个风景优美的地方吃山珍海味、拍照发朋友圈更吸引我。

不知何时，我改变了对家乡的看法。记得年少轻狂时，我总觉得家乡又破又落后，要什么没什么，当初多么盼望能走出这个小农村，去大城市看看，去寻找诗与远方。

后来如愿以偿，离开家乡，来到了一线城市北京。

记得刚到北京时，心情异常激动，总感觉北京的一切都彰显着与众不同。哪怕是一棵树，一条街道，一座高楼，似乎背后都隐藏着诉说不尽的故事和鲜为人知的文化内涵。再加上平时只能在电视和书本中才能了解的名胜古迹，现在终于有机会可以目睹时，激动与喜悦之情溢于言表。

于是一有机会我就会出去旅行，恨不得把北京任何一个地方都走一遍。

为了满足虚荣心，我还特意买了个相机，走到哪里都要拍张照片，像是不留纪念就白来了一样，然后把照片发到QQ空间，等待同学、朋友的点赞和评论。

天安门、鸟巢、王府井、后海、西单、前门、什刹海、卢沟桥、长城……几乎北京所有著名的景点我都去了一遍，后来又经常去别的省市旅行，拍下了很多美丽的风景和诱人的美食，在QQ空间被很多人羡慕后我的虚荣心也得到了极大的满足。然而，这样作秀的旅行所带给我的意义似乎并不大，因为在旅行之后，所有繁华瞬间消失殆尽，根本没有在我的生命中留下多少刻骨的记忆，最终徒留一身疲惫。

书上写：如果没有文化知识做铺垫，走再远的路也只是个邮差而已。这话一点没错。

不知不觉中，我似乎对旅行的冲动没有那么强烈了。北京所有的景点几乎逛了一个遍，也见证了其他城市的风景的精彩。慢慢地，我对每个地方的人文特色更感兴趣起来。与其站在标志性景点旁拍个照，不如与当地居民坐在一起聊半小时闲话更能让我感到舒适有趣。

大冰有一句话说得很好："走的路越多越喜欢宅着，见的人越多越喜欢孩子。"

再后来，由于工作的原因，时间越来越不够用，尤其是属于自己的时间，更是少之又少。每年回家的次数与天数变得非常有限，有时甚至连春节都没办法与家人团聚。然而，这并不是我一有时间就想回家的最主要原因。

随着年龄的增长，家乡的亲戚邻居们也在时间的催促下越来越老，离家最大的感触竟是离开的时间越久，离开的亲人就越多。

这是让我感到最为难过和害怕的事情。

每次听到父母告诉我村里哪个奶奶或哪个爷爷去世的消息，我的心就像被狠狠扎了一下。他们都是在我年幼时经常照看我的亲人，而当我年龄大了，有些亲人我竟然连最后一面都没能见到，无奈之余更是深深的悲恸。所以，回家已经成为我偶尔休息时首要的选择，它远比诗与远方更让我向往。

家乡是什么？白岩松说："家乡就是小时候天天想离开，长大了天天想回去的地方。"说得深入人心。

每次回家的时候，我总是精神抖擞，似乎开再久的车都不觉得累，从北京到泰安，500多公里的路程，如果不是怕疲劳驾驶和中途去卫生间，似乎我可以一口气开到家。

有一次我开车载着朋友一起从北京回山东，路途中我不时随着车上的音乐大声唱起来，尽管五音不全，我也总是忍不住跟着附和。路上遇到加塞的车辆，我会尽量留点空间以方便别人更容易把车塞进来，如果别人主动礼让我，我会按一声喇叭以示感谢，或者说一声"谢谢"，哪怕对方根本不在乎，也根本听不到，我也会照做不误。

朋友很好奇地问我为什么会有如此行为，我笑笑说："因为这是在回家的路上。"

40 心存侥幸 永远不要

2019年"五一"放假期间,我开车从北京回山东老家,因节假日期间高速免费通行,因此车辆特别多,无论走哪条路都会被堵得水泄不通。

行驶两个小时后车终于上了高速,但堵车的局面并没有改善多少,车子一直爬到河北境地,终于有了些许改善,但最快也就只能跑到70千米/时。

一个人的长途,我习惯了听音乐,然后跟着音乐大声地唱歌。但这一次,十几首歌的时间过去了,车还没有开出多远,心情难免有些烦躁。

后来,当道路越来越畅通后,心情跟着舒畅了许多,车速也渐渐地提高了起来。正当我一路高歌猛进时,突然前面的车子急刹车停在了路上,我紧急制动,汽车在刹车过程中已经有了明显的抖动,就像人在痉挛时不自觉地抽搐一样,幸好在距离前面的车子一米远处停了下来。我紧握方向盘长舒一口气,心想:"万幸,还好没撞上。"

三、理解是比付出更高层次的爱

"嘭"一声响，我的车子被追尾了。

好在当时我还踩着制动，不然被撞击的惯性，我的车恐怕会撞上前面的车辆造成更严重的连环追尾事故。

我打开双闪，拉紧手刹，解开安全带，刚一下车，后面的车主就打开车门朝我怒吼："你怎么开的车？"

我没说话，指了指前面的车。

他看到后说："问问前面车怎么回事，为什么在高速上突然停车。"

我走过去，前面车主摇下车窗，说："导航坏了，在弄导航呢。"

我欲哭无泪，有一种委屈就是被无知的人搞乱了自己的节奏，还无处申冤。

无奈之下，我们只好报警。在等交警的时候烈日当头，人站在护栏外无处藏身，任凭紫外线随意欺负我稚嫩的皮肤。闲来无事，我拍了张与事故车的合影，并发了条朋友圈说：第一次被别人怼在了高速上，很幸运，人没事。

这么多年我早就学会了自我安慰。我觉得，乐观的人不是说一定要"望浊流常似清泉，看荒漠全是绿洲"，而是在遇到"灾难"时能泰然处之。因为我知道，任何"灾难"面前都可以加上一个"更"字。因此，我相信因果报应，也接受倒霉认栽。

交警来了先确认无人员受伤后，鉴定事故由我后方的车主负全责，原因在于没有保持安全的行车距离。于是，我前方的车辆被当场放行，但我和后面的车主还需到交警大队登记事故责任信息。由于他的车无法继续行驶，只能拖车，然后他坐我的车前往交警大队。

坐在我车上，后方的车主有些不甘心，对我说："如果不是最前方的车主突然刹车急停，我们两个人的车辆也不可能相撞，结果倒好，她却没事走了。"

我开导他说："大哥，任何事情都是难以预料的，我们谁都不想发生这样的事情，但是发生了就接受这个事实。看开点，今天最应该庆幸的是没有人员受伤。"

大哥听完之后说："也是，人没事真的是万幸。"

处理完交通事故之后，已经是下午六点了，我开车从河北回山东还需要几个小时的路程，车开在高速上，夜色渐渐沉下来，我突然后知后觉对今天的交通事故感到后怕起来。

这是我第一次在高速上与别人发生交通事故，虽不是我的责任，但仍心有余悸。

我想到了父母，想到了奶奶，想到了我喜欢的姑娘，想到了那些爱我的人。如果我真的发生意外的话，他们该怎么办呢？一个反问让我越想越害怕，第一次知道了心快提到嗓子眼儿里是什么样的感觉。

为什么我们平时没有想过他们的感受呢？

不是我们不懂得珍惜，是我们把习惯性的爱当成了理所应当，总觉得那是永恒不变的一种状态。只有当那种状态失去的时候，我们才深刻体会到它的珍贵与价值。

原来我们都是如此，只有在面对重大事件的时候才能突然明白，自己最在乎的是什么，谁又是最爱我们的人。

记得我在 19 岁的时候就考取了 B 类驾驶证，第二年就可以开着大货车走山路，轿车更不在话下。从那时起，我就自认为自己车技了得，也是在"艺高人胆大"的心理作用下，我总认为车速在自己可以控制的范围内就不会发生交通意外。每次在高速上行驶，我总是把车开到接近限速的数字，且总是存在侥幸心理，认为我可以控制得了，不会出任何事故。

而事故往往就是因侥幸心理作祟，在几秒内发生。你自认为车技了得不会撞别人，但你不能保证别人不会撞你。而且，万一车子失灵呢？万一遇到恶劣天气呢？

想起了学车时教练说的一句话："开车就是手握生命线，脚踏鬼门关。"以前觉得很夸张，后来越想越觉得是那么一回事，所以，开车永远不要心存侥幸。

车子停在家门口时已经是晚上 9 点了，我下车喊："妈，我回来了。"

妈妈过来，我和往常一样，使劲拥抱了一下我的妈妈，这一刻，我因事故而紧张的心才终于落地。

灾难过后，我们才知道那些一直陪伴在我们身边、给予我们支持和关爱的人对我们来说是多么重要。这些人的存在和支持可能会成为我们坚持下去的动力，让我们意识到他们在我们生命中的不可替代性。

学会感恩，对身边的人表达爱意和感激之情，越早越好，趁我们还有机会。

41

越长大越喜欢回忆
—— 记回家时遇到的那些故人

记得有一年国庆假期,我想回老家看望父母。那段时间由于在北京工作压力有些大,诸多事情又颇不顺心,于是多请了几天假,在家一待就是半月之久。

记得当时一出车站,等待已久的的士司机便蜂拥而上,围绕在旅客身边,问去哪,要不要坐车呀。以前见到如此情景我总是挥手疾步走开,而如今,我却满心欢喜,因为这是我回到老家后听到的第一群说着乡音的人,瞬间有一种到家的感觉。

家乡话是总能让人倍感亲切的声音,可以拉近人与人之间的距离。不管你走多远,都走不出对家乡的深深依恋。

记得前几次回家的时候,我总会约我的"狐朋狗友"在一起聚一聚。但随着时间的推移,相聚的机会越来越少,不是感情淡了，而是大多数朋友都已经为人妻为人父了，时间不再受自己支配，身不由己。作为一个年近 30 岁还没有接地气的理想主义男人来说，我只能独来独往，而且我乐在其中。

戴着耳机，听着歌，一往无前地朝家走去。

回到家，拥抱每一位亲人，吃一顿妈妈炒的菜，喝一杯家乡的酒，在我心里，已成为生命中不可多得的惊喜。随着年龄的增长，惊喜不再是考一个高分，也不再是拿一笔奖金，而是变成了生活中曾因习以为常而被忽视的这些简单的事情。

第二天上午弟弟开车拉着我去乡间小河垂钓，让我想起了小时候捉鱼成痴的我。那时的鱼竿是用竹竿做的，虽然简陋，但总能钓到鱼，那时的追求也不高，如果能钓到一条大一点的鱼便能开心好几天，也能和小伙伴吹牛好长一段时间。我觉得，那时钓鱼的兴奋就是最简单的快乐。而如今，我却只是个拿着鱼竿沉迷在回忆中不断怀念的人。

一阵电话铃声打断了我的思绪，初中女同学王琦打来的电话，接起电话得知她前不久出了车祸，走在马路上被一辆抛锚的车撞伤了，不是很严重，正在家里休养。我决定去看望她一下，她很开心地对我说："好呀好呀，来我家吧，正好我男朋友也在家呢，过来介绍给你认识一下。"

我骑着邻居大爷的摩托车，穿过一个个村庄，路过一座座石桥，摸索着去往她的家中。突然想起了中学时为了见一面女同学而千里走单骑的那个少年，觉得没有比见她更重要的事情了。如今我们都长大了，不再热血沸腾，不再因为一件感情的小事而心事重重、夜不能寐，曾经的爱恨情愁也终将释怀，还有什么比成长更让人感动的事情吗？

后来，我又见了小学同学王西刚，最庆幸的不是他比我胖了，而是他还没有女朋友。泰安电视台的李传泰老师请我们吃了海鲜，他对我们说了一句意味深长的话："活着，就是为了快乐，有钱没钱都不重要，最重要的是别有病。"一语惊醒梦中人，想起自己前段时间在北京还因为抑郁症而备受折磨，回老家后便好了很多。或许老家是最治愈心灵的地方，也是在外漂泊的游子最想回归的地方。

当我们挥手离别后，我顺道去见了那个当过五年兵的女同学王冲，她性格强势、为人仗义，上学时我们都喊她"冲哥"，而如今，她内化了好强的性子，已为人妻。在"冲哥"和她老公的陪伴下，我们挥手道别，我坐上出租车离去。但没走多久，我便下了车，因为我突然特别想一个人走走，任性如我从未改变。一个人走在泰安的夜色中，一个人走进回忆中的整个青春。

我像个孤独的战士一样抓着青春的尾巴誓不放松，其实我们都一样，总是在快要结束的时候，才想好好开始。

看到过这样一段话：喜欢塞着耳机然后一直走在夜色里，看灯火阑珊，看街边卖的烧烤小吃，看来来往往手牵手的情侣。低下头不断地换着歌，不觉得孤独，我可以一直这样走下去，多晚回家都没关系。

我们在不同的方向努力前行，最终会发现，路越走就越

三、理解是比付出更高层次的爱　　　　　　　　　　223

远，而人，越长大就越喜欢回忆。

回忆就像一部无声的电影，在脑海中不断放映。那些曾经的欢笑、泪水、梦想和失落，都成了生命中最珍贵的财富。

随着岁月的流逝，我们经历了许多的成长和变化。年少时的懵懂与冲动渐渐被成熟和理智取代，我们开始更加懂得珍惜，珍惜过去的美好时光，也珍惜当下所拥有的一切。

回忆不仅是对过去的怀念，更是对自己成长的见证。

它们让我们看到了自己的坚持与努力，感受到了岁月的沉淀和积累。

在回忆中，我们可以重新审视自己的人生轨迹，总结经验教训，为未来的路做好准备。然而，回忆并不是为了沉迷于过去，而是为了更好地前行。回忆给予我们力量和勇气，让我们在面对未来的挑战时更加坚定。同时，回忆也让我们懂得感恩，感恩那些曾经陪伴我们走过的人，感恩生活中的每一个瞬间。所以，让我们怀揣着美好的回忆，继续前行吧。

让那些回忆成为我们心中的温暖阳光，照亮前方的道路。无论路有多远，我们都要勇敢地走下去，创造更多值得回忆的美好时光。

42 如何从小培养孩子的阅读兴趣

你要化过很多浓妆,才会欣赏素颜的清新;你要喝过很多碳酸饮料,才会回归白水的平淡健康;你要穿很久的高跟鞋,才会想念帆布鞋所代表的青春;你要见惯城市的喧嚣,才会依赖田园的安静;你要错过很多人,才会在某一刻一把抓住那个对的人。不都是这样吗?你见得多了,就知道怎么选了。

很喜欢网上的这段话,尤其是最后一句。

我在北京居住的大院里,经常有孩子玩耍。有一次,我看到楼下有三个陌生的小朋友在玩耍,我故意逗他们说:"这都是谁家小孩,逮住他们揍一顿。"说完朝着他们的屁股,一人踢了一脚。

他们哈哈笑着，一点也不和我生疏，于是我就追着他们跑，当我正要追上一个男孩时，他突然回头看着我喊："叔叔好，叔叔好……"那样子可爱得要命，瞬间融化了我的心，我抱起他在空中转了一圈，他依旧哈哈地笑着。

我觉得这样开朗的孩子不仅惹人喜爱，更透露出他的家教如何。

记得有一次我回老家的时候，看到邻居家的小孩，为了表示友好，我说："来，让我抱抱。"结果刚一抱在怀里，他就哇哇地大哭起来，任凭我马上拿出糖和水果都无济于事，怎么哄都哄不好。

不得不承认，生活在大城市的孩子比生活在农村的孩子见的世面更多，将来在进入社会的时候更容易适应社会的成长规则。因为他们见得多了，自然也就知道怎么去选择了。而生活在农村的孩子，大多事物都没见过，步入社会的时候还需要认识和接受的过程，遇到与自己价值观不同的事情，接受了就过去了，接受不了，或许这道坎就会成为他们心里永久的阴影。

为什么说孩子要从小培养，因为中国的家长经常会犯一种溺爱的错误。

当孩子犯错误要受惩罚或是得不到自己想要的东西时，经常会选择大哭一场。在这种情形下，中国家长经常会说的一句话就是："算了，他还是个孩子。"似乎孩子就该犯错误不受惩罚，孩子就该不讲礼貌不遵守各种规则。如此下去，便会让孩子误以为，只要哭了就会避免惩罚，就会得到自己想要的一切。

可是当孩子长大之后便会发现，生活不是你亲妈，社会也不是你亲爹，没人会惯着你。

记得有一次在北京动物园游玩，看到一件让我印象深刻的事情，一个刚学会走路的外国小女孩摔倒了，她的爸爸就在旁边看着，一直鼓励孩子自己起来，孩子也真的很争气，不哭不闹不找家长，自己起来拍拍屁股继续玩。

我觉得，独立的精神要从小培养这句话在这个孩子身上得到了很好的体现！

一个心智健全的自然人是需要从小开始成长的，并不能拿"还是孩子"这样的借口来毁灭他们的成长权利。为什么这个社会如此文明了还有那么多心理脆弱的人，一遇到点挫折就不能承受其重而走上绝路，高考失利跳楼的、欠钱自杀的、失恋殉情的等诸类事情屡见不鲜。大多是因为心智还不健全，思想不够开阔，见识极其短浅。

因此，任何心理素质和能力都应该从小开始培养，不要拿"还是孩子"来纵容和制约他们的成长。孩子和大人一样，也需要旅行，需要学习，需要尊重，需要长见识，需要去尝试，需要犯错误，更需要改正错误来面对人生百态。

家长必须知道一个道理，一味地宠爱孩子、包办孩子的一切事情，不是在帮他，而是在害他。只有从小培养孩子的独立性，才能让他茁壮成长。现在对孩子严厉一点，自己"懒"

一点，让孩子"勤"一些，才是真正地帮助孩子成长。

作为一个文字写作者，我觉得在孩子的成长过程中，阅读是非常关键的能力。不是每个孩子天生就爱阅读，所以阅读能力一定要从小培养，以便让孩子获得更多的知识。

如何从小培养孩子的阅读兴趣，我总结了以下几条，希望对读者有些许的帮助。

（1）要尽量早点让宝宝接触图书。

（2）选择适合宝宝阅读的图书。

（3）孩子要玩具可以酌情考虑，要书籍一定要慷慨大方。

（4）可以将阅读穿插在游戏中。

（5）不要害怕宝宝撕坏书。

（6）当宝宝损坏书时不要打骂和大声斥责。

（7）尽量提供自由宽松的空间与时间让宝宝阅读。

（8）父母自己得有良好的阅读习惯，成为孩子的榜样。

43

在必须做的事情中找到乐趣

我很欣赏一类人，他们只做自己喜欢的事情，他们常常挂在嘴边的话是：就算改变不了世界，但这个世界也休想将我们改变。

很酷！就像歌里唱的那样：原谅我这一生不羁放纵爱自由。

我向往这种人生，他们永远将自己的兴趣爱好放在第一位，所有事情都按照自己的方式去做。但是我知道想要成为这样的人并不容易，这是一种很了不起的能力，不是谁都可以做到的，它需要经济、眼界、体质，以及立足这个社会长盛不衰的技艺和实现自我价值的有效途径等。

我们经常在各种信息渠道中看到站在山顶之巅的人在与世界"宣战"，可我们仍然需要处理自己生活中眼前的苟且，我们经常听到身边的朋友劝告我们一定要乐观开朗，可很少有人告诉我们变乐观开朗的方法是什么。

下面我就告诉你我是如何变乐观的。

虽然这么多年，我依旧在为生计而奔波，不能像有些人一样只做自己喜欢的事情，但是，这并没有妨碍我拥有如他们一样乐观的心态，我觉得这是另一种能力。这种能力是每个人都可以学会的，也是通向理想生活状态必不可少的途径，这种能力就是——无论做什么事情都能从中发现乐趣。

让我学会这种能力的人并不是学院教授，不是文化学者，也不是古来圣贤，而是我的奶奶，一个非常普通平凡的老人家。

故事没有新奇的开头，也没有跌宕的过程，但结局出人意料地让我感受深刻。

我是一个来自山东农村的普通男孩，在我上初一的时候，秋收时节，家里正忙着收玉米。玉米成熟后，要将玉米掰下来，然后从地里运回家，之后要把棒子皮剥掉进行晾晒，因为只有把玉米晒干之后，才能把玉米粒剥下来，然后进行后续的加工处理。

我们大多在自家院子里晒玉米，大清早将玉米摊开，铺满院子。临近傍晚的时候，再把玉米堆在墙角，用油纸盖上，防止夜晚下雨把玉米淋湿了。第二天再重复同样的工作，将玉米在院子里摊开晾晒……

有一次，妈妈到玉米地收玉米去了，家里只剩下奶奶、我，还有婶子家的弟弟帅帅。临近傍晚了，我们三人就开始往墙角堆玉米。

堆玉米是一件非常辛苦的事情,需要我们一个棒子一个棒子扔到墙角,还没扔多少,我就已经开始疲惫和厌烦了。看看旁边的弟弟,他也没精打采地早已累得不愿再干了,只有奶奶还在努力地扔着棒子。

我觉得这件事情就像不断重复的工作,枯燥乏味又十分劳累。可在我们农村,几乎家家户户都是靠种玉米维持生计的,这又是我们不得不做的事情。

就在这时,奶奶突然捡起一个空易拉罐,放在墙角,然后对我和弟弟说:"看看你们哥俩谁用玉米砸到这个易拉罐的次数多。"

于是,我和帅帅就开始捡着玉米朝着易拉罐扔去,越扔越起劲……本来是一件非常辛苦的体力活儿,因为一个易拉罐,就变成了一项游戏。我和帅帅玩得竟忘记了疲惫。

不一会儿,满院子的玉米便被我和帅帅扔完了,最重要的是,我们一点也没有觉得劳累和无聊。

直到现在,我和帅帅讲起这件事,还会开心得不得了。也是从那时起,我就学会了这个道理,在必须做的事情当中找到一个乐趣。或许奶奶并不懂得这个道理,可生活的意义从来都不是在教科书中学来的,往往是在不经意间感受到的。

如今我觉得,有两种很了不起的能力:一种是只做自己喜欢的事,另一种是无论做什么事都能从中发现乐趣。

开始的时候,我很羡慕第一种,想要拥有那种能力,想要变成那类人，所以拼了命地去追求，去努力，可最终发现，要想成为那类人，必须先拥有第二种能力。

　　只有你战胜了眼前的苟且，人生才会有诗和远方。不然，你的人生不仅有眼前的苟且，还有远方的苟且。

44

爱笑的孩子真的开心吗

我是个爱笑的孩子，笑容中承载着我所有的喜怒哀乐。

有一次，有位朋友说要问我两个问题，我说你尽管放马过来。

她问："如果父母得了重病，你愿意拿出多少钱来给父母治病？"

我说："全部。"

她又问："如果给你个限度，你想活到多少岁？"

我说："110岁。"

接着她说："其实这些是测试题，可以看出你很成熟，经历了很多，你能意识到生命的宝贵，你有很多事情要去做，还有很多没实现的梦想。"

其实，在这个世界上，没有人会夺走那些不属于我们的东西。因此，于生命而言，金钱带给我的安全感没有那么强烈，因为我觉得自己本就一无所有，又有什么可失去的呢？我是个不怕重头再来的人，但是我怕生命的无常与命运的捉弄出现在我的亲人身上。如果可以选择，我宁愿那些悲伤出现在自己身上，即便如此，我也可以笑对人生。

至于年龄，为什么我想活到110岁，倒不是因为有什么不得不完成的梦想非要等到110岁才能实现，只是因为，我想在我100岁之后，能留下10年的时间可供我倚老卖老，顺便嘲笑一下那些90多岁的"年轻"老头，指着他们的鼻子嘲笑："年纪轻轻的，坐什么轮椅拄什么拐杖。"

今年高考刚刚结束时就在网上看到有考生因考试没发挥好，走出考场后跳楼身亡的新闻。看到这样的新闻，在为他难过之余，我更不解死都不怕，还怕今后有什么做不成的呢？从小我就怕死，所以我的愿望就是好好活着。

回头细数过往的岁月时，你真的会发现，虽然高考可以改变一个人的命运，但并不是唯一可以改变命运的途径，别把它看得太重，像我这种连高中毕业证都差点没领上的人，现在不是也没饿死吗，而且还在减肥呢。

就算在我最艰难的时候，我都没有死的勇气。韩寒写过一个片段：就像一个悬在半空中的人，手攀住一块凸石，脚下是深渊，手痛得流血，却怎么也不敢放手，死死撑着。这个场景就像是我面对巨大压力的时候，实在撑不住了，我就闭上眼睛幻想着自己爬上地平线的那一刻，越想越开心，越开心越想笑，就这样撑过了一个又一个艰难的时刻。

假如处在寒冷的冬季，你会选择裹紧被子还是幻想夏天？我想我更多地会幻想夏天。如果没有点自我安慰的乐观精神，我还真活不到今天。
　　有一根烟，未点；
　　有一支红烛，未燃；
　　有一幅铅笔画，未完；
　　有一杯倒好的酒，未沾；
　　有一个朝思暮想的人，未娶……
　　而这时，我又笑了。

四

理解比爱
更难能可贵

爱可以是一种行为或感觉,但理解则需要更深层次的认知和感受。

要理解一个人,需要耐心地倾听、观察,并且尝试从他们的角度去看待事情。理解涉及对他人的思想、感受和动机的认识,这需要我们放下自己的偏见和观点,去真正地走进对方的内心世界。

45 笑口常开，笑天下
可笑之人

佛教徒信奉的众多高僧之中，布袋和尚是我非常喜欢的一位。他袒胸露腹、笑口常开、出语无定、随处寝卧，是我一直欣赏和尊崇的真性中最本然的样子。

据说布袋和尚幽默风趣、聪明智慧、与人为善、乐观包容，因此一直深受人们尊敬和爱戴。

布袋和尚，名契此，唐末至五代后梁时期明州奉化（现浙江省宁波市奉化区）僧人，号长汀子。

布袋和尚的身世如谜。

据说在唐朝时，宁波奉化的龙溪上漂着一捆柴，柴上有一幼儿，有恻隐之心的人将其救起。只见孩子圆头大耳、眉清目秀，对人咪咪发笑，让人爱不释手，此人把孩子抱回了家。这孩子长大后到香火鼎盛的岳林寺剃度出家。出家后，他总随身带着一个大布袋，人称"布袋和尚"。

由于契此的形象通常为脸带笑容，手提布袋，有和气生财、累积财富的意味，而被民间信仰者视为财神供奉。

据传他圆寂前留下一偈语——弥勒真弥勒，化身千百亿，时时示时人，时人自不识。因此布袋和尚即为弥勒菩萨化身的说法便广为流传。他圆寂后不久，传说有人在别州仍看见他背着布袋到处走。

我喜欢布袋和尚，不仅是因为他招人喜欢的天然表情，第一次见到他的样子就情不自禁地被他的笑容感化了，也因为他随处寝卧的自然天性，骨子里透露出一种真实而不做作的率真。

我是一个特别喜欢笑的人，每当看到布袋和尚就像是看到了自己。无论是遇到开心的事情还是不开心的事情，我总会一笑而过，开心时的一笑而过是为了不让喜悦冲昏头脑迷失自我，不开心时的一笑而过是不想被糟糕的事情过多地占据我的心灵，生活总该继续。

或许是因为笑得太多的缘故，抑或是随着年龄的逐渐增长，眼角的鱼尾纹越来越多，每当我开怀大笑的时候，妈妈总开玩笑地说我现在是一脸的褶子，快赶上小老头了。

但依旧挡不住我爱笑的秉性。

我在北京居住的地方，或许是因为离 301 医院比较近的缘故，白天总会有很多乌鸦在天空中徘徊。一到晚上，它们便四处寻找栖身的地方，或在房顶上，或在天线上，但更多的是落在树枝上，我看到它们就这样依偎在一起度过寒冬的每个夜晚。

有时候，我会趴在窗户上，静静地看它们飞走又飞回，尤其在黄昏时分，特别感慨。

临近春节时，在北京漂泊的很多朋友提前买好了回家的车票，然后互相打电话告别，问彼此回家的日期，提前祝彼此新年快乐，最后说一句来年再见。只不过由于工作的原因，我经常不能回家过年，后来对春节渐渐没有了小时候那样的期待与激动。

突然几只乌鸦落在窗外的树枝上，我看着它们，在心里问了一句："它们没有家吗？"

自己回了自己一句："它们四海为家，就像我一样。"

说完，我又笑了笑自己的幼稚。

每当这时，我就会想起布袋和尚，他背负着大大的布袋，四处漂泊，随处寝卧，一心只为传佛法而笑口常开。布袋和尚是独一无二的。人们可以被他的笑滋养，人们的心灵可以被他的笑净化，人们可以从他的笑容中感受到纯真的幸福。

他的笑深不可测，却是人们心底鸣响的欢快音乐。

我最喜欢的一个歌手是20世纪90年代华语歌坛的玉女偶像孟庭苇，1995年，她参加了央视的春节联欢晚会，献唱了一首《风中有朵雨做的云》。自此,她在华语地区几乎无人不知无人不晓。然而处在事业鼎盛时期的孟庭苇,却在2000年时突然决定急流勇退,告别歌坛。

在隐退的几年中,她把关注点放在心灵与亲友身上,也与佛教结下了不解之缘,那段时间她虔心向佛,后从事佛教音乐创作。

2004年,她宣布复出。复出后的孟庭苇,不为争一姐地位,也不为上歌曲排行榜前列,只是想尽可能地救助他人,她把专辑版权收入全部捐给贫困孩子,更多地选择出席公益性质的活动,她用这种简单的方式诠释着信佛之人的慈悲。

2017年6月16日,孟庭苇在北京参加《围炉音乐会》的录制。节目录制结束之后,我在后台送给了孟庭苇一幅布袋和尚的水墨漫画。这幅画是我请山东省漫画家协会副主席王学忠老师,也就是我的大爷,特意为孟庭苇创作的。上面写了一句与当时的孟庭苇特别契合的话:奔走不为名和利,一心度人度自己。

远离了名利场,一心都在慈善中的孟庭苇,如今依旧花容月貌,倾国倾城,是慈悲的关怀,也是心灵的感化。

布袋和尚的《插秧歌》写得极妙:"手把秧苗插满田,低头便见水中天。六根清净方为道,退步原来是向前。"

关于这首诗歌的创作还有一个传说:布袋和尚出身农家,插秧自是本行。据说有赵、钱、孙、李四家同时请他帮忙插秧,他全都答应。至晚,各家来请吃饭,他亦分身赴席。各家的田均已插好，众人始识他身具神通，法力无边。有人问插秧感想，他随口吟出一诗，即上面的《插秧歌》。此歌看似浅白平易，却富含哲理，饱蕴禅机，生动活泼，饶有情趣。

崔永元在《有话说》一书中是这样阐释这首诗歌的，我们可以想象诗中描绘的那个场景：一个人赤着脚站在稻田里，低头插秧时可以看到水田中倒映的蓝天白云，一边插秧，一边后退，退到最后秧苗插满水田。

是参禅的境界，也是生活中的真理，有些事情有些时候看起来是后退，实则早已经大踏步向前。

如今太多的人在追名逐利，而忘了快乐的本源其实是帮助他人，总以为升官越快、挣钱越多、成名越早越快乐，殊不知真正的快乐应该是你停下脚步去帮助还在你后面的人们。看似你停止了前进，看似你"不进则退"，却是你离快乐最近的时候。因为在你帮助他人的同时，才可等到因走得太快而丢失的灵魂，没有灵魂的前进，即使到达了终点又怎么会快乐呢？

布袋和尚一路修行，一路传道，一路感化，他教会了人们生活的洒脱，也教会了人们笑容的真谛。

如今，一走到寺院，在山门前就可看见笑意盈盈的弥勒菩萨，好像在欢迎每一位上山的信徒或游客。

以下的诗偈，最能说明菩萨的满腔欢喜：
眼前都是有缘人，相见相亲，怎不满腔欢喜。
世上尽多难耐事，自作自受，何妨大肚包容。

四、理解比爱更难能可贵

大肚包容，了却人间多少事，
满腔欢喜，笑开天下古今愁。
大肚包容，忍世间难忍之事，
笑口常开，笑天下可笑之人。

日本人把布袋和尚奉为七福神之一，是人们常常听说的都由衷、尽兴、强烈笑的著名和尚。

所有漂泊在外的游子，希望你我都能如布袋和尚一样，既有随处寝卧的坦荡，也有笑口常开的心怀。

46

我所理解的生活就是和自己喜欢的一切在一起

知道韩寒,是在一本校园杂志上。那时,我刚上高中,不知为什么,从那时起便疯狂地喜欢上了他。

或许是因为他身上那种放荡不羁、锋芒毕露的性格吧。我当时却生活在一个不鼓励张扬个性的时代,所以看到那些敢于释放自我的人总会由衷地钦佩。于是,我买了他当时已经出版的所有书籍,彻夜不眠地阅读。

以前提到批判性文章,我想到的只有鲁迅,那时我才知道,原来还有一个叫韩寒的高中辍学生,可以写出那么多犀利的文章。

毫不夸张地讲,时至今日我都深受韩寒作品的影响。

很多人在韩寒的杂文中读到了批判和愤怒,很多人觉得他电影里的幽默段子也有几分灰色的道理。从作家到赛车手再到导演,很多人说他已经与这个世界和解了,但我觉得,他一直都是那个少年,一直都在做同一件事情,那就是与自己喜欢的一切在一起。

韩寒的电影取名为《飞驰人生》,也许是为了纪念他那本名为《像少年啦飞驰》的小说,如今,写少年的人已到中年,他是否还能继续"飞驰"呢?

《飞驰人生》是韩寒导演的第三部电影。如果说《后会无期》展现的是韩寒的作家生活,那么《乘风破浪》就是他小镇青年的记忆,而《飞驰人生》则是他作为多年赛车手的感悟。

韩寒在接受采访时说道:"其实很多人对我有一个误解,就是他们没有真正认识到我自己的竞技实力,我是全中国乃至全亚洲数一数二最顶级的拉力车手。"

他曾拿下五届CRC(中国汽车拉力锦标赛)年度车手总冠军,其中2011—2013年连续三年蝉联冠军,同时2012年还获得CTCC(中国房车锦标赛)超级量产组年度车手冠军,是那一年的"双冠王"车手。

因为韩寒一贯的搞笑风格,因为有沈腾这位喜剧演员,整部电影一开始全都沉浸在喜剧的气氛中。但到了后半场,我却再也笑不出来了。《飞驰人生》的结尾出现了一段字幕"献给所热爱的一切"。

在激烈的赛车比赛后,以这样一段字幕收尾,令人无比动容。

这也是向梦想致敬！

张驰面对没钱没车没队友的窘境，没有放弃和退缩，而是选择挑战年轻一代的赛车天才，重新出发去追寻自己的赛车梦——你有过如此的窘境吗？最终，这个没钱没好车还穿着绣着赞助商女朋友名字比赛服的赛车手，在三五个好友的支持下，赢了这场比赛。他冲向了大海，冲向了太阳，冲向了与自己战斗的胜利里，留给了所有人直击内心的问题：

你还有热血吗？

你还有自己的梦想吗？

你如此执着过吗？

你还愿意为你的梦想拼命吗？

在电影院我一边看，一边不断地在心里追问着自己。

十年前，因为韩寒，我拥有了很多梦想，也做出了很多不同以往的事情。

当知道韩寒在高中时唯一的特长就是长跑，可以跑全年级第一时，从小学到初中都没有参加过运动会的我，高一那年鼓起勇气报名了学校运动会1500米的比赛。全年级24个同学比赛我居然第一次比赛就跑了第二名。我突然发现，之前我以为跑步很厉害的同学没有我能跑。第二年我报名参加200米短跑，结果跑了全年级第一名，很多体育生都没有跑过我。

发现了运动天赋的我，也因此竞选上了当年校学生会体育部副部长。

后来喜欢上写作，根据韩寒的风格，写了几篇批判学校的文章，向学校报刊投稿，结果被政教处主任叫到办公室罚站两节课。后来连续写了十几篇，终于在一次校报征文比赛中，我的文章被选中发表了，并在那次征文比赛中获得了一等奖。从那时起，我就不间断地写文章，而我当时只有一个读者——我的同桌。每当我写完一篇文章或写完一首小诗，我就拿给他看，他每次都说我写得好。

有一天，我很认真地对他说："兄弟，我有一个梦想，长大后一定要出一本书。"

同桌看着我说："我觉得这真是一个梦想。"

十年前，我们都特别喜欢谈梦想，总觉得自己很厉害，将来一定可以"上天入地、无所不能"。天天把梦想、未来、愿景等词挂在嘴边，而且嘲笑那些没有梦想的人是多么可悲，生怕别人不知道自己是个有抱负的人。

不知道从什么时候开始，我很少再有勇气说一些摸不着边际的梦想了，可能是步入社会之后发现自己是那么平庸。

因为韩寒去赛车了，高中毕业后的第一年我便考了驾照。那时我在南京汤山，身边也有几个喜欢开车的朋友。当时年轻气盛，觉得车技好的标志就是开得快而不出事故。于是我们经常在一起比赛。当然，我们没有那么好的车，也没有可以比赛的跑道。高速公路上从南京收费站到汤山收费站通常有30分钟的路程，我们就在过收费站后开始计时，有时可以20分钟跑完，有时可以 18 分钟跑完，有一次有一个哥们 13 分钟就跑完了，当到达汤山收费站准备交费时，一打开车窗就闻到了明显烧焦的味道。下车一看，四个轮胎都在冒烟，因为速度太快了。没几天，他就因超速驾驶被吊销了驾照，而我们都没能打破他的纪录。

随着年龄的增长，开车速度也变得越来越慢，就像当初高谈阔论的梦想，至今再也没几个人愿意拿来当茶余饭后的谈资了。

在这十年期间，我从未停止做的一件事情就是写作。那些被人嘲笑的委屈，那些不被看好的声音，一直以来都没有在我的生命中停止过。那时我很想证明给别人看，我想证明我可以，但没有几个人真正看好过我。

后来有一位陌生的读者发私信对我说，他看了我的一篇文章后感动得热泪盈眶。那时我才明白写作真正的意义，只要有一个人懂你便已值得了。

十年过去了，我的第三本书马上就要出版发行了。因为热爱，所以坚持，所以克服重重困难走向成功。

《飞驰人生》中，张驰作为过气车神，为了再次站在巴音布鲁克的赛道上，经历了无比艰难的复出之路——影片把目光投向"中年人的热血"，对"坚持自己的梦想"又多了一层新的诠释……

《飞驰人生》在 2019 年的第一天，唤醒了很多人心底的梦。

我曾以为自己就将这样，疲于奔命地度过每一天。

我曾以为自己会眼看着青春不再，穿上宽大的服装。

我差点忘了，其实我们还有梦想。

是激情，是热血，是希望。

韩寒说过："我所理解的生活，就是和喜欢的一切在一起。"

说这话时的韩寒，其实是个特别温柔的人，而且是那种少年的温柔，但是，韩寒不大好意思展现这种性格，会觉得难为情。所以大多数时候，我们看到的是嬉笑怒骂的韩寒，在电影中写几个冷笑话而已。

如今的韩寒，尽管已经为人夫为人父，写了十几本书，拿下多个大大小小的赛车冠军，又刚刚完成个人导演的第三部作品，但还是像个少年。能够这么多年不变，真好；而能把这么多年坚持和热爱的故事拍成电影，也真好。

那些勇于追梦的灵魂真的超级帅，因为他们努力和自己喜欢的一切在一起。他们眼中闪烁着坚定的光芒，心中怀揣着无尽的热情，他们不顾旁人的质疑和嘲笑，执着地追寻自己的梦想，每一步都充满了挑战和困难，但他们从不退缩，用汗水和努力浇灌着希望的种子。

无论是追求艺术的创作、事业的成功还是内心的满足，他们都全力以赴，永不放弃。

追梦的道路上或许会有挫折和失败，但他们把这些视为成长的机遇，从中汲取力量，再次奋起前行。

他们的坚持和毅力成了激励他人的榜样。

与自己喜欢的一切在一起，让他们的生命焕发出独特的光彩。

　　他们享受着追求梦想的过程，无论是辛勤的努力还是收获的喜悦，都成了他们人生中最宝贵的经历。

　　他们的故事告诉我们，梦想并非遥不可及，只要我们有勇气去追求，有决心去坚持，我们也能和自己喜欢的一切相伴相随，成为那个超级帅气的追梦人。

47

青春年少时，都有一个江湖梦

似乎每一个小镇都会有属于自己的故事，千万个小镇就会有千万个故事，历史将每一个小镇哺育出与众不同的文化，但每一个小镇里都会有青年记忆。在肾上腺素爆棚的年纪，每一个青少年心里都充满了英雄主义。尤其在中学年代，每一个学校，每一条街道，每一座村落，都风传着那些大哥的英雄故事。这些英雄的同一特点就是——能打仗。

（1）

随着管虎导演的电影《老炮儿》的上映，我也被拉回了校园时期那些热血澎湃的激情岁月。那个时候，我们都想当英雄，不是真正意义上的英雄，而是带有社会大哥色彩的英雄，我们称之为痞子英雄，当然在北京被称为老炮儿。

后来我发现，北京老炮儿之所以能火遍全国，是因为确实有着其他地方没有的特色与品质。我们先来了解一下什么是北京人口中的老炮儿。因为当时北京的看守所是在炮局胡同里，这里大概是清代造炮的地方。这些"英雄"一出了事儿，就要被送到炮局胡同的看守所里去，简称"进炮局"，谁进炮局的次数多，谁就觉得特别光荣，自称"老炮儿"，这就是老炮儿的来历。

记得我在上初中的时候，不知哪里来了两个小痞子在我们学校里吆五喝六，一个走路故意弯着腿，好显得自己很牛。我在后面看他，走起路来双腿之间能穿过一个足球。旁边跟着的随从，提着一个包，包里应该放着刀之类的武器。后来才知道，这两个小痞子来学校是为了向学校的学生要钱。曾经，有的社会青年想讹钱就会到学校来，因为学校的学生容易欺负，他们专门找长得有些柔弱的男生，故意碰对方一下，然后就开始找碴儿："你给我站住，你碰我干吗？"对方说："对不起，我不是故意的。"他们就说："对不起就完事了，给我钱这事就算完了，要不然……"很多胆小的学生会选择破财消灾把钱给他们，因为他们要的钱也不多。

可有一次，有人被讹钱后，跑去告诉了老师，老师报了警，很快警车就来了，警察带着老师满校园追赶这两个小痞子，没一会工夫就抓住了。我们都站在楼道的栏杆旁看，大家欢腾雀跃，那些被讹过钱的学生更是兴奋，扯着嗓子叫好。

这两个小痞子被带上警车前，让人吃惊的一幕发生了，那

四、理解比爱更难能可贵　　　　　　　　　　　253

个领头的小痞子居然一下子给警察跪下了，连连磕头说不要抓我、我以后不敢了之类的话。身边的同学欢呼地更大声了，有的甚至铆足了劲大声喊："你刚才和我讹钱的时候不是很威风吗？现在怎么怂成孙子了。"

当然最后他们还是被警察带走了，追回的钱也都还给了被敲诈的同学们。

正是因为有这样假的痞子英雄，所以真正的痞子英雄才值得众多社会青年崇拜。

（2）

我觉得真正的痞子英雄应该是敢作敢当、无畏无惧的，如果连这点都做不到，那只能算是一个为虎作伥、狐假虎威的小人物。有的北京青年很崇拜老炮儿，自己也想成为老炮儿，但成为老炮儿并不是简单的事情。什么样的人才能被称为老炮儿呢？虽然没有特定的答案，但是高晓松在《晓松奇谈》中说，他当时看了《老炮儿》电影后，去问了很多北京老炮儿什么是老炮儿。那些老炮儿给高晓松总结了四点。

第一点，一个老炮儿，年轻的时候必须得是一名"战士"。不是说一个人在社会上混，混到岁数大了就是老炮儿了，没这么简单。你在年轻的时候必须得有过辉煌的战绩。老炮儿年轻的时候不是大哥，但必须是一名"战士"，他经历过的"战斗"，在酒桌上讲起来，足够震惊四座。

第二点，一个老炮儿，他除了年轻时的辉煌战绩，还要对身边所有的资源、所有的人都门儿清。他知道每一种资源从哪儿来，能用来做什么，也知道每一个人是怎么回事儿。最重要的是，凡是他去的地方，大家都愿意给他一点儿面子。老炮儿跟大哥不一样，大哥有能力控制这些资源，老炮儿靠的都是自己的面子，老炮儿的生存之道，就是人们对他的尊敬，愿意给他几分薄面。

第三点，有些人，年轻的时候是"战士"，岁数大了依然不服老，还是每天挥舞着战刀，每天跟人掐架，这种人就不是老炮儿，他们是老"战士"。老炮儿年纪大了以后，就不当"战士"了，不再打打杀杀了，他选择用自己的经验和智慧来处理问题。

最后一点，也是《老炮儿》这部电影里刻画得最深刻的一点，也是最令人感伤的一点，那就是老炮儿以为自己一生饱经风霜，积累下来的资源和经验足以应付身边的世界，但实际上他应付不了了，因为他落伍了，过时了。今天的世界已经不是当年的世界了。

北京老炮儿有他们的特色，我看到后还是很自愧不如的，因为我们当年的很多喜欢当痞子英雄的青年，大多只是逞一时之快，并没有那种一辈子只想混成老炮儿的勇气，所以从不讲规矩。当然，并非完全没有值得称道的痞子英雄，因为这类人很稀缺，所以在回忆起来的时候，第一个想到的就是马前龙。虽然我有个叫小北的兄弟也喜欢打架，也很能打，但是他后来如我一样，收敛个性做回了好学生，很少问江湖的事情，我有架要打也总是故意避开他不让他参与，所以，我觉得马前龙更适合于痞子英雄的称号。

马前龙是我认识的真正的痞子英雄代表人物,没有之一,他是我的小学同学,后来大家都叫他马哥。

马哥上小学的时候就是班级的老大,因为发育比较早,小学六年一直比其他同学高一头,学校高年级的都打不过他,所以我们一直都很敬畏他。

和北京老炮儿一样,痞子英雄最大的特质之一就是能打架,而且必须有辉煌的战绩。马哥就是这样的一个人。

（3）

刚上初中的时候,大家都不知道周围人的实力,行为处事还很低调,时间一长,就会有一些想称老大的人开始冒头了,到处拉拢人,扩展自己的势力。

初一级部最有威望的两个人,一个是马哥,另一个是大刘,两个人谁看谁都是一副欠揍的样子,终于有一天他们两个人因为一件小事爆发战斗,然后约架。

一开始是单挑,两个人约在后操场,时间定在了午饭时间。那个时候老师都回家吃饭了,操场上正是人多的时候,也好做个见证。

那天中午,马哥和大刘都穿着一身运动服,方便做动作。当他们两个站在操场上的时候并没有着急动手,而是面对面站着,互相先对视一段时间,路过的人一看这状态就知道有架看了,慢慢地,周围看热闹的人越来越多,大家围成了一个大圈,甚至支持谁的就站在谁后面,谁也不支持的就站旁边,接着两个人就开始放狠话。

听说你挺嚣张呀,看你像是不服我的样子,信不信我干废你之类的话。说着说着,周围的人就开始起哄,两个人就随着周围人此起彼伏的"叫好"声开始进入"正题"。

一般都是说不过对方的人先出手,只见大刘快跑两步,接着飞身跳起,朝着马哥踹了过来,这是打架常用的招式,想趁其不备用一个重击将对方击倒。显然身经百战的马哥对这一招式早有预判,一个侧身瞬间就将大刘的重击轻松化解,接着两人开始了近距离搏斗,马哥朝着大刘顺势一个大摆拳,大刘把胳膊缩起来挡在头顶前面,拦住了马哥的拳头,接着大刘也如法炮制,朝着马哥头部就是一记摆拳,马哥一低头,大刘的摆拳就成了一记空拳打在了空气中。马哥见拼拳无用,拉住大刘的衣领,使劲朝自己一拉,腿顺势一抬,用膝盖击中大刘的肚子,这下重击使大刘连退了三步。

大家都屏住呼吸看着,心跳也跟着他们打架的节奏不断加快。见大刘后退几步还没站稳之际,马哥以牙还牙,用大刘一开始用的招式连跑两步,接着飞身跳起,朝着大刘就是一记重踹,这一重击才是决出胜负的关键,尚未站稳的大刘被重踹之后,便摔了个狗吃屎,马哥趁势扑上去,疯狂地朝大刘头上连续猛击,这时的大刘只有招架之功再无还手之力,马哥一边打一边喊:"服了吗?我就问你服不服?"大刘不说话,抱着头趴在地上任凭马哥攻击,直到周围人将他们拉开,马哥才罢手。

这件事之后,马哥的威名瞬间在学校传开,自此号称初一级部老大,买饭打水都有人愿意为他效劳,可谓风靡一时。

然而好景不长,声名远扬的马哥瞬间被学校高年级的学长盯上了,尤其是号称学校老大的王天,一山岂能容二虎?于是王天开始找马哥的麻烦,每次在学校碰到,都会横眉冷对一下马哥,而且还用语言挑衅一番,在马哥的跟随面前故意让马哥颜面扫地。

马哥刚巩固了自己在初一级部的地位,没想到换来的不只有同学的拥护,还要面对更大的挑战。论年龄、论力量、论个头,马哥都不能与王天形成抗衡,如果硬拼的话肯定会吃亏,这时只能用另一种办法了,那就是找人。

这一点跟北京老炮儿有相似之处也有不同之处,北京老炮儿一般也会打群架,但他们会提前和对方约好打架的时间、地点和人数。也就是说,我这边出五个人对方那边也出五个人,我这边出一百个人对方那边也要出一百个人。约好之后,打架都非常守规矩,不会以多欺少,甚至连使用的武器都会提前定好,用棍子就都用棍子,用刀就都用刀,如果违反约架时定的规定,那传出去是很不光彩的事情,是为老炮儿和想成为老炮儿的人所不齿的行为,将来很难在江湖中立足。

而在我们小镇,只要你有人,只要你能把人找来替你出头,甚至不用提前通知对方,有时还担心提前通知对方,对方不守信用,趁机跑了,让你带人去扑一场空。

那天,马哥不知道从哪里找来两个人高马大的社会混混,在下晚自习后,来到王天的宿舍,二话不说,从地上拿起个木板凳就朝着王天砸去,只砸了两下,王天就躺在地上爬不起来了,满宿舍的人谁也不敢动,只能远远看着。等马哥他们走了之后，宿舍的人才把王天扶起来送到医务室去。

本以为，王天会对马哥报复，但不知为什么，后来听说王天还向马哥主动示好，送给了马哥一把日本武士的刀，特别酷。从此他们化解前嫌，握手言和。

（4）

我见过那把刀，钢制材质，带有刀筒，特别锋利，拿在手里瞬间觉得自己可以横扫几条街，打遍天下无敌手。当时的我，特别喜欢刀，我也曾攒钱偷偷买过几把匕首，拿回家锁在我的抽屉里，怕被父母看到，只有在夜深人静的时候，关上房门独自细细把玩。我也很想有一把日本武士刀，但是太长，根本无法掩人耳目，所以只好放弃。

我以为喜欢刀是一种不好的癖好，直到长大后，得知大多数男人都有收藏刀的喜好，更有甚者爱刀如痴，这里面当然包括我们熟知的武侠作家金庸，还有作家蔡澜。蔡澜曾经在《蔡澜说好物：我喜欢的是欣赏》一书中这样描写男人爱刀的行为：男人爱刀、收藏刀的心理，是一个永远长不大的孩子。这和女人喜欢洋娃娃一样吧？许多已经成熟的女人，床头还是摆满洋娃娃。男人和女人最大的不同，是前者收藏短刀，只用作欣赏，杀伤力不大；而女人却时常把洋娃娃从中撕开，看看它藏着的，是怎么样的一颗心。

我觉得蔡澜描述得很是形象，虽然当时我们肾上腺素膨胀，喜欢打架斗殴，但是每次逞英雄的时候很少见有人真的扛着一把刀打架砍人的，就算有也是个例。就连马哥，大家都知道他有一把日本武士刀，但从来没听说他用过。

虽然马哥没有用过那把日本武士刀，但那把刀却极大地增强了马哥的实力。那段时间，马哥干倒了学校老大王天，王天还送给了马哥一把日本武士刀。没想到的是，这件事越传越远，竟然轰动了我们镇上的几所中学，从初中到高中，大家都知道了马哥的名声。

当我转学去了镇上别的学校时，才知道，原来马哥早已声名远扬，而且他们越传越神，有的说马哥初一就成了学校老大，有的说马哥家里是黑社会背景，有的说学校老大王天都要送礼给马哥，让他罩着。那段时间，马哥成了大家心里的英雄，崇拜的对象，大家都想认识他。正是因为我认识马哥，所以我才更感到震惊，原来曾经和我朝夕相处的人，在别人心中居然这样厉害。

那个时候，我甚至也有了想成为老大的渴望。初中几年，看过几部《古惑仔》，看过几本《校园江湖》之类的书，心中不免会激发一些英雄主义的情结。总想自己哪天也可以有一些英雄故事被别人津津乐道，那该是一件多么值得骄傲的事情呀。而且，当时很大一部分女生都喜欢打架厉害的男生，对这些人的崇拜远远高于对学习好的男生的崇拜。这或许也在一定程度上让很多青年想成为痞子英雄吧。

(5)

后来，我还真的发生了几件跟别人约架的事情。

第一次是因为上体育课打篮球的时候，球不小心扔在了别人的头上，尤其是在周围女生一阵哄笑后，被砸的那个哥们觉得超级没有面子，回过头来喊："谁扔的球？"

我说："我扔的，怎么了？"

然后他就开始放狠话了："你是不是想死啊？"说完就冲我走过来，看架势接着就要动手的样子。

那小子叫王佳林，个子比我高一头，身材比我胖一圈，如果单挑的话我肯定不是他的对手。于是我就假装镇定地说了一句："你想打架啊？行，你定个时间地点吧。"一般敢说这句话的都是背后有人或是不怕事大，而且很有把握。

别说，这句话还挺管用，那小子瞬间有些尿了，但是在周围众多看热闹的人面前，尤其是在女人面前，很容易激发男人的肾上腺素，王佳林说："好，你等着。"

就这样，我的第一次约架就这样拉开了帷幕。没承想，那哥们真的不认识什么人，于是我就越来越嚣张起来，带着班里两个打架比较厉害的哥们，找到了他班里，很是嚣张地对他说："怎么样小子，定好时间地点没有？"

他说："你定吧。"

我说："好，今天周四，我们定周日上午，地点在学校后面的树林里可以不？"

他说："行。"

我接着又说："那我们签个协议吧。"然后拿出来两张纸，上面写上时间地点，后面特别加了一句，不要告诉老师家长，出事后果自负！最后我们都在纸上签了字，蛮有一种古代比武前在生死状上签字的感觉。

随后的两天，我就开始到处找人，所有曾经玩得好的哥们，都通知了一遍，星期六回家又开始找人，让我上高中的哥哥帮我联络了十几个高中生，总共算下来有三四十人的样子。星期六晚上我睡不着觉，在床上翻来覆去，整个人都被一种豪迈的英雄主义情绪笼罩着，幻想着第二天的故事情节如何演绎。因为我是发起人，所以明天决斗的时候，我理所应当站在最前面，后面三四十人是我的打手，那种场面想想就很刺激。甚至我连打架前的台词都想好了，一切就等着第二天的到来。

不知过了多久我才睡着，迷迷糊糊中竟然梦到了第二天打架的情景，我们三四十人，对方只来了十几个人，没一会工夫我们就把他们打得仓皇逃跑，留下王佳林那小子跪地求饶，连连说着："我服了，以后再也不敢惹你了……"

有句老话是这样说的，梦总是相反的。

当我第二天醒来之后，平复了一下激动的心情，不知是凶是吉，突然竟有些害怕起来。毕竟是生平第一次与人约架，临阵退缩的话不仅被别人耻笑，就连帮我打架的兄弟们脸上也会挂不住，将来更没法在江湖上立足了。因此，就算是上刀山下火海，这一次我也要去面对了。

一大早，我吃过早饭就开始召集自己的兄弟。中午的时候，兄弟们差不多快到齐了，然后我们骑着自行车招摇过市，前往约定的地点。当我们到达小树林的时候，王佳林还没有到，于是我就拿出事先准备好的香烟分给大家抽。因为没钱请大家吃饭，只能用香烟来代替我对他们仗义相助的感激之情，所以，特意买了几盒好点的香烟。

那个时候，大家都背着家长开始学着抽烟了，似乎不抽烟就不配当痞子英雄。连烟都不抽，还混什么江湖？而且，所有人都抽烟的时候，即便是不会抽烟，也大多会嘴里叼一根，久而久之就学会了。不仅如此，当时抽烟也是身份的象征，毕竟当时学生都不富裕，一盒烟就20根，没事聚在一起抽烟，别人分烟的时候给你一根说明别人看得起你，如果别人分烟的时候，都不分给你，说明你混得实在是太差了。

我们在小树林里抽着烟等王佳林，不知道这家伙找来了多少人，也不知道他找了谁。虽然大家都在嘻嘻哈哈吹着牛，但是我心里还是很胆怯的。

终于，王佳林他们来了，远远地看没几个人，一共向我们走过来四个人。我的心踏实了，兄弟们开始欢呼："就四个人，够我们打吗？"然后大家都哈哈大笑，但是慢慢走近了我们却发现不是那么回事，王佳林带着的三个人不像是来打架的，手无寸铁不说，年龄确实有点大呀。

他们走近就问："哪个是左小祺？"

我说："我是。"然后他们几个开始对我自我介绍，原来这三个人，一个是王佳林的爸爸，一个是王佳林的叔叔，剩下一个年龄最大的是王佳林的四舅姥爷。

介绍完之后，他们三人轮番对我讲打架不是好孩子之类的人生道理……

一看这情形，大家都蒙了，其中很多打了好几年群架的人也没有遇到过这种情况啊，把家长叫来了，这还怎么打。结果大家就靠着树看三个家长给我上了一堂学校学不到的政治课。

约架约成这个局面，大家都哭笑不得。

我的第一次约架就这样结束了，不算成功，也不算失败，甚至后来回忆起来，我都觉得这都不算是一次真正的约架。虽然没有发生伤人的结局而让我感到欣慰，但是总觉得跟想象中的场景相差甚远，尤其约架对方不信守承诺更让人反感，约架前说了不要告诉老师家长，还签字了，最后却违背了条约，这一点与北京老炮儿极为不同。大家看《老炮儿》，最后冯小刚明知道打不过对方，依然单枪匹马视死如归前去应战，最后冲向敌方的那种气概真的感动了很多观众，那些北京老炮儿和曾经想当老炮儿的北京人更是看得热泪盈眶，血脉偾张。

这也是我们小镇的痞子英雄与北京老炮儿的区别，我们可以得势不饶人，也可以英雄不吃眼前亏。

（6）

后来发现，很多人都不够爷们：他们不仅违规，还经常爽约，凡事不以战胜对方为目的，而是如何不被打败为胜利。为了不被对方打败，他们不惜违背誓约。

后来这种事情见得多了，也就不觉得爽约是一件多大的事情了。或许这就是所谓的一方水土养育一方土匪的缘故吧。大家经常这样，还总有自己这样选择的说辞，所以也没觉得这是一种不道德的事情。因为我们山东受孔孟思想影响很深，大家倡导礼仪谦让、包容爱人，打架本就有违道德，所以大家也没觉得爽约有什么不对之处。

有一次，我也尝试了一把爽约，爽约的滋味还真的挺爽。

只不过我那次爽约，闹得动静有点大。

起因是有人欺负我的同桌，我便替我同桌出头，把对方给打了。后来对方不服气，便找来了校外的一个出了名的痞子张壮。张壮初中时因为打老师被学校开除了，后来去上技校，又因为打架被学校开除了，当时正处于无业游民的状态，最喜欢的就是打架斗殴。

我也没有预料到，他会来得那么快，当天下午，他便把我拦截在了楼道内。

我一看这架势，硬来肯定要挨揍呀，于是我就故技重演，用了第一次约架时的套路："怎么着，想打架啊？我们定个时间地点吧。"

张壮一听，瞬间也蒙了，没想到居然有人敢跟他约群架。他说："好呀，什么时候？"

我说："明天周六，晚上12点，学校后面小树林。"

张壮说："太好了，小子，你准备带多少人？"

我装作不屑地说："一百来人吧。"

张壮瞬间更蒙了，他没想到我一开口就是一百多人的群架。就矛盾程度来看，也不至于动这么大阵势呀。但既然我已经说了，在江湖上比我更有声名的张壮也不得不答应，既然答应了，今天即便再想打架也不能打了，否则就显得太没有风度了。

没承想，张壮真的找了一百多人，那个阵势可谓声势浩荡。第二天晚上12点的时候，张壮带着一百多人来到学校后面的小树林，而我早就躺在家里的床上睡着了。深夜12点刚过不久，我的手机就响了，也不知道他们从哪里知道了我的手机号，我一接通对方就开始问候我的母亲，然后朝我怒吼："左小祺，你人呢？是不是不敢来了？"

我说："我们一百多人在这里等着你呢，你是不是不敢来了啊？"

张壮说："我们就在学校后面的小树林，你在哪里？"

我说："你在哪个学校后面？"

他说："一中。"当时我们镇有两个初中，一中和二中。

我说："我说的是二中后面的小树林，你是不是故意的？"

张壮又问候了一句我的母亲，然后恶狠狠地说了句："你给我等着。"

镇上的一中与二中两个学校之间大约有五公里的距离，那时的我们出门基本上是徒步和自行车，很少有人会骑摩托车，所以，如果夜间从一中到二中的话，至少也要40分钟。

果不其然，还没等我睡着，电话又响了。

张壮说："我们到二中后面的小树林了，你们在哪里？"

我也故意问候了一句他的母亲，然后对他说："我们刚从二中到一中门口，你是不是耍老子，故意躲开不敢出来了？"

这下对方彻底崩溃了，连连问候我的母亲并扬言说要弄死我。我只是轻描淡写地说了句："你过来，我在一中这里等你，不来是孙子。"

然后我就把手机调成静音睡觉了。等到第二天醒来，发现手机已经被他们打到电量不足了，又看到他们给我发的各种要弄死我的信息，突然觉得这次爽约捅大娄子了，毕竟张壮也不是一般的社会混混，如此被我戏弄了一番，他肯定不会善罢甘休。

没过多久，就有同学给我打电话说张壮在四处找我，还打听我的住处，还要在我回学校的路上截我。我越听越害怕，这可如何是好？就在这时，我突然想起了马哥，于是我就托人问到了马哥的联系方式，但心里还是挺没底的，不知道马哥会不会帮我这个忙，虽说曾经关系还不错，但毕竟一年多没联系了。

这就是我想说的马哥之所以能被很多社会青年敬畏的最后一个原因——为人仗义。只要是他的朋友，只要喊他一声哥，如果有求于他，他就会仗义相助。

马哥对我说："你问一下张壮在哪里，我今天下午回去帮你摆平这件事。"

于是就轮到我开始打听张壮的去处了，最后听说他在学校门口带着一群人准备截我，因为我们当时是星期日下午返校，张壮找不到我，只能去学校逮我了。

下午的时候，我先见了马哥，只见马哥带着两个人，一看模样就是练过武的，然后我们一起去了学校。

在离学校还有 200 米的地方，我们见到了张壮一帮人，只见他们虎视眈眈地看着我。当我们走到他们面前时，我才知道马哥真正的厉害之处，张壮那帮人里竟然有很多人认识马哥，甚至有很多曾经也跟过马哥，好多人都在和马哥打招呼。这时我的心才算踏实下来。只见有人偷偷地趴在张壮耳边开始窃窃私语，不用听就知道那人在告诉张壮马哥的来历。对于马哥，

四、理解比爱更难能可贵

张壮自然是听说过的，只是一直没有见过而已。

马哥直截了当地说："张壮是吧，知道我是谁不？"

张壮说："知道，马哥好。"

马哥说："既然知道我是谁，那我就不和你废话了，左小祺是我兄弟，听说你想找他麻烦，如果你想打架，我陪你打，如果你给我个面子，这事就这么算了。"

张壮也是识抬举的人，而且看到眼前这场景，自己找来的人都怕马哥，动起手来还不一定帮谁呢，当然给个台阶就下来了，连连说："马哥都出面了，还有什么不可以的。"

在电视剧《阳光灿烂的日子》里，打架之前或者打完架之后平事儿的老炮儿是老莫，导演姜文心里肯定也有这样的老炮儿情结，所以特意在电视剧里安排了这么一段。老莫是部队大院的子弟，黑道白道都能摆平，姜文特意找了王朔来演老莫，王朔站在剑拔弩张的两拨人中间，高高举起酒杯，说大家把这杯酒喝了，这场事儿就算完结了。

虽然马哥帮我平事不像电视剧那样搞笑，但是直到现在回忆起来，我还是觉得挺有趣的。那么凶的一场闹剧，居然被马哥的几句话就化干戈为玉帛了，从此张壮还和我成了朋友。自此之后，我在学校的威望竟然也抬高了很多，曾经看我不顺眼的人见了我也主动打起了招呼。

（7）

这就是我的几次约架历史，也是我想成为痞子英雄时做过的疯狂事情。但后来我发现我是没有成为痞子英雄的潜质的，不是我长得不够强壮，也不是我不够坏，而是我不够铁石心肠。因为后来我也曾和别人发生过矛盾，也动手打过架，打输了倒没觉得有什么，每次打赢了之后，看到与我打架的人我就会心生怜悯，尤其是被我打哭了的人，看到他可怜的样子，我就在心里默默骂自己："你欺负人家干吗，左小祺你个王八蛋，有什么资格欺负人啊。"

我也不知道这是自己的弱点还是优点，一旦想到自己的这个特质，我就知道自己这辈子都与痞子英雄无缘了，还是乖乖地做个善良老实的孩子吧。

每个人在青春年少时或许都会有一个江湖梦，都曾幻想过自己是那个威风八面的大哥。很多女同学也曾告诉我，上中学的时候特别希望自己找一个学校老大那样的男朋友，那样出去多有面子。但是随着年龄的递增，我们都被现实打磨得更加理性了，想当痞子英雄的梦想也早已破灭了。当初想当学校老大女朋友的女生也大多觉得自己当初的想法是多么幼稚可笑。

我们都长大了，很多梦都破碎了，但从不曾后悔。如今我路过学校，看到那些留着杀马特发型、叼着烟、敞着怀的青年，就暗暗发笑，心想："以前我就是这讨人嫌的样子。"

48

当情绪被感染时,他会格外喜欢看日落

有一天,心血来潮,想选择一种佛性的方式度过一天,于是我选择了去香山公园摆摊卖书。我背着半书包书来到北京香山公园门口,然后在台阶上铺上报纸,拿出几本书,就坐着等路过的游客向我询问。

本打算卖出一本书后就买张门票进公园的,可坐等了半小时也无人问津。终于有一位阿姨过来疑惑地问:"你是在卖书?"

我说:"是的,这是我自己写的,如果喜欢的话就买一本吧。"

阿姨拿起书来翻看了一会,说:"你的书多少钱呀?五块钱卖不卖?"

我说:"阿姨,我不是在处理书呀,三十块钱。"

阿姨说:"便宜一点点吧,没带那么多钱。"

我说:"好的,给你便宜一点点,那就二十八块钱吧。"

结果阿姨说:"你也真单纯,两块钱也叫便宜,给你三十块钱吧。"

是你说便宜一点点的嘛,一点点就一点点,两块钱还不叫一点点呀。我接过阿姨的三十块钱,连说谢谢,终于有钱进入公园了。可当我打算收拾好书离开的时候,一个小男孩站在了我的面前,他盯着地上的书看。随后他拿起书,一页页翻着,我分明看到了他手里握着的两个一块的硬币。

我静静地看着他,他静静地看着我的书。突然,他抬起头来很羞涩地对我说:"哥哥,你这书多少钱一本呀?"

从未想过一个七八岁的孩子会对我的书感兴趣,也为了不让他手里仅有的两块钱伤及他的自尊心。我说:"10岁以下的小朋友只要喜欢,我是不收钱的。"

小男孩诚实地对我说:"哥哥,我11岁了。"

我接着说:"一米四以下的孩子我是不收钱的。"我忽视了现在的孩子普遍都长得高长得快的现状,我11岁的时候应该才一米吧。

小男孩说:"哥哥,我有一米四了。"

我想送给你还不行啊,小朋友!我仅有的善良都被你的天真打败了。

我哭笑不得地说:"小朋友,我的书一块钱一本可以吗?"

结果小男孩对我说:"哥哥,我买两本。"接着就把攥着两个一块硬币的手伸向我。

我彻底崩溃了,孩子,哥哥也是小本生意啊。我快要笑哭了,然后对小男孩说:"你买那么多干吗啊?我一人只卖给他一本的。"

然后他信以为真地收回了一块钱。他离开后,在旁边一个卖冰棍的地方用剩下的一块钱买了一根"老冰棍"雪糕,然后走到了不远处一个卖煎饼馃子的地方,把"老冰棍"递给了一位大妈。

我似乎突然看清楚,那位小男孩是拿着两块钱来买冰棍,与她妈妈一人一根,只是途中用一块钱买了我的一本书。他妈妈似乎以为他刚才已经吃了一根冰棍了,所以很自然地接过那根冰棍吃了起来,因为忙着摊煎饼馃子也没有看到小男孩手里多出的一本书。小男孩很懂事,似乎只有我看出了他的心理活动。他知道自己的一块钱已经买了书,所以没吃到冰棍是理所应当的,就没有向妈妈再伸手要钱。

我感到有些惭愧,想自己这么小的时候,哪里考虑过父母的辛劳,在冰棍面前总是先犒劳自己的馋嘴。中国社会曾在激进主义的指引下,涤荡掉了很多优秀的传统,如今,我终于看到了新生儿童在一点点把它拾起来。

我喊那位小男孩过来,对他说:"小朋友,我请你吃根冰棍好吗?"

小男孩说:"妈妈说不让我吃陌生人的东西。"

我说:"不是吃我的,我刚才忘记告诉你了,凡是买我书的人，我都会请他吃一根冰棍的。给你一块钱，你自己去买吧，我要走了。"

小男孩又信以为真地拿着一块钱走掉了，去买了一根冰棍。小孩子嘛，嘴总是馋的，这是人的天性。我离开的时候就想："怎么真的会有这么单纯的孩子啊！"

一下午我都在回忆这个小男孩的天真，坐在香山台阶上望着天空发呆，看着夕阳渐渐落下，我的思绪也没有离开这个孩子的身影。你知道的——当一个人的情绪被感染时，他会格外喜欢看日落。

也许，我们已经很久没有停下来，看看星空或者夕阳；我们看不见四季更替的颜色，听不到落叶簌簌，我们总是沉默地歌唱；我们没有时间等待花开花谢，没有时间问问路边低着头的孩子在想什么……

我们似乎忘记了，自己曾经也是个孩子。

49

为了避免结束，拒绝了所有的开始

几天没有写作了，不是没有灵感，只是没有故事。

我始终是一个想写就奋笔疾书，不想写就不动笔的人，从不迎合任何人、任何杂志去写自己不喜欢的文字。也许，我不是一个这辈子非要干成什么事的人。但这种状态也是我特别中意的，不伤风不悲秋也不无病呻吟，该是什么状态就是什么状态，还世界一个本来面目。

今天我坐在左小祺书吧的书架旁喝着咖啡，无意间看到落地玻璃窗外有个小男孩，他正把手捂在玻璃上往里看，嘴巴和鼻子也不时地贴在玻璃上，一幅天真烂漫的样子。

我故意向他摆手，笑着示意他进来。

他看到我的招手后，真的进来了。

然后怯怯地走到我面前，我微笑地对他说："你好呀。"

他直接对我说："我想喝水。"

我问他："你想喝什么？"

他说："凉开水。"

我见他年龄太小，不适合喝咖啡，就帮他冲了杯柠檬水，可以在这炎热的天气里解解暑。

他说了句谢谢，然后一口气喝掉一大杯，喝完就坐在我对面的凳子上。

我问他叫什么名字，多大了，上几年级……问什么他都会回答我，但也不多说话。

他坐了一会儿后对我说："叔叔，我休息好了，我走了。"

我说："好的，再见呀。"

看着他离去的背影，我突然想起自己小的时候，恐怕真的没有他这样的胆量。

我从小受的教育就是不要跟陌生人搭讪，不要吃陌生人的东西，不要喝陌生人给的水。因此，一直以来面对陌生人时我都很胆怯，总是不自觉地认为陌生就是具有不安全感。

记得小时候，有一次我走在田间路上，太阳特别烈，我口渴难耐，碰到过路的农民伯伯，看到他肩上的锄头下挂着一小桶水，我很想喝，但我不敢要；路过一个卖西瓜的，切开的西瓜摆在地上，我很想吃，但我不敢开口。就这样一直强忍着往

四、理解比爱更难能可贵

前走，路过一条小河，我见四周无人，悄悄地走到河边，然后用手捧着河水喝，一不小心滑倒了，一条腿掉进了河里。

惊慌失措的我已经顾不上口渴了，爬上岸就往家走。边走边想起父母曾嘱咐我不能去河边玩的戒律，然后心里就特别害怕，离家越近越害怕，索性找个太阳地晒裤子，越晒越渴，但又没有别的好办法。

等裤子晒得差不多干了，再用指尖抠掉裤子上的泥巴，小心翼翼地走回家。回家后先到凉水桶旁边，背着父母，舀起一勺水就喝（因为热水不解渴，凉水父母不让喝），喝完回到屋里，一眼就被母亲看穿了，拧着我的耳朵问："是不是下河了？是不是？你看裤子上弄的。"

我委屈的泪水流呀流……

如果我小的时候，能够勇敢一些，像我今天遇到的那个小男孩一样，或许现在的我也能够干成一些事情。

但是从小到大我好像就是这样，为了避免意外，宁可拒绝一切美好的未知。

如同 28 岁还没结婚的自己，越来越胆怯，为了避免结束，拒绝了所有的开始。

50

如果可以预知未来，你会预知什么

网上有一个调查，如果能获得一个超能力，你想要什么？

我问曼姐，曼姐说："我想要预知未来。"

听起来是一个有趣的选择。

曼姐说："我现在越来越活不明白了，总是在走弯路，也总是在与世俗意义上的对的行为背道而驰。我不知道自己努力追求的信念到最后能否获得幸福，所以，我很想预知未来，看看将来的我会与谁共度一生，看看自己的坚持最终能否获得属于自己的幸福。"

我反问她："如果你发现预知的未来与现在的坚持不一样呢？"

她斩钉截铁地说："那就向着预知的未来提前改变航道呀。"

她的话似乎没什么错，但是我心生疑虑，未来都知道了，活着还有什么劲呢？

当我年近 30 还没结婚的时候，我妈妈说我是个不正常的孩子；当我年近 30 还不着急结婚的时候，我妈妈说我是个"怪胎"。她总是不厌其烦地对我进行催婚，甚至想在大街上随便拉个姑娘就让我把婚事办了。因为在她的观念里，只有结婚生孩子了才会得到幸福。

如果你也 30 岁了还未结婚，肯定会有同样的感触。

亲戚、邻居更是以"家里人"的姿态对你询问打听，给你各种人生建议，似乎你的幸福就掌握在他们的生活经验之中，如果你不按照他们的要求去做，是注定不会幸福的。

这时，我真的想有一种预知未来的超能力，给所有的人看看，我的未来是多么幸福，因为我确信自己的选择是对的，虽然父母并不理解。

怪不得张晓晗曾在微博上这样写道："家里人"就是轻而易举能毁掉你幸福的那些人的总称。我并不知道她的这句话是否正确，但我觉得也有那么几分道理。

家里人确确实实是为了你好，但是用他们那个时代的观点来要求现在这个时代的孩子，想必也会适得其反。

我向往有个属于自己的家，我也很喜欢小孩子，但这并不代表草率地结婚可以给我带来幸福。我不排斥婚姻，也不反对婚姻，而且我知道自己终将会结婚生子，但是这一定是我和我未来的妻子一起达成的共识，一定是我们的感情走到了应该结婚的地步，而不仅仅是因为年龄到了。

前段时间看了一部电影，是余文乐和杨千嬅主演的《春娇救志明》。虽然这部电影并没有感天动地的故事情节，但是里面有一个片段却是让我非常喜欢的。当余春娇见到外星人的时候，外星人让余春娇代表地球人问一个她认为这个世界上最重要的问题。余春娇想了一会，结果问的问题是她应不应该跟张志明分手。外星人得出的结论是他们这段关系，一半概率可能成功，一半概率可能不成功，所以，还是要看余春娇自己的选择。

这个片段就像是在预知未来，如果外星人的回答是：你会和张志明分手。我想结局一定是余春娇和张志明以分手告终。如果外星人的回答是：你不会和张志明分手。那么故事的结尾一定如童话故事里王子和公主的结局一样，余春娇和张志明最终幸福地生活在一起。但是，外星人给出的答案是50%可能成功和50%可能不成功，虽然像是没回答一样，但这才是我们生活的动力呀。爱就是明知道不可能还要试一试的冲动。如果预知了结局，爱还有什么意义？

爱不是哪一个可能性多，哪一个可能性少，不是预知了未来的那一个人之后就应该对他付出所有的爱，而是我爱这个人我就相信会在一起的50%的可能性。你只去看那好的50%，才代表你爱了，这才可以配得上爱这个字，而不是预知未来，先去看一眼，再一步步走向倾向性的生活中。那样的话，还怎么可能有惊喜，有冲动，有快乐和痛苦，有迷茫和感动。

我的朋友小斐和可心同时喜欢上一个叫林峰的男生，当时她们谁都没有林峰的联系方式，后来她们知道林峰经常来左小祺书吧喝咖啡，所以她们就经常向我询问林峰有没有在这里。然而，林峰是一个有点古怪的人，他经常不打招呼就出现在我的左小祺书吧。

小斐在所有的空闲时间都会来左小祺书吧喝咖啡，倒不是她有多喜欢咖啡，只是想能有机会偶遇林峰。可心也知道林峰经常来这里，但是她总是缺少行动。我问她为什么不争取一下呢，她说："我本想来这里喝咖啡的，但是一想到万一林峰不来呢，所以就没有过来。"

有一天，林峰对小斐说："好巧，每次都能碰到你。"

小斐说："是呀，好巧呀。"

我在心里说："巧什么巧，她一直在等你。"

后来，小斐和林峰结婚了我才意识到，原来每件事情真的有50%的可能性和50%的不可能性，你相信就会看到那50%的可能，你怀疑就会看到那50%的不可能，正所谓奇迹不会发生在不相信奇迹的人身上。

几年前，我看过方励在《一席》上的一个演讲视频，里面有几句话让我颇有感触，大意是我们今天为什么还活着？不是因为昨天没死所以今天还活着，而是因为还有明天。明天之所以有魅力，是因为未知。未知才会有梦，有梦才会有激情。没有激情的人生，要它干吗。

无论现在的生活有多么糟糕，无论面对的压力有多么大，无论备受的质疑有多强烈，我依旧选择相信，相信自己的选择，相信自己会一步一步走到幸福的终点，相信爱情，相信信念，相信世上那么多光明的大路总会有一条是属于有个性的人走的。

如果有一天我结婚了，那一定不是因为年龄，也不是因为合适，而是因为那浓得化也化不开的爱情。而这一切，都需要我自己去选择，去相信，去努力，而不是梦想着预知未来，也不是听从任何人的支配。

最后曼姐问我："如果能获得一个超能力，你想要什么？"
我说："我想要再获得十个超能力。"

51

我生来孤独，从小一个人照看着历代星辰

当你有了观点，也就有了敌人。

赞同你观点的人觉得你说得很对，因而会对你产生更多的好感；不赞同你观点的人觉得你说得不可信，并因此与你形成对立的局面。并不是因为你说错了什么，更多时候仅仅是因为你说的和他们的想法不一样，他们便拒绝相信这种事实，因为事实超越了他们的理解范畴，他们就认为是不可信的，然后对立就形成了。

我生来孤独，从小一个人仰望历代星辰，直到后来还是想说：不跟任何人好的时候，真的是超级无敌快乐啊！

无论是在学校还是在工作中，总有那么一类人，似乎很难融入集体当中，他们喜欢独来独往，也不在乎流言蜚语，当你问他们一个人感到孤单吗，他们会告诉你，一个人不孤单，强行把自己融入不属于自己的圈子才孤单。

这类人并非难以交往，他们只是不愿成为乌合之众，这类人也并非没有朋友，相反，他们更知道谁才是真正的朋友。

毫无忌讳地说，我就是这样的人。

从上学时到工作后，老师和老板给我最统一的评价就是——不合群。

我是一个乐于自我坦诚和自我观察的人，当我试着坦率分享自己的想法时，总是会遭受他人的不理解、鄙视和厌倦，但我并不在乎，因为我要寻找的是纵使有一千个人对我背过身去也依然站在我身边的人。那样的人，就是我要找的朋友，这样的人不多，好在我也不需要太多，三五个足矣，而这个圈子，才是我喜欢融入的。

我并不是要用孤独来换取某种自欺欺人的优越感，也并不是把缺乏社交技能视为一种美德，而是想告诉大家，如何才能找到真朋友。要想找到真朋友最重要的是你要认识你自己，只有认识自己之后才能知道自己需要什么样的朋友，也才能找到真正的朋友。认识自己必须经历的途径就是独处，一个人的时候也许最孤独，但是也最清醒。学会独处，是每个人成长中必不可少的能力，也只有在独处时，我们才能认识自己，看清人生，学会成长。

四、理解比爱更难能可贵

记得有一次,高中同桌对我说:"你这样特立独行,很容易得罪人。"

我说:"我最不怕的就是与人为敌。"

他问:"为什么?"

我说:"没有真正的敌人也就代表你没有真正的朋友,你和谁都是朋友也就说明你和谁都不是朋友。"

后来有一天,他对我讲:"小祺,我愿做你一辈子的朋友。"之后我们便有了一个两个人的圈子。

从高中到现在,大多数同学都已经分道扬镳或形同陌路,而他和我依旧保持着联系,并成了彼此的家长都认可的兄弟。

工作后,同事们大多是从天南海北到北京闯荡的游子,后来熟悉了之后,大家便会经常在一起聚会,吃饭喝酒唱歌蹦迪。出于情面,开始我也从不拒绝,但渐渐地,我便脱离了那种聚会,因为那真的不是我喜欢的状态。

有些人喝酒喜欢分个高下,不喝到你死我活的地步似乎就不会尽兴。虽然我也喜欢喝酒,但并不想把自己变成一个酒鬼。有些人喜欢唱歌跳舞,但醉翁之意不在酒,他们去KTV或夜店,只是为了把妹泡妞。虽然我也喜欢姑娘,但那种为了小费而假惺惺的暧昧状态,完全失去了男女之间浪漫的感觉而让我心生厌恶。

后来我接连拒绝这种聚会,似乎在无形中显得很不合群,别人都在我背后说我装清高、假正经,但我依旧还以他们笑脸。因为我知道,别人如何对我,那是他们的权利,而我如何对别人，体现的是我的修养。

有一天有位领导问我："你不参加聚会的时候会做什么？"
我说："我会做很多自己喜欢的事情，哪怕仅仅是发呆。"
领导说："你这样岂不是很孤独？"
我说："是呀，但是我很喜欢这种孤独的状态，比应酬要好得多。"
领导问："那你是怎样为自己的孤独找到一个出口的呢？"
我说："写作。"

令我庆幸的是，我的领导非常赞同我的做法，他是一个喜欢看书的人，曾经也有过当作家的梦想，后来从商后，由于没有更多的时间去写文章了，再也捡不起杨柳岸晓风残月的细腻情感，但仍旧对文学心生喜欢与尊敬。

他说："那是在心底开出的花，永远不会凋谢。"

写作是一种思想的表达方式，也是一种情感的排遣过程，有时并非写给别人看，把它当作自己情绪的储存器又何尝不是一件幸事。

从高中时，我便喜欢用文字来记录内心的情感，被别人误解时的委屈，被同学孤立时的落寞，被老师批评时的倔强……所有的情绪都可以被我用文字的方式排遣掉。

写作，是一件再个人化不过的事情。

后来，我越写越喜欢，越喜欢越沉迷，越沉迷越钻研。渐渐地，通过读书写作，我在很多事情上有了不同于其他同学的想法，于是我就想将自己的想法表达出来。然而，我发现，当我试着坦诚分享自己的想法时，却极易遭受他人的不理解、排斥、鄙视甚至厌恶。我的想法可能有关政治、文学、家庭、生活或性，听上去比正常人更阴沉、激烈、偏执或柔和，但他们会认为，我在装大尾巴狼。

于是我知道了，倘若有人以这种方式思考，将会感到无比孤独。总体来说，很少有人能坚持做到自我坦诚和自我观察。因此，愿意交流真知灼见的人也少之又少。这时，我便会更加孤独，唯一能排遣这种孤独的途径，就只剩下写文章了。

不得不说，开始的时候，我并不是很习惯这种做法。人们都恪守着世俗对于正常人的定义，因此会经常忽视自己最真切也最丰满的感受、欲望和想法。人们将精力都放在更大胆、更狂野、更躁动、更气势凌人的那一面，只留下一副能得到社会认可的躯壳，矫揉造作地伪装真实的自己。与此同时，在人性中那些难以启齿的问题上，人们要确保尽量地远离真实的自己，而在写作的世界中，正好相反。

一个真正的聪明人的最重要的特征，是擅于并坚持反省自己的内心状态。正如爱默生曾说的：天才能在脑海里重拾自己曾遗失的思想。

为了不显得过于特立独行，我只好在表面上尽量迎合旁人的观点、想法，尽管我并不赞同，尽管有时我确定他们是错的，但从不反驳。然后我会将所有的情感和想法用文字的形式记录下来，并封闭起来，不让他人看。

江绪林老师去世时，刘擎老师为他写了悼词，文章里有个细节让我非常感动。文中写道：我们大部分人的心灵都会有那么个庭院，愿意让朋友进来喝茶聊天……而人心深处的那个小木屋，大部分虽然上了锁，但也有解锁的钥匙，江老师的却有点像死锁，或者连环锁，难以打开。

庭院是我们出于社会规范而展现出的温暖与友善，那是假山假水，小木屋里关着的灵魂才是那个真正的胆怯的自己。而能够察觉到你胆怯的那个人，便是懂你的人，或许他与你有着同样的感受。这种感受如果用一个词来表示，我愿用"同等能量"，因为只有同等能量的人才会彼此成为真正的朋友，只有同等能量的人才能相互识别，只有同等能量的人才会相互吸引，只有同等能量的人才会相互珍惜。

当然，写作并非消除孤独感唯一的出口，每个人都可以找到一个适合于自己的情感输出方式。也许是电影，也许是绘画，也许只是完成一件很小的事情，都会让你不再纠结"有没有意义"这种无聊的问题。看着一件事情的完成，那种如愿以偿的快乐，便是至高无上的幸福。无论你选择哪一种方式，只要是你真心喜欢的，便会成为一种找到自己的有效途径。

我喜欢用"艺术"这种说法来归纳我们的选择。写作，是一件再个人化不过的事情，而艺术，永远凌驾于意识形态之上。艺术创作就像是我们的私密日记，记录了所有在常态社会背景下无法表达的话语，但这些话语在艺术和大众之间亲密坦率的交流里找到了栖息之地。生活中，每个城市的图书馆、电影院和画廊，收纳了众多无法轻易融入世俗社交场合的丰富思想情感，承载了我们作为观众急需表达和倾诉的东西，毕竟我们都有一颗孤独的心。

一个追求艺术的人即使在人群之中也难免感到孤单，但他在艺术的殿堂里可以轻而易举地找到心心相印的相伴感，哪怕这些陪伴并不是真实存在的。即使人们对于友谊可能有着过高的要求，但也不得不接受一个事实：我们的知己可能 250 年前就告别人世了，而他们通过画作和诗歌与现代的我们交流，即便如此，我们也不该奢求，每当孤独感汹涌而至时，艺术都能无处不在，触手可及。

也许当今社会对艺术的需求减少了很多，因为现代人比以往更加懂得该如何和他人分享自己人生中的真实自我了，这样才是为自己的孤独寂寞找到了一条更直接可靠的出口。

写作是一种宣泄内心世界的方式，其他艺术形式也是宣泄方式，愿你也有属于自己的宣泄内心世界的方式，如此甚好。

52

我最不怕的就是与人为敌

记得我在年少轻狂时,虽棱角鲜明,却又特别怕得罪人,尤其怕得罪小人。那时的小人只是指校园中的小痞子,总是怕得罪了他们之后被他们报复,走在街上都要小心翼翼,生怕有仇人突然围住我痛殴我一顿。所以,那时我总是想与别人搞好关系,尽量不得罪那些打架比我厉害的人。因此,很多时候我都在硬着头皮违背自己的意愿进行社交。

中学时,每个人都会有两种极端的念头,想好好学习,但又总羡慕坏学生的放荡不羁。我也一样,想做个好学生,但又深陷《古惑仔》故事中不能自拔,总以为自己可以成为出人头地的校园大佬。

但事与愿违,我没有成为大佬的潜质,因为我骨子里是个善良的孩子。

老师说:"一定要做个好学生,打架是不对的。"

妈妈说:"一定要做个好孩子,打架是不对的。"

显然,打架一定违背了老师和妈妈的意愿。

为了不打架,实际上是为了不挨打,我只好去讨好所有人,尤其是惹不起的小痞子。慢慢地,我变成了一个圆滑世故的人。

但是后来我发现,人善被人欺,很多事情并不是我想的那样。尽管我想讨好所有人,但仍旧还是有一些人站在我的对立面对我不屑一顾,因为他们打得过我。

经常有人对我说:"兄弟,借给我点钱。"当我借给他之后,他却迟迟不还。为了不伤和气,我总是磨不开面子让他还钱。然而他很拉得开脸面,没过多久又张口向我借钱,而且毫无愧疚地说:"兄弟,再借我点,下次一块儿还给你。"如果不借给他,上次的钱他肯定是不会还了。为了不伤和气,我再次借给了他。可事情并不会像我想象的那样发生。没过多久,还没等我和他要钱,他又开口向我借钱,当我不借给他的时候,他就翻脸说:"还是不是兄弟了,借你点钱都不给,你真行啊。"然后转身走了,兄弟没得做了,钱也要不回来了,人财两空。

有些小痞子对我说,拳头就是道理,谁拳头硬谁就是王者。那时我才意识到,原来有些人是不和你讲道理的。

在这个时候,总会有人劝导我说,学会忍让,不要和坏人较真。

那个时候我涉世未深,被人说多了就会认为他们说得对,退一步海阔天空，忍一时风平浪静。

当我刚步入社会的时候，我以为终于可以远离校园小痞子了，那时的我对所有人充满了善意，也因此，那时的我对未来充满了期待，以至于梦想总是很大，大到认为自己可以改变这个世界。

但是后来，随着经历的不断增加，越来越觉得自己十分渺小，以至于渺小到只想做个安分守己的公民。但仅仅这个愿望有的时候也很难达成。

当我的努力得不到收获的时候，当我的善良遇到欺骗的时候，当我的正义得不到支持的时候，我才意识到，社会有时并不是我想象的那样美好，在真善美的世界里，必定存在着假恶丑，这是一个亘古不变的规律。

当我写一首诗歌的时候，有人说我无病呻吟，当我的文字被认可的时候，有人说我靠关系，当我出版书籍的时候，有人说我只想挣钱，当我把稿费全部拿出来做公益的时候，有人说我在炒作。无论我做什么，总会有个别人站在我的对立面进行打击。在这个复杂的社会里，我们总是很难看清世界的本质，因此，身边被道德绑架的事情也总在不断地发生。

你是否有些时候感觉生活麻木无趣，一切都失去了魅力，你努力工作却碌碌无为，拼命养家却隔阂渐增，为责任而活却失去了自己，你该怎么面对生活呢？

曾经，我想改变这个世界，后来，我想不被这个世界改变。然而，不想被这个世界改变，你就要有资本，这个资本，

四、理解比爱更难能可贵

就是你的能力。

如果能力根本不足以支撑梦想时，我觉得学习是唯一的出路，哪怕我根本不清楚它对我到底有没有作用。因此，我毅然决然报考了中国传媒大学，学习我从小就喜欢的新闻专业。也就是在这个学习的过程中，我越来越喜欢和崇拜崔永元、柴静这样的新闻人。不因别的，只因他们对新闻的专业和做人的正义。

在几年的学习中，我慢慢地学会了思考，学会了不与这个世界和解，学会了不再做一个老好人，学会了疾恶如仇，学会了维护正义。

也终于懂得，有时，任性是最被低估了的美德。

今年最大的进步就是慢慢脱离掉讨好型人格的标签，虽然有时候还是挺容易受人影响，但现在已经比之前那种怕得罪人、想和所有人搞好关系的状态好太多了。做好自己的部分，不用硬着头皮违背自己意愿进行社交，没必要对任何人保持微笑，更多地关注自己，不理会打量的目光和讥笑，也不害怕与人为敌。

新闻学教会我很重要的一个知识就是真实，做一个真实的人。

如今，面对不好的人，我敢当面指责，哪怕被人误解，哪怕名誉受损，哪怕被人陷害，我也无所畏惧。面对社会中不好的事情，我敢据理力争，因为我觉得，爱国，就是让这个国家变得更好。

大胆地说一声："谢谢你总给我做坏人的机会，不过也没关系了，我最不怕的就是与人为敌。"

53

不与人争短长是成年人的自我修养

前段时间我发了条微博说:别和我来争辩,已经到了即使你告诉我"1+1=5"我也懒得和你争的阶段。如有不同意见,以你为准。

有人私信我说:是不是被岁月磨平了棱角。我笑了笑,没有回复。

想起了一个故事:

有一天,孔子的一个学生在门外扫地,来了一个客人问他:"你是谁啊?"

他很自豪地说:"我是孔先生的弟子!"

客人就说：“那太好了，我能不能请教你一个问题？”

学生很高兴地说：“可以啊！”他心想：“你大概要出什么奇怪的问题吧？”

客人问：“一年到底有几季啊？”

学生心想，这种问题还要问吗？于是便回答道：“春、夏、秋、冬四季。”

客人摇摇头说：“不对，一年只有三季。”

"哎，你搞错了，四季！"

"三季！"

最后两个人争执不下，就决定打赌：如果是四季，客人向学生磕三个头；如果是三季，学生向客人磕三个头。

孔子的学生心想自己这次赢定了，于是准备带客人去见老师孔子。

正巧这时孔子从屋里走出来，学生上前问道：“老师，一年有几季啊？”孔子看了一眼客人，说：“一年有三季。”

这个学生快被吓昏了，可是他不敢马上问。

客人马上说：“磕头，磕头！”

学生没办法，只好乖乖磕了三个头。

客人走了以后，学生迫不及待地问孔子：“老师，一年明明有四季，您怎么说三季呢？”

孔子说：“你没看到刚才那个人全身都是绿色的吗？他是蚂蚱，蚂蚱是春天生秋天死的，他从来没有见过冬天，你怎么能拿一年四季说服他呢？你讲三季他会满意，你讲四季吵到晚上都讲不通。你吃亏，磕三个头，无所谓。”

虽说，该故事有些荒诞，故事的真实性不在本文的阐述范围之内，但是，该故事令人思考：与一个意识流完全不对等的人争论意义何在？

有句话说得很好，不要与眼界不一样的人争辩。其实，这就是争辩的真相，两个人的经历不一样，视角不一样，性格不一样，见识也不一样，所以谁都无法说服对方。

夏虫不可语冰，意思是说没有见过冬天的夏虫永远无法理解"冰"是个什么东西，也就是指"认识的局限性"。其实我们从这里也可以得到许多有益的启示：每当翘首长空，仰望浩瀚无边的未知宇宙，是不是会感到我们自己也多少有点像"目光短浅"的夏日小虫呢。但是，只要我们懂得自身的局限，经常保持一种宽容、谦卑的态度，我们就可以不断突破自己，实现认识和生命的升华。

作为成年人，不与人争短长是成熟的表现，也是一个人的自我修养。对于一件鸡毛蒜皮的小事辩个你死我活，甚至大动干戈，意义何在？两个人在一起吵的时候，到底谁会赢？很简单，时间不值钱的那个人会赢，因为他永远会说最后一句。

既然如此，谁输谁赢还重要吗？

"常与同好争高下，不共傻瓜论长短。"看似是一种清高而自负的说法，但也是一种成熟的自我表现。

如果你觉得不对，以你为准。

54 一个人的幸福，是内心的自在坦然

为什么现在什么都要比？小时候比成绩，长大了比薪水，现在走个路都要比步数，开个机还要比用时。放过我吧，我什么都不想比，让我安安静静地做一个与世无争的垃圾好不好。

可后来发现，原来垃圾也要分类！

（1）

有位出版社的编辑和我约稿，他问我可不可以写玄幻题材的小说，我说不是很想写。

然后，他开出了可观的稿酬，我还是拒绝了。

原因很简单，那并不是我擅长的，也不是我喜欢的。我不

想因为金钱去糊弄我的读者,更不想因为稿酬违背自己写作的初心。

最后,那位编辑似乎还有些生气,虽然没有骂我"装清高"之类的话,但还是说了一句:"如果你能写一些玄幻之类迎合市场需求的文章,你的书肯定比×××卖得好。"

我回复他说:"谢谢你的建议,但我还是写不来,更不想和×××的书比畅销。"

在生活中,人们都习惯比个高低,谁的书卖得好一些,谁的收入更高一些,谁的捐款更多一些,但我始终搞不懂比来比去的意义到底是什么。所以,很多事情并不是我比不过他人,而是,我真的不想比。

(2)

幼儿园的时候我是班长,但并不是我争来的,纯粹是天上掉下来的馅儿饼。

记得当时老师说:"谁想当班长,有没有推荐的?"

我坐着一动不动,只见周围很多小朋友高高地举起手,老师逐个把他们叫起来,他们有的是推荐自己,有的是推荐与自己玩得好的小朋友。

老师摇摇头说:"还有吗?"

这时仍然有几个小朋友在举手,突然间老师盯着我看,我不知道是什么意思。

老师说:"我们选小祺当班长好不好?"

周围没有人说话。

老师问我："小祺，你想不想当班长？"

我站起来，眼睛看着老师，但我并没有说话。

老师说："小祺，你以后就是班长了，你要带领全班小朋友好好学习，知道吗？"

我默默地点了点头。

回到家，我对妈妈说："老师选我当班长了。"

妈妈听后非常开心，抱着我在我的额头上亲了一下。

但是我不知道老师为什么会选我当班长，至今也不知道。

当我上大班的时候，有一天幼儿园园长把我叫到办公室对我说："你被选为'全镇十佳少儿'了，下星期要去镇上参加颁奖典礼，回家和你妈妈说一声。"

回家后，我把这个消息告诉妈妈，妈妈显然非常高兴，不仅亲了我的额头，第二天还特意为我买了块猪肉。虽然我很喜欢吃土豆丝炒肉，但是我仍然不知道哪里值得高兴。因为我似乎什么都没有做，就被选为了"全镇十佳少儿"。

（3）

直到上了小学，当所有的奖励都要靠成绩来决定的时候，我再也没有了幼儿园时的幸运。

虽然一年级的时候我仍是班长，但我并没有因为自己是班长而得到"三好学生"奖状。

期中考试的时候，老师说语文和数学都考 95 分以上的同学会得到"三好学生"的奖状。结果，我数学考了 100 分，语文考了 95 分，一分之差，我没有带着奖状回家。

邻居家的小凯数学考了 97 分，语文考了 96 分，他高高兴兴地带着奖状回家。在路上碰到我，他还故意讽刺我："小祺，你不是班长吗？你怎么没拿奖状呢？"

我一句话没说，低着头快步走回家。

我不知道如何向妈妈交代，在大门口徘徊了许久才走进家门。从那时起我就恨上了考试，恨上了比赛，恨上了自己为什么不多考一分。

春节的时候，家里来亲戚，他们总会问类似的问题：今年考多少分呀？有没有得奖状呀？似乎得了奖状的孩子就是好好学习的好孩子，没有得奖状的孩子就是不好好学习的差孩子。有没有得奖状，亲戚邻居看你的眼神似乎都不一样。

奖状成了好孩子与差孩子的分水岭，有没有得奖也决定我能否愉快地度过一个春节。

可是从那时起，我就对奖状所代表的三好学生产生了疑问，奖状真的就能代表一个学生是三好学生吗？

（4）

初中的时候，班主任根据成绩单为每一位同学制定了一个"比学赶超"的目标。

老师拿着成绩单对我说："这次你是 23 名，下次考试，如果考到 22 名你就达成目标了。"

很明显，因为这个无聊的目标，我的学习变得越来越没有了动力。我觉得老师的这个方法真的很可笑，老师为每个人都制定了这样一个学习目标，也就注定会有人实现不了。如果每个人都能进步 1 名的话，那不就代表谁都没有进步吗？班级的第 1 名又该超越谁呢？

最终，果然"不负所望"，接下来的考试我的名次从 23 名变成了 32 名，我一个人的退步，让九个人实现了自己的目标，真是当代活雷锋，我都佩服我自己。

（5）

高一时，我喜欢上了我们班的语文课代表。她的成绩在班内前三名，我问她可不可以做我女朋友，她说："等你考进班里前十名的时候，我再考虑这个问题。"

听到这句话的时候，我就知道她不适合我，回头就把情书送给了另一个女生。

语文课代表后来说我花心，说我见异思迁，到现在她都不知道我为什么不再追她了。

高二运动会，男子 1500 米比赛的最后一圈，我跑在第二名，眼看就要追上第一名的时候，突然有个同学在跑道外朝我大喊："小祺，追上他，追上他你就是第一名。"

听完我就没了动力，当时觉得，第二名挺好，干吗非要争第一名。

赛后回到班里的座位上，好多人为我感到可惜，可我并不觉得有什么可惜的。

后来，我成了学生会主席。虽然规则是同学们公开竞选，但竞选学生会主席的只有我一个人，我顺利地从学生会体育部副部长晋升为学生会主席。大家一定不知道，如果有两个人竞选学生会主席的话，或许我就直接弃权了。

骄傲依旧如我。

（6）
后来考学、工作、创业、出书，似乎大家都在拼命做到最好，而我依旧不喜欢与别人争得头破血流、你死我活。

有些时候，刚准备去做某件事，突然有人催我去做，我瞬间就不想做了。

可能这辈子我都是一个做不成什么大事的人吧。

（7）
工作后我认识了某个慈善网站的记者。有一次他告诉我他在制作慈善家排行榜，我看了看榜单，上面清晰地标注着：第一名是谁，捐了几千万，第二名是谁，捐了几百万，第三名是谁……

我问他："这是什么榜？"

他说："这是慈善家排行榜。"

我说："这明明是炫富榜嘛。"

什么时候连慈善也要排个前后了，捐款最多的就代表最有爱心吗？这样的榜单上了新闻，老百姓看到后难免会产生一种错觉，这种错觉就是慈善是有钱人的事情，没有钱是做不了慈善的。

后来他问我："你觉得慈善是什么？"

我说："很简单，我认为的慈善是慈心善行，是每个人都可以参与的事情。有多大的能力做多大的慈善，也并非只有捐款一种途径，力所能及地帮助他人就是慈善。"

经过很长时间的交流，后来，他根据我的提议，向领导反映，最后那一份榜单只在内部活动中展出，没有发布在新闻网站上。

我不知自己的观点是否正确，也不知道自己的提议是否妥善，但是到目前为止，我仍然觉得有太多的事情根本没有相比的必要。

（8）

有一次看江苏电视台的《非诚勿扰》节目，孟非说自己曾经得过很高的一个荣誉是江苏省的十大杰出青年。

他说："我这个荣誉和黄飞鸿的是一样的，黄飞鸿是广东省十大杰出青年，我是江苏省十大杰出青年。"

很多观众听后都为孟非鼓掌时，孟非话锋一转说，他要向大家澄清的是，这个荣誉不是他争来的，是别人送给他的。不止这个荣誉，他获得的所有荣誉都是别人给他的，没有一个是他自己通过比赛、竞争获得的。"

当时有人问孟非为什么不去比一下。

孟非说，他是非常自卑的，他的智商也不高，假如单位有100个人比赛，淘汰3个人，他觉得，他就是那3个人当中的1个。

我就是从那时起喜欢上孟非的，这不就是现实中的我吗？

可能有人生来与世无争，别人在追求高官利禄的时候，他真的明白什么是知足常乐。或许他也争取过，或许他也努力过，可是最终，他还是喜欢那个平平淡淡的自己。

世上所有的竞争，他都不屑一顾，自己所有的荣誉，他都归为幸运。

（9）

生来与世无争的人，现在有，古时候也有，陶渊明不就是一个与世无争，恬然自得的人吗？

"种豆南山下，草盛豆苗稀。晨兴理荒秽，带月荷锄归。"我们都熟知他的这首诗歌，认为他选择了一种田园生活，自满自足，可很少有人去深究，他连做个农民都不与别人相比，如果真的进行比较的话，陶渊明或许是最差的农民。

种了豆子，结果呢？"草盛豆苗稀"，杂草比豆苗还多，就这样的种地水平，还是他夙兴夜寐劳作得到的结果，"晨兴理荒秽，带月荷锄归。"大清早就去田里除草，披星戴月了才扛着锄头回来。

如果选择了田园生活，你有没有勇气做一个陶渊明那样的农民呢？或许很多人只是向往田园生活，但并不希望自己有了田园不会种地吧？

可田园生活真的就是到农村去吗？现在很多人幻想，等自己挣到足够的钱，就远离欲望的都市，到农村去包一块地，过与世无争的生活。殊不知，你想远离欲望的都市，去农村躲个清净，这个幻想，本身就是一种欲望吧。

或许你真的到了农村，承包了土地，你还想把自己承包的田园打造得比任何人的都好，让所有人都羡慕你的杰作，那似乎也不是与世无争的田园生活。

我觉得，田园其实不是一个地方，田园只是一种状态。

我们真正需要的，或许只是一个家，一顿饭，一件衣服，一生健康与平安。

陶渊明写过：人生归有道，衣食固其端。孰是都不营，而以求自安。这不是最朴素的人生道理吗？人生最根本的东西是衣食而已，再怎么追求天地大道，谁又能不吃不穿呢？如果全家的生计都不能安顿好的话，还追求什么呢？追求再多，最终带走的又有什么呢？

我们应该努力变成一个更好的自己，但如果在变好的道路上，非要用婚姻、成绩、收入、地位去衡量的话，我只想用陶渊明的另一首诗来劝阻：纵浪大化中，不喜亦不惧。

就让我做一个与世无争的人吧，我什么都不想争，和谁都不想比，因为没有人会抢走那些不属于我的东西。

我只想在这纷繁复杂的世界中，守住自己内心的宁静与平和，不想为了追逐名利和财富而失去自我。我宁愿过一种简单而宁静的生活，享受大自然的恩赐，感受阳光的温暖，呼吸清新的空气。

我不想与他人比较，因为我知道每个人都有自己独特的人生轨迹和价值，我会尊重他人的选择和成就，同时也坚守自己的信念和目标。

在这个快节奏的社会里，我愿意放慢脚步，聆听内心的声音。我会用心去感受生活中的美好，用爱去对待身边的人。我相信，与世无争并不意味着消极和逃避，而是一种更高层次的生活态度。我愿意以自己的方式，活出真实的自我，追求内心真正的幸福和满足。

与世无争，并非对世界漠不关心，而是在纷繁的世界中保持一份清醒和淡定。

我相信，这样的生活会让我更加懂得珍惜，更加感恩生命中的每一个瞬间。

与世无争，自在坦然。

读者来信

理解才是人生的解药

永不褪色的青春
——读左小祺《孤独中遇见更好的自己》

陈珍秀　中学语文老师

《孤独中遇见更好的自己》是我读过的"90后"作家左小祺的第二本书。这本书分为"那时年少""好的孤独""遇见自己"三个部分，全书从作者的成长经历开始叙述，讲述了作者成长变化的心路历程，直到告诉大家如何遇见更好的自己。

读完这本书也让我在"孤独"的主题中开始思考独处给我的生活带来的真正意义！

我不知有哪位作家可以像左小祺一样敢于打开青春酸涩的皮囊，毫无保留地展示自己。与其说是勇气，倒不如说是一份坦诚、一份磊落，一份纯良。他的文字就像是与读者娓娓道来的心与心的交流，是一位能用真性情打动读者的作家。

在左小祺的书中总能看到自己的影子，一件件青春往事从记忆中款款而来，从疼痛的青春走来，就是这样质朴，就是如此坦诚，没有任何的虚掩。

我知道，这种美妙的感觉都是作者用心灵在编织、用爱的时光在营造！

一个对生活充满激情、充满爱的阳光男孩是不孤独的。即使是小祺笔下的孤独，也不是寂寞的化身，至少在他的心里是不会寂寞的。因为他不仅是一位具有才华的少年，而且是一位具有爱心的男孩。在北京五棵松的"一半一伴"咖啡馆里，有个"左小祺书吧"，书吧里琳琅满目的图书都是小祺用自己的稿费和卖书所得的钱添置的。他这样做，主要是为了让更多的人有个阅读的环境，可以随时享受阅读带来的快乐。

把知识的种子以这种爱心的方式一直传播着，小祺的心里还会有孤独吗？

一位诗人说："关于过去，他认定遗忘得越多越好。"可是，生活中又有多少往事可以让人遗忘呢？左小祺的文字，让我"嚼"出了青春的味道，我看见青春，在岁月里的一朵年轮之花上向我微笑。远逝的青春在小祺的文字里幻化成大美天成的韵律。青春的诗句慰藉了我的诸多哀叹，年近知命之年的我也有着许多对青春难以忘怀的留念，我也要变得青春起来，我要学会给自己的生命增添一个高度。

坐在岁月的河堤，我学会了梳洗荡漾的青春回忆！

青春的记忆像深深浅浅的水池倒挂在蓝天上，蓝天下的我把深深浅浅的青春洗了个遍。有风的日子都拿来吹吹，遇上阳光正好的时候，我便将它们一一晾晒。我有时坐在檐下，有时躺在草坪上，有时倚着窗轩，有时伫立于路口，无论怎样，我都将青春从酥松的泥土中掏出来，亮亮眸子。

回忆荡起了波纹，青春蘸满了时光，时光擦不去记忆里的青春。

青春时光，就是人生的春天，一部青春故事璀璨成独立的孤独。

最无助的青春故事里也有友谊的暗香，青春在一段时光里缱绻成无穷的回忆，在孤独里为逝去的美好唱歌。

学会抱紧时光，青春才会永远留在心间。

也有人说，往事是一道忧伤的波浪，它会时不时涌向人的心间。

青春流淌在作者的笔端，舞动在作者的心里。拭去青春的疼痛，抑或，姑且让青春的疼痛褶皱在人生的旅途中，无须抚平。当人们老了的时候，那段青春，还是被绣在心里，装饰着经年的梦！

正如许辉老师说的："孤独不是左小祺的姿态，而是他的心境。不是离群索居，而是独立思想！"

我想，年阅读量达50多本的左小祺，是会遇见更好的自己的！祝愿你历经千帆仍是少年。

这是一本可以赐给你力量的书籍

✉ 张轶慧　文学爱好者

读完"90后"作家左小祺的书籍《孤独中遇见更好的自己》,仿佛是大力水手吃了菠菜,浑身充满了力量。本以为这是一本心灵鸡汤类的畅销书,合上书之后才知道,这是一本神奇的可以赐给你力量的书籍。

全书共分为三部分:"那时年少""好的孤独""遇见自己"。

第一部分"那时年少"里,有小祺"少年时的独家记忆"。他在开篇就告诉你"如果你学不会独处,那你就永远是一个寂寞的孩子"。其实"生命本就是孤独的存在",我们每个人都会经历那段"成长本就是一段锥心的疼痛"的日子,也许身边的人还会唱着孟庭苇的歌曲,让你在这歌声中,渐渐弥漫起那段欲扬先抑的思念情绪。

这一部分会让我们唤起那时的青春。年少如花,既有灿烂也有伤痛,但那些成长的痛,却是最好的经历。且让我们"走到哪里,写到哪里",戴着耳塞弥补青春的遗憾,突然播放起"一首歌曲,一段时光"的回忆,就让记忆泛滥成灾,随着那"星海音乐船,载满音乐,永不靠岸"!

如果说"那时年少"是少年不识愁滋味,为赋新词强说愁,那么在第二部分"好的孤独"里,你一定会遇见"孤独中的信仰",从而确信"人都是孤独的"。

通过小祺的文字,我懂得了不要太相信别人的至理名言,比如"一个人越炫耀什么,就说明他越缺少什么"也许是错的,换成"一个人越炫耀什么,说明他越在乎什么"是不是会让你有如释重负的轻松?

当两个人不再爱了,"如何真正地放下一段感情"才是你最需要学会的功课,继而"活成自己想要的模样才是对彼此最大的尊重",何必苦苦纠缠其中。

"你忠诚的是爱情还是爱人"?当"只有爱情才是见证我们青春的证据"时,那请每一个单身的人都可以"选择幸福地结婚,而不是潦草地凑合"。

第三部分"遇见自己"里,小祺用"干吗非要勉强自己长大"来引出话题,在这"滚滚红尘,我自安然"中"选择一段简单的生活"何尝不是一种智慧!

在这浩渺的宇宙之中,我们每个人都是微乎其微的,却倔强地宣布"即使改变不了世界,这个世界也休想将我们改变"。即便是在"一个人的KTV"里,也"愿你永远都是用心唱歌的那个赵小雷"。

如果说"选择一种人生就意味着要放弃另一种人生",我希望你抚摸"岁月温柔",也"愿你被生活善良以待"。

如果去北京,一定别忘了去"左小祺书吧"体验,也许你会在"明媚与忧伤的色调"里,邂逅"喝一杯意大利咖啡,伴一位值得爱的人",并且告诉对方"如果说所有的相遇都是久别重逢,那希望我们别来无恙"。小祺用稿费成立了公益书吧,让很多读者喜欢上他文字的同时也喜欢上了他的行为。我想,我会一如既往地支持小祺的书,因为善良的人值得被这个世界温柔相待。

比起"装作一个好人","我更愿意一辈子文艺下去",因为我想告诉每一个人"文字是有价值的,请给予它应有的尊重"。小祺告诉你"生活本身就是一场游戏,又何须王者荣耀",就像"世界本就不公平,那我们努力是为了什么"一样,让你知道"如何把握生命的方向"才能使"行为和说话一样,都是一门艺术"。

小祺还告诉你"做自己喜欢的事情,永远都不需要坚持",也"没必要向别人解释你的人生",因为就像他去体验"用一本书面对香山的形形色色"时,也就懂得了"如何在北京找到归属感"。

最后让我们一起在这本书里与孤独同行,遇见更好的自己,也愿我们历尽千帆仍是少年!

作为一本青春文学读物，它超出了我的预料

✉ 王 颖 服装设计师

看过左小祺的《孤独中遇见更好的自己》，突然发觉，已经忘记上次看青春文学是在哪门不喜欢的课堂上了。

如果作者不是左小祺，可能我与这本书也就只剩下一纸书单的距离。

与左小祺的渊源，也道不出个故事来，唯一厘得清的，只有他在我通讯录里的备注了。自从认识那天起，我就知道他是一个一直在追求文学的少年。

书是我管左小祺要的，没错，是要的，而且我只要纸质版的。

我从不会如此冠冕堂皇，唯独在管左小祺要书这件事上，倔强地不是一次开口。

我没以为他会送，要不是因为那瓶很贵的竹叶青酒的话。

我也没以为自己会在去泰安出差的路上看完了这本书，并敲下这些字。

无谓褒贬，纯属客观陈述。

读后，觉得整本书的内容结构有种"橄榄球"式的即视感。左小祺的书不是喊着口号赚吆喝的鼓噪内容，也不是商业

流量的攀附性结构，他的文字就跟他这个人一样，真实而有趣。

某种意义上，一本书的好坏，不在于它呈现了什么，而在于它能给读者带来什么，因为读者能汲取到对自己有力量的东西才是最有意义的。

说心里话，作为一本青春文学读物，它的确超出了我的预料。没有华丽的矫饰，也没有晦涩的专业知识，通篇散记，像是他就坐在你身边，跟你分享他的那些故事和感悟。也许不同年龄的人，在这本书里都能找到一些属于自己的共鸣，无论你是"60后""70后""80后""90后"，还是"00后"。

关于日常生活的一些小哲思，在左小祺的笔下，通俗易懂，大概这就是成长里沉淀出的简单通透吧。道理这种事，别人分享给你的，远不及自己经历后感知的深刻。因此也希望这些分享，能引起你的关注或者警惕，以避免未来路途中潜在的崎岖。

有人说，人生如戏。

也有人说，梦如人生。

而我觉得，人生如画。

我们终其一生都要画出自己的样子。

每个出现在你生命中的人，每个你自己做的选择，都勾勒了你画作的线条或色彩。

我与左小祺这两条直线相交的点，可能在各自画作中最是云淡风轻的一笔，可能是脸庞上不起眼的雀斑，无伤大雅，却终沉淀出独有的成长与魅力。

也许有一天，它会突变成一颗痣，也不一定。

未来那么奇妙，天晓得接下来会发生什么故事。

所以当时找左小祺要书的时候我强加了一个要求，要在扉页上写句话给我。

也不知道是不是他太懒，只写了7个字：要争气，不要生气。

对于这样咬文嚼字的道理，大概没有谁会排斥吧。

可或许，我会有些其他的期待。

就像要书这件事，我觉得大家还是去买吧，毕竟用一瓶好酒换还是挺吃亏的，但却也很值得。

小祺是一个对文字特别认真的人，平时任何玩笑都可以开的他，唯独在文字方面会展现出他前所未有的严肃。

他说创作一本书就像是生了一个女儿，这本书是他的第二个女儿了。对于自己的孩子，谁都不想被随意调侃，所以才这样一本正经吧。

语无伦次，不成章法，就写到这里吧。

最后再添一句话给左小祺：管你要书的那段时间，我正经历人生中前所未有的黑暗。谢谢你的文字，它虽不似光明，却真实而温暖。

选择孤独是为了遇见更好的自己

✉ 李宇丹　自由写作者

选择孤独并不是选择逃避与远离世界,而是为了遇见更好的自己。

因为家附近没有小朋友,所以从小我是一个人长大,一个人玩耍,一个人吃饭睡觉,只有在学校才会有小伙伴。

陪伴我最多的就是我的猫,猫咪陪伴我走过了无数个日夜与孤独。它们和我一起成长,慢慢地在我心中的分量越来越重,我把它们当作朋友,当作亲人,甚至看待它们比生命还重要。

一个人长大的我很享受孤独的这种状态,因为只有在独处时我才能更好地了解自己的内心。我并不害怕孤独,反而很喜欢。

和左小祺老师的相识源于网络,加了微信后没有过多的互动,对他的了解也几乎只是他的朋友圈。后来,一位姐姐送给我他的一本著作《孤独中遇见更好的自己》,这是我第一次接触他的书,读后我便喜欢上了他的文字,甚至有些遗憾没能早些与他相遇。

对他最深的印象是他的笑容,看见他充满笑靥的脸便觉得他很温暖很阳光，会感受到一种无形之中的力量，仿佛没有什么困难能够阻止他。

他的文字有温度有力量有深度，有时读着像是个稚气未脱的孩子写的，有时读着又像是个饱经风霜的老人写的。

我很喜欢他成长的故事与他独到的见解，他的文笔细腻并且有趣，读着读着便忘记了时间，完全沉浸在他的书中。

成长是一段很漫长的旅行，有的人成长得很快，小小年纪便明白有些大人都不明白的道理，也有些人到死亡的那一刻都没有长大。

曾有一个朋友给我写过一句话：成长最快的是独行。

也许对于有些人来说是如此，比如我，只有在独处的时候，在享受孤独的时候，我才更能了解自己的内心，才能心平气和地与自己对话。

和左小祺先生一样，我也喜欢待在自己的房间里，房间包容了我所有的喜怒哀乐，还有我稚嫩的遥远的梦想与成长中的点点滴滴。在自己房间里的我很自由，可以随心所欲，可以做自己想做的事而不被外界打扰。

每个人的青春都是不同的，却又是相同的。

或许所有青春期的少年都一样，有一颗渴望快点长大的心，以为长大了就自由了，就可以不被束缚了，就可以随心所欲了。正值青春却不懂得珍惜青春的美好才是最大的遗憾。

就如左小祺先生喜欢听孟庭苇的歌，把她当作信仰，当作精神食粮，把她的名字写在书上，手机里全是她的歌。是她的歌声让他觉得世界如此美好，是她的歌声陪伴他走过了无数个难熬的孤独的夜晚，是她的歌声陪伴他走过了青春。

生命中大多数人都是过客，我们不断相遇不断告别，却很难重逢。

他写了很多友人，大多与他们相见了一面便很难再见，也许有遗憾，但是大家都在向更好的方向前进着。缘分是一个很奇妙的东西，可以将相隔万里的两个人联系在一起，可以将一堆虽未谋面的人相聚在一起。

无论是对事还是对人，我都喜欢随缘，因为我相信缘分。

他也写了很多爱情故事，有的爱而不得，有的相见恨晚，有的爱得深沉爱得痛苦爱得无法自拔。在爱情中受伤的大多是女性，因为她们太认真，几乎倾注了所有，在感情里迷失了自己。有的甚至进行了一场赌博，赌上了学业、感情、金钱与青春，但很遗憾，最终输得一无所有。

我们不知道对的人何时才能遇到，但是不要着急，在还是一个人的旅程时，先活成更好的自己，然后再与他（她）相遇。

读完左小祺先生的书感受颇深，很幸运读了他的书认识了他这个人。他的文字如他这个人一般有趣有爱有力量，纯粹简单没有一丝杂质。

我们每个人都有属于自己的生活方式，都会一个人度过很多个孤独的日夜，毕竟很多路得我们一个人去走去经历去遇见。

我希望你也能孤独中遇见更好的自己，不念过往，不畏将来。

你孤独吗

✉ 方 酱　自由写作者

孤独，就对了！只要不是寂寞就好。在孤独中，你会遇见那个更好的自己。

今天我要推荐的这本书《孤独中遇见更好的自己》，由与我们同龄的"90后"作家左小祺所著。

或许是因为同龄，书中他描写的童年趣事、懵懂的青春情愫等，总让我有种身临其境的感觉。

有时候读着读着，让我这个"90后"女生，好像发现了"新大陆"一样窃窃自喜。

"哈哈，原来男生的想法是这样的呀！"

"嘿嘿，原来小男生也这么古灵精怪啊！"

……

也或许是因为同样爱好文学，同样喜欢独处，他写的文字，都明目张胆地走进了我的心里。

"好家伙，总说我想说的话！"

"好家伙，写的文字比我还细腻！"

他的文字，虽朴实无华，却行云流水，饱含真性情。

让我们一起聆听一位"90后"的作家才子，向我们娓娓道来他那细腻温柔的情感和深刻的人生见解吧。

那些文字,一如他的笑容,让人有种如沐春风的感觉。

小祺说,"孤独不等于寂寞,两者的不同主要在于思想是否具有丰富性。"

深以为然!

我喜欢独处,不与人言语。或许会感到孤独,但从不会感觉到寂寞。

我喜欢一个人在房间做自己想做的事情。比如,捧一本书,与智者对话,与灵魂共舞;喝一杯茶,茶香四溢,滋润喉咙,也润化心灵;听一首歌,跟着哼唱,即使走调,也有走调的乐趣。

寂寞是什么感觉?寂寞是百无聊赖,是找不到自己想做的事情,是毫无头绪灵魂无处安放,是内心空洞得无所热爱。

若有人问我,一个人独处是否会寂寞,我会不假思索地回复:"不会。"

随着年龄的增长,我反而更加喜欢独处。我觉得我独处的时光,才能好好地做自己,大胆地做自己。

与人为善,我们遵守道德礼法,务求向外展示;与己为善,我们遵循内心所需,追求向内生长。

那时年少,我们浅尝孤独,苦苦寻思何为百味;此后长成,我们偏爱孤独,方懂无味才是清欢。

他在书中说,他的偶像是孟庭苇,他很小的时候,就对她的歌曲着了魔。孟庭苇的歌曲陪伴了他整个青春。

值得祝贺的是,作者长大后不但见到了自己的偶像,而且幸运地请到了孟庭苇给他的新书作序。

看到他写孟庭苇,我特意去网易云搜了孟庭苇的歌曲。很多首歌,旋律都好熟悉好熟悉。

原来,我小的时候也经常听孟庭苇的歌,只是后来发现孟庭苇好像退出歌坛一样,很少出新歌,就渐渐淡出了我的音乐世界。

看完小祺的书,我才知道2000年的时候,孟庭苇真的告别了歌坛。

孟庭苇退出歌坛之前,真的很火。记得姐姐还买了孟庭苇的专辑,经常在我耳边放《风中有朵雨做的云》《谁的眼泪在飞》。

《风中有朵雨做的云》歌词节选:

风中有朵雨做的云

一朵雨做的云

云在风里伤透了心

不知又将吹向哪儿去

吹啊吹吹落花满地

找不到一丝丝怜惜

飘啊飘飘过千万里

苦苦守候你的归期

《谁的眼泪在飞》歌词节选:

悲伤的眼泪是流星

快乐的眼泪是恒星

满天都是谁的眼泪在飞

哪一颗是我流过的泪

不要叫我相信流星会带来好运

那颗悲伤的逃兵怎样能够实现我许过的愿

谁的眼泪在飞

是不是流星的眼泪

变成了世界上每一颗不快乐的心

我记得当时,懵懵懂懂,只觉得歌曲的调调轻柔悦耳,歌词很空灵,但又有一种说不清道不明的伤感之情。

或许年少的我们,都有着同样的情怀,在孤独中遇见过那个不知所措的自己,彷徨、神秘又说不上来的喜欢。

于是,我们总会莫名其妙地被那些散着淡淡忧伤的曲调或故事牵动,似懂非懂地听着伤感情歌。

我喜欢这种真性情的文字,这是与自己,也是与有缘的读者分享最真实的自我,不扭捏,不造作。

巴金曾说:"说真话不应当是很艰难的事情,我所谓真话不是指真理,也不是指正确的话。自己想什么讲什么,自己怎么想就怎么说,这就是说真话。"

写作亦如此。写自己想写的文字,不矫揉造作,不伪装雕饰,一个敢于写真话的作者,就会吸引很多真实喜欢他的读者。

我们每个人都有缺点。我把缺点放大给你看,但你依旧喜欢我,这才是真正的喜欢;我把脾气撒向了你,你知晓了我的臭脾气，但依旧愿意陪我，这才是真爱。

我是 A 型血，我没有研究过 A 型血的人有什么样的性格特征。但是，我知道，我也是双重性格的人。时而正经，时而神经；时而沉默，时而话痨；时而理性，时而感性；时而颓废，时而激情。我也不是什么大好人，但心地保证不坏。

我也曾歇斯底里地鼓励自己，走自己的路，让别人说去吧！灌鸡汤也好，泼冷水也罢，我都一笑置之。

我就是我，不一样的烟火。我不是为你满天绚烂，而是为我自己倾情喝彩，不留余力。

写作的人都惊人地相似，没有哪一个写作者不爱阅读。我们的灵感除了来源于生活，还来源于与书中智者的对话。

文字是世间最奇妙的东西，不同的人有不同的表达，不同的人有不同的感悟。

你看中华文化上下五千年，出现了那么多诗人作家，那么多文字作品，跨越山河、跨越时空，且不费吹灰之力，就走进了我们的内心。

阅读是我生活中的一剂良药，包治百病。它让我开心，让我坦然，让我释怀，让我聪慧，让我通透，让我顿悟人生。

我想说，生活在有书读的年代，我们是幸福的，我们应该感到幸福，更应该珍惜这样的幸福。

是啊，正如作家左小祺所说："虽然读书不能带给我富贵，却能带给我看淡富贵的心态，不会因贫穷而焦虑。"

文人大抵都如此吧，"不为三斗米折腰"。穷就穷一点，内心富裕就好。

把柴米油盐酱醋茶的"贫"淡生活，过成诗情画意喝茶写文的"赋"生活，永远激情，永远热泪盈眶！

你是否也会在恍惚之间这样问自己："我怎么转眼就二三十了呢？我内心住着的那个笨小孩，还是和从前一样笨啊，他压根都没有长大。"

她还喜欢粉色的小裙子，他还喜欢奥特曼打怪兽的故事；她还喜欢看满天的棉花糖，他还喜欢塞满水子弹的玩具枪；她还喜欢做梦，他也还喜欢做梦……她和他怎么就长不大呢？

作家左小祺说："干吗非要勉强自己长大。成长是一生一世的事情，在死亡来临前我们都是需要发育的孩子。"

谁也无法规定25岁的人就必须成熟，就必须心智健全，就必须……

其实每一分每一秒，我们都在长大，只是速度缓慢而已，或是特征显现得迟缓而已。那就慢慢长大啊，又何妨？

没有人能把你催大。

能让我们真正长大的是时间，或许只是一瞬；能让我们真正长大的是事件，或许只是一个结局；能让我们真正长大的是世间，或许是善，或许是恶。

但我希望，你是慢慢长大的。

总之，"别睡得太晚，别吃得太饱，别对人太好，别信得太真，别爱得太满，别要得太多，别涉世太深，别懂事太早。"

愿我们历尽千帆，归来仍是少年；愿我们在孤独中，遇见更好的自己。

无声的雨，无声的你

✉ 赵志腾 "90后"企业家
北京智想星辰医疗科技有限责任公司CEO

我是小祺在北京的第三个搭档，前两个是焦中理和周大仙，以认识时间的前后来算的话。

在我的眼中，小祺是一个对文字特别痴迷的人。我觉得他不仅是一位作家，也是一位阅读家，更是一位阅读实践家。

为什么这么说呢？

小祺喜欢写作，他的文字纯粹犀利，可以让人从不同角度审视自己，他的书别具一格，曾影响过很多人对待生活的态度；小祺热爱读书，并且读书不限风格、不拘泥于体裁，更不会给自己设限，是一个博采众长的文化学者；说他是阅读实践家，是因为他为了满足读者的要求，举办了很多次线下读书会、线上分享会。

为了心中的梦想，他不知疲倦、不问东西，通过文字的力量，创造更大的社会价值。

小祺喜欢喝咖啡，也喜欢为别人做一杯咖啡，他自称自己是业余十八流咖啡师，但我觉得他做的咖啡除了品相不如专业咖啡师之外，味道不次于他们。他用咖啡作为人与人之间的社交链接，每一个热爱生活、有追求、有调性的人都可以因一杯咖啡而结缘。因此他用自己的稿费成立了一个公益书吧,可以供人们免费阅读的地方,名字就叫"左小祺书吧"。

小祺更爱美,你看到的小祺永远是干净的、纯粹的。

他看到更多的是人性之美、用文字敲打心灵之美、身体力行保护自然之美。他对美的追求让我领悟到:"美不是一切,但美凌驾于一切之上。"愿这个世界有更多他这样的少年,较真、苛求、痴狂的爱美之人,坚持如一追求美。

与小祺相识、相知、相爱、相杀,绝对不是因为他长了一张可气的帅脸蛋,而是源于文字、缘与读书。

读书之于他是每日的必需品,写作是他生活的附属品,当他提起笔的那一刻,就已经是一场美的体验、爱的旅行。

很多人说小祺,明明可以靠颜值吃饭,却偏偏靠才华。着实让人羡慕。

曾经,金庸的武侠系列著作在我的书桌上永远留有一席之地。新时代的年轻群体中都会出现这样几本书,这些书靠着年轻人的口耳相传成为畅销书,并"流行"在不同年龄段的读者当中。这些书陪伴他们成长,"怂恿"他们做一个不拘一格的人,教导他们如何与世界相处。

这些书不会像其他的普通书籍一般,随着时间的流逝而被遗忘。这些书永远留刻在记忆的殿堂之中,祭放在独特的圣土之上。

小祺的书就是这种,让你手不释卷,可以给你永远读下去的"冲动"与激情。犹如无声的春雨湿润了大地,不知不觉中叶子绿了、花儿红了。

也许你会认为，小祺的书更适合世界观、人生观、价值观尚未定型的学生群体、文艺青年。但当我再捧起小祺的几本书以及还没有出版的文稿时，我觉得，即使你已是中年大叔、退休在家，也适合一睹为快，相信会让你在美妙的文字中回味到童年的荒唐无羁、青年时代的初恋甜蜜，有时大笑、有时大哭，感觉作者似乎是在"精神失常"的状态中落笔成文。

在不同的生命情境之中，阅读左小祺自有不同的心境与领悟。

纸短情长，把这些文字送给小祺。

我个人觉得，这不过是与小祺的一次文字往来，我们的灵魂是相通的，无论见面与否，我们都可以一起欣赏各种风景、一起面对更多的风雨，午夜漫步长街、饮酒长歌！

无声的雨，无声的你，"无声"的读者们（我也是一名忠实的读者）永远陪伴着你！